光文社文庫

殺人鬼がもう一人

若竹七《なな》海《み》

光　文　社

ゴブリンシャークの目

1

白昼、ひったくりがあったという報《しら》せが入ったのは、昼食を終えて店を出たときだった。駅前の〈旭日寿し《あさひずし》〉から通報があった博物館の裏、市民公園の東側、住所でいえば辛夷《こぶし》ヶ丘《おか》市釘置《くぎおき》町二丁目八番地までは、車で行くとなるとかなりの大回りになるし、そもそもうちのような貧乏警察署には、わたしたちを拾ってくれるほど多くの車両が配備されているわけではない。

わたしたちはできるだけ早足で歩き出した。

「ったく、なんでまたオレらなんだ」

相方である田中盛《たなかしげる》がスマホをスーツの内ポケットに戻しながら、ぶつぶつと文句を言った。

「オレらは生活安全課で刑事課じゃねーんだぞ。ここは本来、場末のヒマな所轄だぞ。それがなんでこの忙しさなんだ。なにかの祟《たた》りか。嫌がらせか。午後四時からの最終レースに間に合うなと思ってたのに、コーヒーも飲めねーじゃねーか」

盛はシゲルと読むが、盛る、という漢字が体《たい》を表している。乾燥注意報が連日発令されている好天の下、わたしより二十センチは背が低く、五十センチ以上たっぷりした胴回りの田中盛の頭皮が、汗できらめくのがはっきり見えた。

いまの所轄に飛ばされたときから、わたしは現実を受け入れ、なにも期待しなくなった。相棒がギャンブルにどっぷりはまっていようが、汗臭かろうが、文句ばかり並べていようが、どうでもいい。

実際、ここでの勤務はひじょうに緩《ゆる》かった。真面目に働こうにも、基本のどかな町で事件は少ない。幹線道路から外《はず》れているから交通事故もめったに起こらない。血気盛んな少年たちがいるにはいるが、コンビニの前にたむろしたり、公園に落書きをする程度。『警察風土記』の辛夷ヶ丘署の主な重大事件の項目には、二十年ほど前に発生した、一般には〈ハッピーデー・キラー〉として知られる「辛夷ヶ丘市民連続殺人事件」についての短い記述があるだけだ。以前の警察署にいた頃に比べたら、仕事量は五分の一以下に減った。週のうち四日は定時に帰れるのだ。

わたしはヒマをもてあまし、市のカルチャーセンターに入会し、おひとり様のための料理教室に登録した。この業界にはまだ相当数生息している「女が料理するといえば結婚」というカビの生えた価値観の持ち主たちから、不倫した大女にも結婚願望があるらしいぞ、などと陰口をたたかれているのは知っている。だが、わたしは信用金庫の基子《もとこ》さんや市の福祉事務所の千香《ちか》さん、〈ヘルメット保険〉外交員の理恵《りえ》さんといった警察官以外の女友だちを、就職後はじめてこの料理教室で見つけ、楽しい日々を過ごしていた。

それが一変したのは二週間前のこと。町外れで住宅が放火され、死者が出たのだ。いくら吹きだまりの寄せ集めといわれる場末の警察署でも、放火殺人ともなれば真面目に捜査しないわけにもいかない。そこで刑事課の大多数がその捜査に投入された。おまけに、このところ、空き巣被害の訴えが多発している。

「おばあさん、ホントに二十万も盗まれたの？　勘違いじゃないの？　勘違いだよね。年をとると、物忘れがひどくなるもんだよね。それじゃ、勘違いってことで」

と、全署員が総力を挙げて窃盗の被害をなかったことにし、平和な町を数値の上でも平和な町にしてきたわけだが、被害届を握りつぶすにも限度はある。いくら田舎の年寄りでも、そうそうお上の言うことに素直に従う人間ばかりではないのだ。おまけに、被害を訴えてきた家の近くの防犯カメラに、同一人物らしき不審な人影が映っていることもたびたびあったし……。

そんな騒ぎのしわ寄せが、わたしと田中盛の生安コンビにものしかかってきた。それまでは監視カメラの位置を調べたり、放置自転車に関する指導をしたり、着ぐるみを着て特殊詐欺対策の広報活動をしたり、防犯講習でピッキングの実演を見せたりと、ほどほどに働いてきたのに、放火殺人以降、人手不足の刑事課から次々に仕事がまわされてくるようになったのだ。降れば土砂降りというのか、これまではめったになかった事件が次々に起こる。けさ方も駅構内の痴漢騒ぎにかり出され、次は白昼のひったくりときた。

駅近に密集している住宅街を足早に通り過ぎた。もとは崖だった丘陵地帯を千枚田なみに宅地造成したもんだから、家の間はくっついているし、路地は入り組んでいる。坂も多く、アップダウンが激しい。食べ終えたばかりの海鮮丼が胃袋の中で存在を主張し始めた。まったく、とわたしは思った。このあたりの空き家、まとめて撤去して、まっすぐ道路を通してくれればいいのに。

東京にもこういう場所があるんだな。半年前、辛夷ヶ丘署に異動してきて、わたしは驚いたものだ。

昔々のベッドタウン。人生の目標が庭付き一戸建てだった老人たちが住まう町。彼らも家を買った頃は若かった。家の前まで車が入れないことや、買い物に行くにも坂を上ったり下ったりしなくてはならないこと、都心に出るまで満員電車で一時間近くかかることなど、たいした不便ではなかったのだろう。

しかし、彼らも年をとった。育ち上がった子どもたちは、庭付き一戸建てをありがたがるどころか重荷に感じて、もっと会社や学校に近い便利な都心のマンションに移り住んでいった。取り残された第一世代は、地形のせいでそう簡単には建て直しができない古くて不便な家の中で、捨てられない荷物に埋もれて死んでゆく。

限界集落にもゴーストタウンにも見える、手入れの悪い住宅街をようやく抜けると、眼下には土と緑の景色が広がった。赤土だらけ、急斜面だらけの丘陵地帯にあって、この平地には古くから四方の山々から流れ込んできた栄養分がたっぷり溜《た》まり、肥沃な土がおいしい野菜を生んできた。現在でも、白菜やネギや立派な里芋の畑、ビニールハウスが目に飛び込んでくる。

その畑の脇に、柿の木や梅の木が数本生えていて、そのさらに奥に、時代劇に出てくる代官所なみの巨大な屋根が見え、いらかの波が陽光を反射していた。戦前は、うちの管轄がすっぽり入ってあまりあるほど広大な土地を有していた箕作《みつくり》家の邸宅だ。ベッドタウンを建設したときに出てきた遺物を集めただけの博物館も、管理費用がぎりぎりで荒れ放題の市民公園も、箕作家から寄贈された土地に造られている。

その博物館と公園の間の道に人だかりがしていた。救急車が停まり、制服警官の姿も散見できる。

「うわあ、やだなー」

田中盛が坂の上で立ち止まり、肩で息をしながらぼやいた。

「白昼路上強盗なんて大胆なマネしやがると思ったら、現場はあんなとこか。半径五十メートル、いや、下手《へた》したら百メートル範囲に監視カメラなんてないぞ。犯人がよっぽどのトンマで、博物館の玄関先を逃走経路にしてなければ」

「目撃者も期待できそうにないですね」

「被害者の供述に期待したいとこだがね。ええい、くそ。おい三琴《みこと》、先に行ってくれ」

ひざが痛むらしく、歩調を緩めた田中盛を置いて、わたしは先に現場まで走り下った。

野次馬をかきわけて救急車にたどり着くと、地域課の古株は、遅いんだよ、と言わんばかりの目つきでわたしを見た。噂《うわさ》によるとこの古株は二十五年前、上司の使い込みを上に報告した。その二ヶ月後、この署に異動になって、以来、出世しないままここにいる。

「被害者の具合は？」

「引き倒されて、犯人に頭を蹴飛ばされたが、意識ははっきりしてるよ。ショックを受けてるけど、一晩入院すればすぐによくなるだろうってさ」

頭を蹴飛ばすとは。わたしは顔をしかめた。

「てことは、犯人はスクーターから降りてきたんですか」

「ひったくり犯が全員スクーターに乗ってるわけじゃないんだよ」

古株がボールペンで制帽の内側を掻《か》きながら言った。

「徒歩でやってきて、この場所で襲いかかったみたいだね。相手はひとりだったそうだ」

いくらひと気が少ないとはいえ、現場には日ざしがさんさんと降り注いでいる。見晴らしもいい。こんな場所で白昼、歩いて襲いかかったとは珍しい。犯人はドラッグの常習者だろうか。これまでにうちの署で扱った危険ドラッグがらみの事件といえば、梅雨時に市民公園でとってきたキノコを乾燥させて刻み、安い煙草の葉とまぜて、パソコンで作ったラベルを貼ったビニール袋に入れて売りさばこうとした中学生の一件だけだ。コイツは本気で頭が悪かったと見えて、このホームメイドのドラッグを、売る前に自分で試して救急車で運ばれた。

「抵抗したんですか」

「ていうかねえ、ひもが外れなかったらしいんだな。ほら、箕作のバアさんはいつもずだ袋を左手にがんじがらめにして持ち運んでるじゃないか」

わたしは手帳から顔を上げ、古株の顔をまじまじと見てしまった。

「まさか、被害者は」

「なんだ、聞いてなかったのか。箕作のバアさんだよ」

箕作のバアさんといえば、該当する人間は一人しかいない。箕作ハツエ。箕作一族の最後の生き残りだ。

すでに八十は過ぎているだろうに、あの広い邸宅に一人で住み、畑を耕して野菜を育て、市内いたるところに、新しいのから古いのまで多くの不動産を有している。大部分の不動産の管理は知り合いの建設会社に委託しているらしいが、何十年も同じ店子《たなこ》に貸したままのアパートや店舗に関しては、自分で家賃を集めてまわっている。古い着物をほどいて自分で縫い合わせたパッチワークのずだ袋を左手に巻き付け、杖《つえ》をつきながら町中を集金して歩くハツエの姿は、このあたりの月末を告げる風物詩となっていた。

大家自ら訪れる家作の家賃店賃は、一物件あたり三万円から六万円程度。それでも十五ヶ所ほどまわるというから、集金が終わる頃には少なくとも五十万以上になる。この現金をそのまま生活費にあてているとかで、銀行にもよらず、一人暮らしの広大なお屋敷に、八十過ぎの足の不自由なおばあさんが持ち帰っているわけだ。

誰が聞いたって危ない話で、管理会社や不動産屋、出入りの信金の職員、パトロール警官、弁護士、自治会、かかりつけ医、ありとあらゆる人間が、いいかげん自分で集金するのはやめろ、銀行振込にしてもらえ、と説得していた。

それでもハツエはやめなかった。月に一度、長い付き合いの店子が元気かどうか確かめたい。人間関係というのはお金の問題ではない、歩いて回るのは自分の健康にもいい。

「炉端でおせんべい焼いてるのが似合いそうな、かわいいおばあちゃんなんだけど」

料理教室で知り合った、信用金庫の基子さんが一度、愚痴《ぐち》っていたことがある。

「大金持ちで長生きしてて、周囲に頼れる身内がいないせいか、頑固《がんこ》なんだよね。自分が年寄りだなんて思ってないし、うっかりぼけられないって緊張感のせいか、実際に若いし。

だけど、バスの運転手さんがこぼしてたよ。どこから見たってお年寄りなんだから、手前の優先席に座ればいいのに、絶対に座ろうとせずに、後ろの座席まで杖ついて移動していくんだってさ。その間、発車できないんだから」

いま、その箕作ハツエは優先席どころかストレッチャーに乗せられて、青い顔で仰向けになっていた。

「よりによって」

わたしがつぶやくと、地域課の古株はニヤッとした。

「そう。よりによってえらい被害者をひきあてたよな、砂井《すない》のお嬢ちゃん。たいへんだよなあ。町中が大騒ぎになるだろうよ」

まったくだ。これはなにかの祟りで、しかも嫌がらせに違いない。

2

疲れた足を引きずって、田中盛とふたり署のデスクに戻ると、五十嵐《いがらし》係長と荒川《あらかわ》課長が待ち構えていて、

「おい田中に砂井、座る前に報告」

と手招いた。お疲れさまもご苦労さまもなし。さすが、こんな場末に飛ばされてくるだ

けあって、人心掌握術とは縁もゆかりもないようだ。本日、荒川課長が丸一日、のんびりデスクにいた証拠に、頭皮が朝よりくっきり日に焼けていた。夏の間、紫外線が頭皮の大敵だと課長席の後ろの西日が差し込む窓のブラインドを閉め切っていたのに、秋になって気が緩んでいるとみえる。

「けさの痴漢の件でしたらぁ」

わたしはできるだけのんびりと言った。

「ワイセツ物ぶら下げた状態で、連絡通路の監視カメラにばっちり映ってました。最新式のカメラだから、人着《にんちゃく》がはっきりわかります。マスコミに流しちゃったらどうですかね。抱きつかれた女子中学生は過呼吸の発作を起こして病院に運ばれたんだから、悪質な犯行と言っていい。ヘンタイは全国に顔をさらし、あっという間に情報が集まり、犯人逮捕。サイコーでしょ」

「おい、違うだろ」

五十嵐係長が身を乗り出したところへ、さっきからもぞもぞしていた田中盛が、脱いだ靴下を係長の鼻先に差し出した。フレーメン反応を起こしたラクダみたいな顔つきになった係長に向かって、わたしはかわいく首をかしげてみせた。

「痴漢の件じゃなかったら、三日前に起きた、粟井《あわい》農園の大根三十本盗難事件ですかぁ。昨日の夜、駅前の安売りスーパーに大根を買わないかという電話があったそうです。電話は橋谷《はしや》中学校近くのコンビニの公衆電話からで、その時刻、橋谷中の制服を着たのが三人で電話をかけているのがコンビニの防犯カメラに映ってました。この映像を中学に持っていけば、すぐに誰だかわかりますって」

「いい加減にしろ」

課長がデスクの表面をひっぱたいた。

「痴漢も大根も、どうでもいいんだよ。他の仕事は全部放り出しておけ。かんじんなのは今日の昼過ぎに発生した路上強盗、強盗致傷の件だ。あれの捜査はどうなってる」

荒川課長は立ち上がって、部屋の中を行ったり来たりし始めた。

「いいか。この件は被害届だけとって捜査しているふり、などといういつものぬるい対応ではすまないんだぞ。本当に、真面目に捜査しないわけにはいかない。でないと署長が市のお偉方とか、商工会議所とか、方面本部とか、あっちこっちから突き上げをくらうに違いないからだ。箕作一族最後の生き残りに万一のことがあれば、市政にも大きな影響が及ぶ。大事で、大事件なんだぞ。わかってんのか」

あーあ、言っちゃったよ。

わたしはちらっと視線を右手に向けた。わが生安の職員に亜希《あき》ちゃんという魔性の美女がいる。おかげで、放火殺人の捜査本部に参加している本部の刑事から、方面本部の人事担当者から、陳情と称するクレーマーから各新聞社の記者まで、種々雑多な男どもが用もないのに出入りしているのだ。彼らだってもちろん、うちの署の場末っぷりはよくご存知のはずだが、署の幹部である生安課長が実態を赤裸々に語ってどうする。

部屋中が妙な雰囲気になったのに気づいているのかどうか、課長は、本当に、真面目に捜査してくれよ、と言わんでもいいことを繰り返した。係長が咳払《せきばら》いをした。

「それで、ハツエ刀自《とじ》の容態はどうなんだね」

わたしたちが周辺捜査を終え、箕作ハツエが担ぎ込まれた市の中央診療所へ着いたとき、手当はすんで、彼女は個室のベッドにちょこんと座っていた。医者の話によれば、このあと念のためCTその他の精密検査を行なうが、左腕の骨に異状はなく、現時点での所見は軽い打ち身とショック程度だという。

中央診療所唯一の個室のベッドはクイーンサイズである。そのせいで、もともと小柄で細身のハツエがさらに小さく、か弱く見えた。長年、農作業にたずさわっているから、普通の町の年寄りにくらべたら鍛えられているのだろうが、頭にガーゼをあててネットをかぶせられ、倒れたときに壊れた眼鏡のつるを絆創膏《ばんそうこう》でとめてあり、丸い愛らしい童顔が青ざめ、つぶらな瞳が涙で濁っていた。

自己紹介をし、お見舞いを述べ、犯人についてなにか覚えていることはと切り出すと、瞳には新たな涙が盛り上がってきた。

「あのう、刑事さん、その犯人なんですけど、捕まえなくちゃなりませんか。たぶんアタシのせいなんです。全部、アタシがいけないんです」

「そりゃまあ、どうしても捕まえなくちゃならないってことはないですけども」

被害届なし、事件の捜査もなし、山ほどの書類もなし、面倒なことはなにもなし。このおばあさんが箕作ハツエでなければ、そういう夢のような展開もありうるのだが。

田中盛がわたしの座っているパイプ椅子の足を蹴飛ばしたので、わたしは慌てて言葉を継いだ。

「ですけど、ひったくりっていえば言葉は軽いけど、実際に科せられるのは強盗致傷って罪になります。重い犯罪だし、社会的にも影響が大きい。このまま取り逃がした場合、味をしめた犯人がもう一度やってやろう、なんて気になるかもしれないし、あのあたりに住んでいるお年寄りが次は自分が狙われるかも、と怯《おび》えるかもしれませんし。とりあえず犯人を逮捕して、その言い分も聞いてみて、そのうえでハツエさんがどうしても彼を自由にしたいって言うのなら、また方法はありますから。……彼なんですよね犯人は。男ですね？」

「ええ、まあ」

ハツエは言いよどみ、わたしはたたみかけた。

「いくらとられました？」

「えーと」

ハツエは眼鏡を外して、黒目がちな瞳を宙にむけた。

「ずだ袋に老眼鏡やメモなんかも入れてあったので、いまははっきりしたことはわからないんだけど……」

「あら。それじゃあ、やっぱりちゃんと捜査しないと。そのお金がまるごと戻ってくればいいけど、来なかったときに税務署関係で問題がね」

「税務署」

ハツエは目を丸くした。

「雑損控除だかなんだかで、犯罪被害にあった場合、税金をまけてもらえるんじゃなかったかな。だけどそれには確かにお金を盗まれましたと証明する警察の書類がいるし、捜査せずに書類は出せませんから」

ハツエはしばらく黙っていたが、やがて、ぽつりと、しかたないね、と言った。

「近所のお年寄りを怖がらせるのも気の毒だし、罪を重ねさせて長く刑務所に入れておくのもなんだし。やったのはね、長沼史郎《ながぬましろう》って男だよ。アタシの持ってる青葉荘《あおばそう》ってアパートの一〇三号室に、かれこれ三十五年くらい住んでるんですよ」

「おいくつなんですか」

「七十は超えてると思うよ。若い頃、故郷で所帯を持っていたんだけど、生来のギャンブル好きであり金を馬につぎ込んでしまうから、妻子に出て行かれたらしい。で、こっちに来て、時々日雇い仕事をしながら、六畳一間の風呂なしアパートでぎりぎりの生活を送ってるんだ。だから、アタシが悪いんだよ。家賃を取り立てにいって、そういう男に六十万ほどの現金を持っているとうっかり話してしまったんだから。長沼は貸してくれって言ったんだよ。倍にして返すから貸してくれって。言われた通りに貸してやってれば、こんなことには……」

「結局、午後四時の最終レースに間に合いましたぁ」

わたしは言った。もっとも、すでに各馬ゲートに入り、馬券売り場は締め切られていたので、田中盛的には間に合ったとは言えないわけだが。

レースは混戦をきわめ、一番人気と二番人気が途中で激突して騎手が吹っ飛ばされ、最終的にはウォンドルズパーヴァという、まったくのノーマークだった馬が先頭切ってゴールを駆け抜けた。場内中が落胆と失望でうつむく中、ひとりだけ躍り上がっているのがいて、長沼史郎を見つけるのになんの苦労もなかった。それどころか、声をかけたとたんに逃げようとして大暴れしたあげく、田中盛を階段から突き落としてくれたので、任意同行を求める必要すらなかった。

「つまり、逮捕したのか。逮捕したんだな」

田中盛が供述調書をひらひらさせた。課長はあやうく、でかした、とか、よくやった、などと言いかけたようだが、すんでのところで「褒《ほ》めるのは立場が自分より上の人間だけ」主義を思い出したらしい。渋面を作って、もったいぶらずに早く報告すればいいじゃないか、と文句を言った。

「それにしても、その日のうちとは早い解決だった。署長もお喜びになるだろう。ハツエ刀自が長沼と示談にするかどうかは、我々には関係ない。とっとと書類を揃《そろ》えて、検察に送っちまえ」

課長の目が、廊下のほうへちらりと動いた。発生から二週間、まだ容疑者すら浮かんでいない放火殺人事件の捜査本部にわざわざ出向き、署長に報告するつもりに違いない。荒川課長と刑事課の茅野《ちの》課長が張り合っているのは周知の事実だ。こんな場末で張り合ったって意味ないだろうに、ライバルにいけずをするチャンスを逃す気はないらしい。

五十嵐係長も同じことを思ったらしく、もみ手をして言った。

「あの、放火事件のほうはまるでなんの進展もないんですか」

「ないんだよ、きみ」

課長はご機嫌で椅子にふんぞり返った。聞くところによれば、放火された家は俗にいうゴミ屋敷で、そこに火炎瓶のようなものを放り込むという荒っぽいやり口だったそうだ。ゴミ屋敷の主である紫藤民子《しとうたみこ》というおばあさんが逃げ遅れて焼死、隣接するすべての家屋も延焼してしまった。

　通常、放火事件というのは小さな被害が重なって、大惨事へと発展していくらしいのだが、今回は違った。管轄内での、もっとも最近の放火事件は八年ほど前のことで、気になる放火事件は周辺にまるで起きていない。そこで捜査本部では、ゴミ屋敷のゴミ屋敷っぷりに腹を立てた近隣住民の犯行、という筋をたてて捜査にあたっているらしいが、

「ここだけの話、こんな、乾燥注意報が記録的に続いているさなかにご近所に放火なんかしないだろうよ。下手すると自分ちが危うい。どうしてもゴミ屋敷を片づけたくて放火という手段を選んだとしても、火炎瓶は使わないわな。ちょっとの小火《ぼや》を口実に、市役所を動かせばいいんだから」

「なるほど課長。ご明察です」

　係長は頭を下げた。課長はますますふんぞり返り、

「これくらいのこと誰でも思いつくわなあ。早く捜査方針を変換して過激派でも調べるべきなんだよ。茅野はプライドが高いから意地でも方針を変えずにいて、署員みんなの負担だけがどんどん増えてくる。こっちもね、聞かれたら意見は言うよ。だけど、いくらスピード解決が売りの生安でも、聞かれてもないのにそんな厚かましく意見は言えないさ。ま、ともかく、長沼の件は検察に送ってしまうように。署長にはすでに送りましたと報告するから。今日中な」

　さすがにムッとした。ひとひとり強盗致傷で送検するのに、何百枚の書類が必要だと思

ってるんだ。担当者がふたりだけだと知っていて、今日中な、はないだろう。

本気で捜査本部に乗り込むつもりなのか、課長は立ち上がって制服の上着に袖を通し始めた。そこへ、田中盛がのんびりと言った。

「ただですねえ。ちょっと問題がありまして」

「なんだ」

「箕作ハツエは盗まれた金額を、約六十万と申告してるんです。一方、長沼史郎によれば、ずだ袋に入っていたのはきっかり六万五千円だったと。これを最終レースの馬連《うまれん》に全額つぎ込んだ、大穴が出て十八倍の高配当だった。そもそも強盗やひったくりのつもりはなく、自分としてはハツエから金を借りたつもりだった、大穴が出たんだ、借りた六万五千円は返せる、したがって犯罪はなかったのだ、と申し立てています」

課長のこめかみに青筋が立った。

「なにを、町一番の大金持ちの頭ぁ蹴っ飛ばしておいて、よくもぬけぬけと」

「怪我《けが》をさせたのは認めてます。競馬場に行きたくて、つい焦ったんだと。偶然、足がハツエの頭にあたってしまい、申し訳ないことをした、と言ってます」

「バカ。そんな話が通用するわけないだろう」

「だけど、箕作ハツエは長沼を犯行に駆り立てたのは自分の落ち度だったと悔やんでいて、できれば今回の件を事件にしたくないってふうでしたからね。事故だったたってことに落ち着く可能性はありますよ」

「ダメだ」

課長はわめいた。

「そんなことが許されてなるものか。せっかくの事件解決なんだぞ。それが消えてなくなるなんて、ダメに決まってるだろ。そもそもなんだ、刀自の申し立てている被害金額と、長沼の認めた金額には十倍近い開きがあるじゃないか。それはどう説明してるんだ」

「馬券をみてもらえばわかる、と騒いでいます。額面六万五千円の馬券があるから、と。彼の所持金は全部で三百八十四円でした」

「その馬券はあったのか」

「長沼は田中さんをつきとばして暴れたんですよ。それでまあ、強引に取り押さえたんですけどぉ。そのときに落としたらしく、身体検査をしても馬券は出てきませんでした」

指をポキポキ鳴らしながらわたしが言うと、課長は実にイヤな顔をした。別にしたくてしているわけではないが、身長一七八センチのわたしは一五九センチの課長を、しばしば見下ろすことになる。わたしのことを不倫女と言いふらしているのは、何を隠そうこのチビ、じゃなかった、課長である。

「落としたんじゃなくて、最初からそんな馬券持ってなかったんだろう。落としたたにしたって、いま持ってないんじゃ、ハツエ刀自に金など返せないじゃないか」

係長が珍しくまともなことを言った。田中盛は頭を掻いて、

「返せないのは警察が自分を逮捕したせいであって、自分のせいではないと長沼は言ってます。問題の馬券はおまわりがくすねたんだろう、オレは知ってるんだぞ、警察なんか人食いザメのすみかだ、かわいそうなオレの罪を重くして、馬券をくすねたのをごまかすつもりなんだ、と」

「なにを言ってるんだね、そのクズは」

係長は眉をつりあげた。

「そもそもだね、仮に、百万歩譲って長沼の言うことが正しくて、ハツエ刀自が六万五千円しか持っていなかったとしても、誰が長沼の言うことを信じる？」

「箕作ハツエが集金して歩いた家々を一軒一軒訪ねて、ちゃんと家賃を支払ったか確認してみれば……」

「わかってないな」

課長はあきれたように首を振った。

「クズの話の裏取りをしたところで、ハツエ刀自の申し立てを虚偽だと裏付けるようなことは起こりえないという話だ。まったく、きみたちはうちの署をなんだと思ってるんだ。辛夷ヶ丘は箕作一族が造りたもうたんだぞ。したがって、その末裔《まつえい》であるハツエ刀自の申し立てこそが自動的に真実なんだ。そういうことだろ？」

「返事は」

係長がわたしたちを等分に見ながら冷たく言った。わたしは慌てて、はい、と言い、ですね、と田中盛が言って、続けた。

「長沼史郎は箕作ハツエを路上で襲って怪我をさせたうえ、約六十万円を強奪した。その金全部を馬ですった。六万五千円の馬券というのは作り話であり、この世には存在しない」

「そうだ。田中も砂井も、その事実を肝に銘じておきたまえ」

あとは、優しい箕作ハツエが長沼をかばったりしないよう我々が説得するから、と課長と係長は部屋を出て行った。警察官たるもの、上司の命令は絶対である。わたしと田中盛は長沼逮捕時に拾った額面六万五千円、最終レースのアタリ馬券をなかったことにするため、換金して得た百十七万円をふたりで分けた。

3

一週間後、放火殺人事件の捜査本部が手がかりもないまま解散し、継続捜査になった。荒川課長の鼻息ますます荒く、荒すぎて他の幹部たちからひんしゅくを買っているのだが、本人は気づいていない。

　それはともかく、本部からやってきていた捜査員たちが引き上げ、刑事課が元の持ち場について、わたしたちにもまったりした日常が戻ってきた。田中盛は休みをとって地方競馬を満喫し、ついでに温泉につかってテカテカの顔で帰ってきた。わたしは料理教室の友人たちとフカヒレで有名なレストランでほどほどに豪遊し、前から欲しかった七センチヒールを買った。

　しかし、楽しい日々は長くは続かないものだ。捜査本部解散の翌週、信用金庫の基子さんから連絡があった。箕作ハツエが家宝をだましとられたかもしれないと口走っている、と言う。

「かもしれないって、どういうこと」

　わたしと田中盛はまたしても駅前にいた。駅前の雑居ビルの二階に高校生と思われる若い女の子たちがしきりと出入りしている部屋がある、という情報が入ったのだ。部屋には〈心理カウンセリング〉の看板が出ていたが、不動産屋を探し当てて借り主を確かめると、闇金その他に多額の借金を作り、一昨年の暮れに姿を消して捜索願が出ている人物名義だとわかった。

　ついでにネット上で検索をかけると、うちの市の名前とカウンセリングという項目でヒットしたのは一件だけ。若くて純真な女子高生が、男性の悩みを親身になって聞いてくれる、それもふたりきりで、という独特なスタイルのカウンセリングだと判明した。

夜まで待って、出入りしている人間の写真をおさえるか、めんどくさいから近くの電柱に監視カメラでもとりつけて引き上げるか。議論の最中、電話がかかってきたのだ。

「ハツエさんちに雪舟《せっしゅう》の掛け軸があるそうなんだけど、それがとられたんじゃないか、って言ってるんだよね」

基子さんは送話口を手で覆《おお》っているらしく、聞き取りにくい声で言った。

「だから警察に届けたらって勧めたんだけど、ひょっとしたら自分の勘違いかもしれないんだって言うの。どうもねえ、とられたんだとすると、犯人に心当たりがあるみたいなのよねえ。誰か知り合いに、雪舟を貸してほしいと頼まれていたんですって」

本物の雪舟なら、ものによって億はする。できれば貸金庫にでも預けておいてほしかった。

「天下の箕作ハツエさまなんだから、遠慮せずに署長でも誰でも呼びつけて調べさせればいいじゃない。間違いだったなら間違いでしたですむんだから」

「それがこの間の、ほら、ひったくりの件。あれでけっこう腰が引けてるみたいなのよね。おたくの課長さんがハツエさんに、この町ではあなたの言うことが真実になります、とかなんとか大見得《おおみえ》切ったんですって？　下手なこと口に出せないって思ってるみたい。ねえ、わたしじゃこれ以上無理なのよ。三琴さんが彼女を説得してくれない？」

電話を切って、相方に話した。田中盛は斜め読みしていたスポーツ紙を折りたたみ、荒川課長に連絡をとった。相方の耳元から、頭の悪い女子高生なんざヤクザの食いもんにしとけ、ハツエ刀自とどっちが大切か言われなくてもわかるだろう、なに刑事課にまわしたほうがいいだ？　バカ言え、うちでやれうちで、とわめいている荒川課長の声が漏れ出していた。

門から眺めると箕作ハツエの家は典型的な農家に見えた。母屋の表玄関の脇に、トタンで作った小屋があって、のぞいてみるとトラクターやトラック、鍬《くわ》や鋤《すき》、はさみに竹箒《たけぼうき》、七輪にバネ式のネズミ捕り、ネギ洗い用の機械まで、およそ雑多な装備がはみ出していた。ハツエは竹竿《たけざお》の先端に油をしみ込ませたボロ切れをくりつけ、火をつけて、樹の高い場所にいる害虫を焼き殺しているところだった。いまの時期にやっておくと、越冬されずにすむのだという。そういう作業をしていると、彼女自身、野良着の似合う働き者にしか見えなかった。

少し待てというので、門近くで待っていると、いきなり表玄関が開いた。身支度を整えたハツエには、それなりの貫禄《かんろく》があった。うながされて屋内に入ると、そこには邸宅を超えて文化財の世界が広がっていた。なにしろ部屋がでかく、廊下という廊下に畳が敷きつめられている。欄間《らんま》の彫刻、襖絵《ふすまえ》、縁《へり》に家紋の入った畳、知らずにつれてこられたら、二条城かなにかと勘違いしそうだ。

一人暮らしの現在は、その邸宅の離れ、それも一番端《はし》っこだけを使って暮らしているのだ、とハツエは恥ずかしそうに言った。それだって、風呂場と台所、寝間に客間、居間とあわせて二百平米を軽く超える。母屋ときたらあまりに広く、軽やかな足取りのハツエに引き回されて、息が切れた。田中盛は追いつけず、はるか後方に引き離された。

問題の雪舟は、母屋の客間の床の間にあった、とハツエが案内してくれた。客間は二百畳、床の間だけでわたしの暮らす部屋の倍くらいはある。

「ここはまさか、ハツエさんがお一人で掃除なさっているわけじゃないですよね」

「母屋のほうは、月に一度クリーニングに入ってもらってるんだよ。〈近藤《こんどう》クリーニング・サービス〉っていう会社なんだけど」

この町で〈近藤クリーニング・サービス〉を知らなかったらもぐりだ。例の崖の上の住宅街で暮らしていた普通の主婦だった近藤昭穂《あきほ》が夫に死なれ、家計のために三十年前、自宅を事務所にして開業した。そろそろ年をとって掃除が面倒になってきていた住宅街の住人たちに受けて儲《もう》け、お掃除のノウハウを書いた本がベストセラーになり、マスコミにとりあげられて都心に進出し、会社はそろそろ上場するんじゃないかと言われている。

「昭穂さんはアタシの死んだ亭主のはとこの娘なんだけどね」

ハツエは言った。ハツエこそが箕作一族の正当な後継者であって、亭主は婿養子だったらしい。したがって、近藤昭穂は箕作一族ではないそうだ。

「仕事を始めるときに、いくらか用立てたのを恩に着て、うちには毎月自分で掃除に来てくれるんです。いまは都心に住んでいるし、第一、仕事や講演会なんかで本当に忙しいんだから、誰かに任せてくれていいよ、と言ってあるんだけど義理堅くってねえ。アタシが気をつかわずにすむように、どうせ月に一度は金土日を休みにして、本宅……この先の、元々住んでた家ですけど、そこですごすようにしてるからって、そう言いましてね」

「なるほど」

田中盛が言って、ちらっとわたしを見た。わたしは訊《き》いた。

「で、雪舟を貸してほしいと昭穂さんに頼まれたわけですね」

「あ、あのう、それは……昭穂さんは有名人だし、自宅で取引先のお偉い方や、学者さんなんかを招いてホームパーティーをするとなったらそれなりのインテリアが必要だし、なにも都心まで持っていくわけじゃない、本宅に飾って数時間で返すし、ご心配ならハツエさんもパーティーにご一緒に、って。それでも家宝だからといったんは断ったんだけど」

ハツエは頬を赤らめて、しどろもどろに言った。

「なるほど、それで？」

「昨日の朝、いきなり男性がやってきたんだよ。美術品の運搬専門サービスの〈ジャパン・アート・エクスプレス〉ですが、近藤様からご依頼があって、雪舟を運ばせていただきますって言われてさ。アタシはもう、びっくりしちゃって急いで昭穂さんに電話したんだけどつながらなくて、ほら、いつまでも玄関先に立たせとくってわけにもいかないだろう。とりあえず、物だけでもみせてほしいって言われてさ。断れないし、一時間あたり五万円の費用を請求するんだっていうし。それでまあ、結局」

「持ち出させたんですか。雪舟を」

　ハツエは涙目でこくんとうなずいた。

「だって、ちゃんとしたひとだったんだよ。白手袋をして、仕立てのいいスーツ着てて、元ボストン美術館がどうとかいう肩書きの名刺渡されたし、何重にもなった運送用の箱だとかシルクの布とか出してきて。だから、それで」

　日本人はたとえ赤の他人であっても、ひとから悪く思われたくないという気持ちが強い。しかも権威や権威を演出されたものに弱い。

「なのに、ようやく昭穂さんと連絡がついたら、血相を変えてとんできてね。そんな業者は知らない、雪舟の件は断られてあきらめたんだって言われてしまって。詐欺だったのかとも思ったんだけど……」

　落ち着いて考えてみると、少なくとも問題の〈ジャパン・アート・エクスプレス〉は、近藤昭穂がハツエから雪舟を借り出そうとしていたことを知っていた。てことはやっぱり昭穂の仕業かも、と思ったハツエは通報をためらったのだ、という。

「他に雪舟の件、知ってらした方は？」

「さあ。昭穂さんが誰かに話したかもしれないけど」

「その運送業者の名刺、拝見できますか」

「それが、確かに受け取ったはずなのに見当たらないんだよ。預かり証もあったのに。間違いなくハンコを押したんだよ。押して、あそこに入れておいたのに消えてるんだ」

ハツエが床の間の脇の鎌倉彫の文箱《ふばこ》を指差して、おどおどと言った。

「どうしたんだろう、アタシ。なんであんないい加減な話を信じたりしたんだろう。あの雪舟をなくしただなんて、ご先祖様に申し訳が立たないのに」

しょんぼりと肩を落とすハツエを精一杯なぐさめて、箕作邸を出た。住宅街への上り坂を登りながら、田中盛が息も絶え絶えに言った。

「課長のせいかもな」

「なにがです？」

「だからさ。課長が前回のひったくりの件を大々的に報道させたじゃないか。おかげで被害者が身寄りのない大金持ちのか弱い八十過ぎのおばあちゃんだってことも広く世間に知らしめちまった。この町に、他にそんなバアさんいるか？　太ったカモ箕作ハツエここにあり、って日本中のサメどもに大宣伝しちまったようなもんだぞ」

近藤昭穂は本宅にいた。彼女は雪舟を借りたい、と頼んだことは認めたが、それ以外は全否定した。そんな運送業者知りません。いいえ、誰にも話してません。雪舟がひと財産だってことは素人《しろうと》にだってわかります。うかつに誰かに話すわけないじゃありませんか。

だいたいそんな運送業者、本当にいたんですか。名刺も預かり証もないんでしょう。ハツエさんはこの間のひったくり事件で頭を怪我したっていうし、そうでなくてもお年ですからねえ。

署に戻って、状況を報告した。当初、荒川課長は例の持論「ハツエ刀自のいうことは、自動的に真実だ」を持ち出したが、となると、まもなく一部上場を果たすかも知れない企業の代表が嘘《うそ》をついているということになると気づいて思い切りよく方針を変更した。

「餅は餅屋。詐欺被害は刑事課」

課長は奥深い言葉でも発しているかのように、重々しく言った。

「きみたちは、なんだ、その女子高生のカウンセリングの件を頼むよ」

警察官たるもの、上司の命令は絶対である。わたしたちは言われた通り、箕作ハツエの件から手を引いたが、これが意外な展開をみせた。事件を押しつけられた茅野刑事課長が、この件を高額絵画の詐取事件として大々的にぶちあげたのだ。様々なやり口の詐欺が知られるようになっていたことや、雪舟のお値段がお値段であるせいもあって、事件は世間から大きな注目を浴びた。

ライバルに塩を送った形となった荒川課長はほぞをかんでいたが、事件の捜査がいっこうに進まず、膠着《こうちゃく》状態に入って愁眉《しゅうび》を開いた。近藤昭穂はマスコミに追い回され、本宅に引きこもってしまった。

事件発生から二週間後、刑事課の捜査員ふたりが何度目かの聴取のため赴くと、近藤邸から火が噴き出ているところだった。

4

乾燥注意報は最長記録を更新中だったから、火は瞬く間に燃え広がった。狭くて車も入れない住宅街の路地の奥という立地条件もあって、この付近は以前から自主消防団の活動が盛んだったそうだ。とはいえ、住人の高齢化が進めば消防団の高齢化も進む。火事に気づいて飛び出そうとした七十八歳の団長が腰をやって動けなくなり、初期消火は遅れた。うちの署に回された人間にロクなやつはいない、というのが警察内の暗黙の了解である。くだんの捜査員は深井《ふかい》と和爾《わに》というが、このふたりは消防に通報だけして消火器を探すこともせず、近隣住民を避難させもせず、野次馬の最前列に陣取って、口を開けたまま火事に見入っていたらしい。しかも炎が見えなくなると、そのまま署に帰ってしまった。その直後、焼け跡から近藤昭穂の遺体が発見された。

司法解剖の結果、昭穂の遺体から睡眠導入剤が検出された。居間の窓には目張りがしてあり、同じく居間からは七輪が三つ見つかった。調べてみると、〈近藤クリーニング・サービス〉は上場どころか不正経理その他で本部刑事二課に目をつけられており、内情は火の車だった。薬は昭穂が医師に処方してもらったもの、死因は一酸化炭素中毒、火災の原因は練炭の火に昭穂の膝掛けが接触したこと。おまけに焼け残ったものを鑑識が調べたところ、雪舟と読めなくもない文字の書かれた木の箱の残骸らしきものが見つかった。

以上のことから、近藤昭穂の死は自殺と断定された。経済的に逼迫《ひっぱく》していた昭穂はハツエから雪舟をだましとり、これを売って会社の運転資金にするつもりだった。ところが思っていた以上にこの事件が有名になり、簡単には買い手を見つけられなくなった。

昭穂が本宅に、というよりこの町に居座っていたのは、ハツエから金を引き出そうという魂胆もあったらしい。しかし、いくらハツエが優しくても、家宝を盗んだかもしれない女にそこまで厚かましい申し出をされて、引き受けるはずもない。昭穂は箕作邸の近所でたびたび目撃され、一度など、畑の真ん中で箕作ハツエをののしっていたこともあったという。

金はできない、マスコミには追われる、刑事がまたしても聴取に来る。ついに昭穂は切羽詰まって死を選んだに違いない……というのが、わが署刑事課の見解だった。

これを箕作ハツエに報せたのは、深井と和爾という例のコンビである。あらためて言うまでもないが、彼らの辞書に〈気を利《き》かす〉という項目はない。

ぶしつけな口調で昭穂の死を知らされ、彼女がやはり雪舟をだましとったと考えられるという事実を伝えられ、おまけにその雪舟は燃えてしまったらしい、と聞かされたハツエはその場にうずくまってしまった。それをまあ、コンビは「そっとしておいたほうがいいと思って」そのままにして立ち去った。二十分後、福祉事務所の千香さんが定期訪問のため箕作邸を訪れ、動けなくなっているハツエを発見し、救急車を呼んだ。

「どうかしてるよ、おたくの刑事さんたち」

数週間後、隣町にできたばかりのイタリアンで四種のチーズのピッツァに蜂蜜をかけながら千香さんは言った。

「いくらお元気だからって、ハツエさんは八十過ぎてるんだよ。真っ青な顔でへたりこんでいるの、ほっておいて帰るなんてひどすぎる。話を聞いたうちの所長はカンカンで、おたくの署長に直接抗議したんだよ」

それで、荒川課長がご機嫌だったのか。そんなことがあったなら、当然茅野刑事課長も厳しく叱責されたに違いない。

「三琴さんに文句を言ってもしかたないんだけど。署内では問題になってないわけ？」

千香さんがバッグから髪留めを取り出しながら言った。初めて見る、柔らかそうな革のすてきなバッグだ。

「うちは生活安全課だから。基子さんに言われて、ハツエさんのところに最初に行ったけど、すぐに窃盗または詐欺と判断して刑事課にまわしたの。だから、そのあとハツエさんがどうなったかはよく知らなかったんだよね」

最近、わたしたちは〝カウンセリング〟の捜査で忙しかった。監視カメラで事務所に出入りしている二十人ほどの女子高生の映像をおさえ、身元を洗い、何人かを尾行して「カウンセリングのため」ラブホテルなどに出入りしているところもおさえた。さらに彼女たちの管理をしている広重雄二《ひろしげゆうじ》というチンピラと、やつが集めた金を運んでいく姿や、運んだ先についても調べ上げた。

そろそろ着手するかと上に相談した矢先、金を運んでいるさなかの広重雄二が高架下の暗がりで気絶しているところが発見された。病院に運び、近親者に連絡するため彼のスマホを見たところ、驚いたことに、そこには売春した女子高生のリストと客のリスト、さらに客と女子高生の行為の隠し撮り動画などの動かぬ証拠が入っていた。

おかげで、売春防止法違反その他で関係者一同を残らず逮捕できた。目が覚めて、のっぴきならない立場にいることに気づいた広重雄二に、わたしたちは丁重に感謝の意を伝えた。雄二は売春防止法での容疑はすべて認めたものの、誰かに殴られて組事務所に運んでいく途中だった五日分のあがり百十二万八千円を奪われた、暗くて犯人の顔は見えなかったが、身長一八五センチほどのでかいやつだった、と訴えてきた。

わたしたちは雄二に、あんたは我々の監視下にあった、高架をくぐるときにわずかに目を離したが、一八五センチ近い人物が近くをうろついていたなら見落とすことなどありえない、と説明してやった。そんなはずはない、と雄二は泣きそうになりながら叫んでいたが、彼が所属する事務所の連中をふくめ、広重雄二の申し立てを信じるものはいなかった……。

「それで、ハツエさんはいまどうしてるの？」

新しくワインを注文すると、千香さんは新発売のコンパクトを取り出してのぞき込みながら、三琴さん景気いいよね、こんな店に招待してくれるなんてと言った。わたしは肩をすくめた。

「ボーナスが出たって、使うヒマも使う場所もないんだもん。秋に買ったせっかくの七センチヒールだって、お披露目《ひろめ》する機会もほとんどなかったんだよ」

「三琴さんって一七八センチあるんだっけ。七センチヒールはくと身長は、ええと……」

千香さんが計算し始めたところへ、注文のワインが届いた。わたしは手早くテイスティングをすませてOKを出すと、話を戻した。

「ハツエさん、身よりはまったくないわけ？　あんなだだっ広い家にひとりで暮らしてて、遠縁にあたる昭穂さんにまで死なれて、気の毒だよね」

「あたしがこんなこと言っちゃいけないのかもしれないけど、そろそろあの邸宅手放して、完全介護付きの豪華マンションにでも移ったほうがいいんだよね。雪舟の件ではすっかりしおれて、ご先祖様に申し訳ないって毎日泣いてるそうだもん。もちろん、理恵さんから聞いたところじゃ……」

「保険外交員の？」

「そう、〈ヘルメット保険〉の理恵さんから聞いたんだけど、あの雪舟は保険に入ってたんだって。だけど、家宝なんてお金には換えられないじゃない。他にも箕作家にはお宝がありそうだし、またいつなんどき盗られないともかぎらない。美術品運搬サービスの男も、市内で起きてる連続空き巣も捕まってないんだよね」

千香さんが連続空き巣の被害について知りたがったので、わたしはワインを注《つ》ぎながら、知るかぎりのことを話してやった。

付近の防犯カメラや監視カメラに、黒ずくめの不審者が映っているのは早朝が多いこと。一戸建てにひとりで住んでいるお年寄りばかり狙われていること。ゴミ出しやラジオ体操で玄関を開けたままのタイミングを見計らって入り、財布や引き出しから現金だけを抜いていること。犯行時間一分弱の早業だということ。

「とまあ、ここまではよくある手口なんだけど、ちょっと気になることもあってね。被害者のうちの何人かは、ある程度まとまったお金を引き出したばかりで、それをまるごとやられてるの」

「あ、それあたしも知ってる。盗まれたお金を確定申告したら控除してもらえるかどうか、何人かのお年寄りに訊かれたわ」

ふーん、とわたしは思った。福祉事務所の千香さんは、被害者たちと懇意にしているわけだ。たぶん、彼らがいつお金を下ろしたのか、どこにおいているのかも知っている。しかしまあ、おたがいによく知っているわけだし、いるはずのない朝の時間帯に見かけられたらそれだけでアウトだし……。

明日の朝も早いんで、と千香さんは帰っていった。町に帰る電車の中でスマホをチェックした。千香さんのすてきなバッグは十二万八千円だった。

飲み足りなかったので、保険外交員の理恵さんを呼び出した。辛夷ヶ丘駅前の居酒屋で落ち合った。彼女はすでにへべれけに近く、ストレスだ、ストレスだと繰り返していた。

「辛夷ヶ丘じゃ、生命保険を解約するひとが増えてんのよ」

理恵さんは言った。

「一定年齢を超えると掛け金がバカ高くなるからね。その代わりにガン保険や疾病保険、盗難保険、地震火災保険とか、自分自身が困らないための保険に入ってくれるんだけど、当人が死んだ後、子どもたちに親の生命保険証書が見当たらないって相談されるわけ。だからご本人様からの申し出でずいぶん前に解約して、他の保険に切り替えられましたって説明するでしょ。怒り出すんだよね、子どもたちが」

「え、なんで」

「金よ、金」

理恵さんは指で丸を作ってみせた。

「いろんなものに死亡保障もついてるけど、たいていはお葬式の費用分くらいだからね。生命保険をあてにしてた息子や娘に騒がれるんだよ。うちの親は死亡時五千万の保険に入ってるって言ってた、あんたたちが新しい保険を売りつけるために生保を解約させたんだろうって。大損こいた、どうしてくれるだってさ」

理恵さんは酒臭いため息をついた。

「冗談じゃないっての。そりゃ親だって、子どもに教育資金が入り用なときには万一のことを考えてそれなりの保険に入るでしょうよ。だけど親や夫を見送って子どもが自立したら、ねえ？　なのに親が死んで、大損こいたって、なによ」

ふーん、とわたしは思った。盗難保険かあ。その手があったか。誰か、空き巣に扮《ふん》して防犯カメラや監視カメラに映ってくれる人間がいれば、盗難が自作自演や勘違いではないかなどと疑われたり、警察に被害届を握りつぶされたりしなくてすむ。謝礼のほうも、何人かで割り勘にすれば……。

5

年が明けて、わたしは颯爽《さっそう》と初出勤した。田中盛が目をしょぼしょぼさせながら、あけまして、とだけ言って話を変えた。

「聞いたか、箕作ハツエの話」

「またなにかあったんですか」

わたしは新しいバッグをデスクの上に置き、お茶を淹《い》れに行きながら訊いた。バッグは福祉事務所の千香さんと色違いのお揃いだ。わたしが彼女のバッグを褒めたのを覚えていたらしく、千香さんがぜひともらってくれ、とクリスマスにプレゼントしてくれたのだ。あの食事の後、わたしたちは時々、住宅街で、よく早朝に出くわした。ダイエット中の千香さんが、顔や体型を隠すような格好をしているのを何度もからかって、わたしたちは前よりずっと親しくなったのだ。

立場上、高価なものはもらえない、といったんは断ったのだが、だったらこれを、と千香さんは領収書をくれた。あたしから買い取ったことにできるじゃない、と彼女は言った。さすが福祉に携《たずさ》わる人間は気配りがこまやかだ。深井と和爾コンビに彼女の爪の垢《あか》でも飲ませてやりたい。

いや、そんなことはどうでもいい。ハツエの件だ。

「詐欺に引っかかったんだよ。振り込め詐欺っていうか、オレオレ詐欺っていうか……金を受け取りに来た人間に渡すやつ。あれ、なんていうんだ？」

「渡したんですか」

わたしは湯のみをひっくり返しそうになった。田中盛は声をひそめ、

「あの〈ジャパン・アート・エクスプレス〉から、雪舟を預かっていると電話があったんだそうだ。箕作ハツエが、あれは近藤昭穂の家で燃えたと聞いている、というと、見つかったのは箱の燃え滓《かす》だけだろう、絵は自分のところの金庫に預かっていた。まるで、うちがあなたから雪舟をだましとったように報道されていたので名乗り出られなかったが、騒ぎも下火になったようなので、絵を返してもいい。しかし、おかげで、自分たちは仕事ができず、たいへんな損害をこうむった。聞けば〈近藤クリーニング・サービス〉の社長はおたくの遠縁だとか。損害賠償を考慮いただけないだろうか」

「それで、いくら？」

「二千万。現金を段ボール箱に詰めて使いのものを待つように、と言われたんだそうだ。準備をして待っていると、若い男がバイクで現れて、箱を受け取って行った。で」

「で？」

「それっきりだ」

「うわー。二千万かあ」

「おいおい、三琴おまえ、一枚かみたいとか思ってるんじゃ……」

言いかけた田中盛がおかしな表情になった。振り向くと、荒川課長と五十嵐係長がわたしたちを手招いており、近づくと、刀自の件は聞いたか、と小声で言った。

「こんなことになったのも、元を正せばうちの刑事課のせいだ、ということになりつつある」

　課長は手をこすりあわせながら言った。

「深井だかワニだかいう気の利かない刑事ふたりのせいで、ハツエ刀自は完全に警察不信になってしまわれた。そのために警察の見解より詐欺師の言うことを信じ、雪舟が燃えていなかったなどという話を鵜呑《うの》みにした。あいつらさえいなければ、ハツエ刀自も詐欺にひっかからず、最初の電話の時点で一一〇番してくださって、美術品運搬サービスの男の手がかりをつかめたかもしれないのになあ」

「そこでだ」

　係長が言った。

「今回の件はわが生活安全課が引き受けることになったが、担当として、おまえたちふたりが適任だと判断した」

「オレが判断した。遠慮なく一枚かみたまえ」

　荒川課長が胸を張った。

「はい？」

「だから、思う存分、捜査しろと言ってる」

　警察官たるもの、上司の命令は絶対である。わたしと田中盛は言われた通り思う存分下調べをしたのち、被害者箕作ハツエに話を聞くことにした。

駅の北口と南口を結ぶ連絡通路をくぐり、辛夷ヶ丘の住宅街を通り抜けた。初春のおだやかな日ざしが、古い家々を暖めていた。きちんと清められて門松や輪飾りをつけられている家もあれば、雑草を取り払った様子もなく、壁も雨によるシミだらけの家もある。片づけられた焼け跡もあれば、火災のあとがそのままになっている場所もある。空き巣被害の前から壊れたままになっている監視カメラ、鳥の糞《ふん》まみれの防犯カメラ。

どこか遠くで子どもの声がした。静かだった。誰もいないのではなく、家の奥深くに潜んで、敵が通り過ぎるまで息を殺しているような、静けさだった。その深海の底のような静けさは、住宅街を抜けて平地に降り立ち、畑の間の道を歩いて箕作邸にたどり着くまで続いた。

門内に入ると、電話が鳴っていた。聞くともなしに聞き耳をたてていると、呼び出し音がやみ、受話器をたたきつけるような物音がした。やがて現れた箕作ハツエは松の内らしく、家紋入りの羽織姿だった。

新春の挨拶と、事件のお見舞いを同時に口にするのは難儀だったがなんとかやってのけた。合格だったようで、わたしたちは奥へ通された。雪舟が掛かっていたとハツエが説明してくれたあの床の間には松と南天と白菊が活《い》けられ、七福神らしいおめでたい絵柄の掛け軸が掛けられていた。

「毎年、お正月にはあの雪舟を掛ける習慣だったんだ」

ハツエはしょんぼりと言った。

「あんな電話を信用するなんて、あんたたち、さぞバカなバアさんだと思っているんだろうね。いまならアタシもそう思うよ。だけど、戻ってくるかもしれない、いや、返ってきてほしい。戻ってきてくれたら、ご先祖様にあわせる顔もあるし、いい気持ちでお正月を迎えられる。そんな気持ちで頭がいっぱいになっちまったんだよ。ホントにバカだ。もう、ひとりで暮らして行くのはダメかねえ」

ハツエが袂《たもと》からハンカチを取り出して、つぶらな目を拭いた。

「みんながそう言うんだ、ここを売って、海の近くの介護付きマンションでも買って余生を送れって。だけど、こんな不便な土地でも、先祖代々守ってきたんだよ。アタシが最後まで踏ん張らなければ」

しゃくりあげて、鼻水を拭く。田中盛が咳払いをした。わたしは言った。

「それじゃあ、お辛いかもしれませんが、もう一度なにがあったか話していただきましょうか」

「ああ、そうだね。ごめんよ」

電話やバイクの男について供述をとった。すでに知っている以上の話は出てこなかった。似顔絵と言われても、アタシはひとの顔を覚えるのが苦手で、相手はフルフェイスっていうの？　ヘルメットかぶってたし。うん、バイクの後ろに箱みたいなのが取り付けられてたね。

え？　監視カメラ？　このあたりは住宅地と畑ばかりだから。辛夷ヶ丘の南側を回って多摩《たま》川に抜ける道にはついてるかもしれないけど、そうだねえ。ケチなことせず、雪舟の事件があったときに、取り付けておけばよかったよ。

わたしは何度か箕作ハツエと視線を合わせたが、彼女は黒目がちのぱっちりした目をひたとこちらに向けて、微動だにさせなかった。やがて尋ねることがなくなり、わたしは寒くないかと訊いた。ハツエはうなずいた。

「こりゃあ悪いことをした。あんたたちも寒かっただろう。狭いんだけど、アタシの居間のほうに行くかい？　お茶を淹れよう」

こたつに足を入れるのは久しぶりだった。天板にはかごに入ったみかんが置いてあった。こたつぶとんの端っこに猫がいて、死んだ祖母の居間を思い出した。お茶は上等で、香り高かった。

体が温まると、それぞれなんとなく力が入っていた肩が下がり、ハツエの顔も優しくなってきた。彼女は昔話を始めた。ほんの数十年前まで、この庭には大勢の親戚縁者や家作人が集まり、みんなして餅をついて丸め、自分たちでお供《そな》えを作ったこと。秋には手伝いを呼んで、この家の二階の窓という窓がオレンジに染まるほど柿を干したこと。この先の神社が拝殿の建て替えをしていたときには、家作人を集めてここの庭で秋祭りをやったこと。

「それって、何人くらい集まるものなんですか」

　尋ねると、ハツエはわたしの無知に一瞬、目をぱちくりさせた。

「そうだねえ。以前はこのあたりの町や村、すべてが家作人みたいなもんだったからね。数百人ってとこだったかねえ。箕作の遠縁で、前の大臣をやってた、ほら」

　ハツエは有名な政治家の名前を口にした。

「あれが初めて国政に立候補したときには、ここの母屋を選挙事務所に貸してやったんだ。終わった後は畳がボロボロにすり切れてでね。世間体を考えたら、すりきれた畳をそのままにはできなくて、全部替えたんだ。費用うちもちでね。いまじゃそんな真似できないね」

　ハツエはため息をついた。

「この家の畳をすべて替えたら、その費用だけで古くなった家作を建て替えられるよ。そうすればもう少し家賃収入が期待できるんだけどね。みじめなもんだよ。年はとりたくないし、年をとってからお金がないのは……」

　ハツエの目がまたしてもうるんできた。わたしは話を変えた。

「お金持ちってうらやましいけど、支出がバカにならないんですね」

「そりゃそうさ。日本には付き合いもおもてなしもあるからね。正月だって年賀にやってきた家作人には、なにがしか包まなくちゃならないしね」

「それはたいへん。それじゃ、きっとものすごい大人数がお年賀にやってきて、雪舟の掛け軸を拝んだんでしょうね」

「そうとも」

ハツエはハンカチで目頭をおさえると、深くうなずいた。

「毎年そうしていたからね。あの雪舟を見ると、ああ、年が明けたとあらたまった気持ちになったもんだ」

「それを十一月に、無人の母屋の床の間に掛けてたんですね」

無邪気に言ったつもりだったが、ハツエはハンカチを落とした。

「ええ、まあね。……運が悪かったよ。たまには風に当てようなんて思ったもんだから」

「へえ、お軸の手入れも庭の手入れに劣らずたいへんなんですね。この間お邪魔したとき、ハツエさん害虫を焼いてましたよね。あれって灯油を使うんですか」

「そうだよ。竹にボロ切れをくくりつけ、灯油をしみ込ませて、高い位置のを焼くんだ。それがどうかしたかい？」

「いいえ、なんでもありません。ただ、ふっと、変なこと連想しただけです」

「変なことって？」

「あの材料で、火炎瓶が作れるなって」

ハツエは黙ったままお茶をすすった。わたしは素知らぬ顔で言った。

「あの放火されたゴミ屋敷も、その周辺の家やアパートも、箕作家の家作だったんですね。亡くなった紫藤民子というおばあさんは、ずいぶん長いこと家賃を払わずに居座っていたんだとか。ずいぶん無礼なひとで、誰にでも悪口雑言《あっこうぞうごん》投げつけていたんですってね」

「おやおや。お正月から亡くなったひとの陰口をたたいたりしちゃいけないね。いまや仏様だよ」

ハツエは微笑《ほほえ》んだ。それまで黙っていた田中盛が口を開いた。

「たしかに仏様のようにありがたいですよね。あのおばあさんが火事で焼け死んでくれたおかげで、あのあたり一帯の火災保険が何千万円分もハツエさんにおりて、箕作家の維持費がまかなえるようになったんだから、拝まなくちゃいけない。だけど、住んでるひとがいなくなってたんだから、あのずだ袋を握りしめて家賃をもらいにいかなくてもよくなったんじゃないかな。なのに長沼の奪った金が六十万っていうのは、どうなんだろう。もう、税金の申告しちゃいました？」

ハツエは薄く笑った。

「確定申告は二月の中旬からだよ。知ってるくせに。それに、被害金額が六十万円っていうのは、警察も認めて書類にしたんじゃなかったかねえ」

「もちろんです」

田中盛は姿勢を正してみせた。

「わが町において、箕作ハツエさまのおっしゃることは、自動的に真実となる。うちの課長がそう言ってます。なので、あなたが雪舟をだましとられたといえばそれは真実だし、金をだましとられたといえばそれも真実だ。たとえあなた以外の誰も目撃しておらず、名刺や領収書や監視カメラ映像といったその存在を裏付けるものがなくても〈ジャパン・アート・エクスプレス〉の者だと名乗った男は存在したのだし、詐欺電話はかかってきたのだし、あなたはバイクの若い男に多額の現金を詰めた段ボール箱を渡したんだ。ですよねえ？」

箕作ハツエはぶるっと身震いして、それでも気丈に言い放った。

「電話はあったよ。通話記録が残ってるんじゃないかい。調べてみるがいい」

「そりゃあったでしょう。多いんじゃないですか、詐欺の電話。あなたが大金持ちの太ったカモだってことは、日本中が知ってるんだから」

タイミングよく電話が鳴った。ハツエが凍りついたように動かないので、わたしが出た。電話の向こうで男が泣いていた。受話器を戻し、肩をすくめてみせた。田中盛が腕を組んだ。

「詐欺が多くて困りますよね。よかったら、番号通知サービスを頼んだらどうでしょう。録音できる機種に換えるっていう手もある。我々ね、上からきっちり言われているんですよ。箕作ハツエさまのためにできるだけのことをしろと。あ、もちろん、法律の範囲内ですよ。いくらあなたのためだからって、近藤昭穂さんみたいに精神科に通って自分の名前で睡眠導入剤を処方してもらってくるなんて、そんなことはできません」

ハツエの唇が震えた。微笑もうとしたが、うまくいかなかったようだ。

「なんのことだい」

「あの、門のところにある小屋。農機具やなにか、いろいろ詰まってるみたいですね。以前来たとき、あそこで七輪を見かけたような気もするんですが」

田中盛は音を立ててお茶を飲んだ。わたしはかごからみかんをとった。みかんはうまかった。冬暖かく、食べ物があって、とんでもなく広い邸宅があって。十分、贅沢《ぜいたく》じゃないかと思った。

「それで？」

やがて、沈黙に耐えきれなくなったように、ハツエが言った。血の気が失せて、灰色がかってみえた。わたしは以前、テレビで見たサメを思い出していた。悪魔のサメ、と呼ばれるそのサメは角とマペットのようなつぶらな瞳を有していた。しかし、餌となる小魚の接近を感知すると、角の根本に隠れていたギザギザの歯のついた獰猛《どうもう》な口がおぞましくも飛び出てきて、餌をズタズタに嚙《か》みちぎる。

餌があれば、サメはそうする。それが本能だ。

丘の上の死神

1

乱闘騒ぎが発生したとの一報が入ったのは、残暑厳しい九月の平日の、そろそろ正午になろうかという時分のことだった。

場所は、駅前から南へと延びる市道十二号線、通称・お役所通りにある辛夷ヶ丘市民会館の正面玄関ホール、乱闘者の数は百人をくだらない、という内容に、市民会館の並びにある辛夷ヶ丘警察署の署員十数人が、おっとり刀で署を飛び出した。

生活安全課のデスクにいたわたしと相方の田中盛も、一報を聴いて目を見交わすなり、さっとその中に紛れ込んだ。

「少なくとも、課長に監視されながらつまんない資料を眺めてるより、暴徒鎮圧のほうがマシだよな」

〈警視庁辛夷ヶ丘署〉と背中にでかでか書かれた黒のジャンパーをはおりながら、田中盛がつぶやいた。

「それに、今日の市民会館のメインイベントといやあ、現職市長と対抗馬の公開討論会……何度目だよ」

「三度目ですかね」

「そんなもん見に来るのは、ヒマな年寄りだけだ。乱闘ったってたかが知れてる。早いとこ終わらせて昼飯食いに出ようぜ、三琴。今日の市役所の食堂のB定食、コブシ豚の生《しょう》姜《が》焼きなんだ」

「あんな脂身だらけの生姜焼きにご贔屓《ひいき》がいるとは知りませんでしたよ」

ファスナーを上げ、髪を後ろで縛り、指をポキポキ鳴らしながらわたしは言った。こちらの大股に遅れ気味の田中盛は必死に足を繰り出しつつ、面白くもなさそうに鼻を鳴らした。

「知らんのか。人を太らせるのは脂肪じゃなくて糖質。脂肪はまあまあ食べても体重に変わりはないんだとよ。糖質が体内で中性脂肪になって、内臓の隙間だの肝臓だのに蓄えられ、血管を詰まらせる。英《はなぶさ》慎一郎《しんいちろう》の血管を詰まらせたのもたぶん、糖質だったんだろうよ」

田中盛はわたしより二十センチほど背が低く、胴回りは五十センチ以上大きく、体内に留まりきれずに余った脂が毛穴という毛穴から滲《にじ》み出て、遠くからだとキラキラと輝いて見える。誰もが想像する通りの食生活を送る相方の口から、糖質なんて言葉が出てこようとは、と感慨にふけるまもなく、わたしたちは警官隊ともども市民会館になだれ込み、左側に赤、右側が黄色の団体がにらみ合う、その真ん中に割り込んでしまう形となった。

赤をシンボルカラーにしているのは、与党系の推薦を受けた現役市長の高橋《たかはし》ヒロム陣営。黄色いリボンをたなびかせているのは、リベラル系の対抗馬・英遊里子《ゆりこ》陣営。どちらも来週投票が行なわれる辛夷ヶ丘市長選挙の立候補者だ。

いくら娯楽の少ない田舎の選挙とはいえ、こんな集まりに駆けつけるヒマ人はそう多くなかったようで、百人はおろか合わせても四十人とちょっといるかどうか。赤陣営の方は金で雇われたサクラと思《おぼ》しき若者が数人、かたや黄色いリボンは田中盛の予想通り、大半が高齢者だ。

トレードマークだったわざとらしい笑顔を封印し、唇をキュッと結んだ英遊里子を守るように取り囲んだ黄色いシンパたちのあるものは咳をし、あるものは喘《あえ》ぎ、あるものは震えながら市長をにらみつけている。よだれを垂らしながら、竹槍《たけやり》訓練のごとく杖を構えているお年寄りすらいる。

うわー。

わたしたちは顔を見合わせた。乱闘は誤報だが、一触即発の雰囲気。おまけに相手がお年寄りばかりだからこそ、鎮圧は大変そうだ。矍鑠《かくしゃく》と見えても、膝をやり腰を痛め、骨《こつ》粗《そ》しょう症や高血圧その他の持病を抱えているだろうことは想像にかたくない。訓練通りに取り押さえでもしたら、肋《あばら》が折れ、大腿骨《だいたいこつ》にヒビが入り、ペースメーカーがイカれ、ヘタしたら死者が出て、訴訟に発展しかねない。

ベテランの地域課の警察官が全員をなだめようと説得を始めたのをしおに、わたしと田中盛はさりげなく警官隊のしんがりに移動し、会館を飛び出した。怠け者、臆病者《おくびょうもの》と呼びたくば呼べ。住所だけは東京都だが、都心まで電車で一時間半近くかかる僻地《へきち》の寂《さび》れたベッドタウン・辛夷ヶ丘署に異動となってから、わたしの野望はただ一つ。定年まで勤め上げ、その間にたっぷりと貯金をし、年金をもらって憂いのない老後を送ることだけだ。

外に出ると、じっとりと汗が吹き出てきた。少なくとも、会館内は冷房が効《き》いていた。警察官各位が会館と外との境目に腰を落ち着けて涼み、わたしと相方は正面玄関横の日よけの下に位置を占めた。

太陽が中空に上り、この時間、日陰のないお役所通りにひと気はまばらだった。ときたま、残土を積んでいるらしい大型トラックが走り去る他は、車の姿もない。高度成長期の末期、当時、計画されていた首都圏環状線十八号Bにつながるとあてにして、大した交通量もないのにお役所通りは六車線にされた。通り沿いに植えられたケヤキの幹で、遅れてきたセミが死に物狂いでメスを求める鳴き声が、空っぽの道路に虚《うつ》ろに響いていた。

それに比べると、館内の方がよっぽど活気に満ちていた。誰かが高橋市長を「えこひいき」と呼び、別の誰かが英候補を「口先ババア」と呼んでいるのが、離れたところにいるわたしたちの耳にも届いた。別の誰かが市長を「マザコン市長」と呼び、別の誰かが英候補を「ブス」と言った。誰かが高橋市長を「高齢者殺し」と呼び、別の誰かが英候補を「嘘つき女」とわめき返した。

これをきっかけに双方の怒鳴り合いは最高潮に達し、もはや誰がなにを言っているのか聞き取れないほどとなった。

「盛り上がってるなー」

田中盛は情報提供者への電話やメールを終えると、すでにぐしゃぐしゃになったハンカチで顔を拭いた。

「辛夷ヶ丘に来てかれこれ二十年になるけどさ。市長選なんてあったっけ、っていうほど地味なイベントだったのに」

「他人事《ひとごと》みたいに言わないでくださいよ。すでに、わたしたちだって巻き込まれてるんだから」

空腹を感じ始めていたわたしは仏頂面《ぶっちょうづら》で答えた。

高橋ヒロム・現辛夷ヶ丘市市長は四年前、前市長が無投票で当選すると思われていた統一地方選挙に突然打って出た国交省の元キャリア官僚だ。政治家にしてはまあまあな外見に加え、与党の有名どころが応援にきて、全国ニュースに取り上げられ、結果、古くからの住人や市役所その他の応援を受けた前市長を下し、だるまの目に墨を入れた。

聞くところによると、高橋ヒロムは地方の町議会議員止まりとはいえ政治家一族の出身だそうだ。辛夷ヶ丘市とは縁もゆかりもなく、政治家としての肩書きが一つ必要だった、ということ東京都の市長という肩書きはいずれ国政に打って出るのにちょうどよかった、ということらしい。将来を見据え、有能な元官吏という売りを生かすべく、市長就任当初から辛夷ヶ丘という貧乏な自治体の財政健全化に向けてバリバリ働き……やりすぎた。

財政難を理由にシルバーパスを廃止し、高齢者向けの各種補助金の申請手続きをやたらと難しくして、高齢者の反感を買った。少子化を理由に小学校や中学校を統廃合して、通学に片道一時間以上かかる子どもを出した上、「一部の子どもたちだけを優遇はできない」とスクールバス運営を拒否。ついでに「地域の商店の活性化のため」という言い分で給食を廃止して、子どもを持つ家庭の反感を買った。さらに市税の値上げ、空き家管理費用の強制徴収案、大型産廃施設やプラスティックゴミ処分工場の誘致などを次々に打ち出した。

なりふり構わず支出を減らし収入を増やす、目的が財政健全化「だけ」なら、市長のやっていることは正しい。だが、市民は市の財政の為に生きているわけではないということが、このおぼっちゃまには今ひとつ理解できなかったらしい。それでも自分の人気がないことくらいはわかるから、自分の後援会会員には補助金申請手続きの代行を行なうよう、市役所職員に指示を出した。このえこひいきがバレ、市長選が公示されるよりずいぶん前に、市民の市長への反感は敵意に格上げされていた。

そこでリベラル連合が担ぎ出してきたのが、英遊里子だ。父親はかつての都議会議員、本人は辛夷ヶ丘第二中学校出の五十六歳。幼い頃に母親に死なれ、母方の祖父母の元で育ち、レタス農家やサービスエリアの食堂などで働きながら学費を工面して自力で大学を卒業、通信販売会社を始めて成功——という経歴の持ち主だ。二十八歳で結婚して娘が一人、この娘の産んだ孫もいる。

お世辞にもビジュアル系とは言えず、細い目にシワの多い額、エラの張った頑固そうな顔つき。シンボルカラーの黄色いスーツ、若作りの濃いメイク、真っ白い歯をむき出した愛想笑いがこれほど似合わない政治家もいまどき珍しいが、その泥臭さがかえって好感を呼んだ。

港《みなと》区の高層マンションでママにお世話されながら暮らし、公用車で送り迎えされる独身の高橋市長とは違い、英遊里子は出馬を決めると会社の経営を後進に譲り、辛夷ヶ丘市北《き》町《た》竹《たけ》岡《おか》地区にある、母方の祖父母の住んでいた空き家をリフォームして転居した。疎遠だった元議員の父親が、車椅子に乗り酸素吸入を受けながら娘の応援に現れる、というお涙頂戴の一幕もあって、特に高齢者層が一気に英支持に傾いた。

これに対し、高橋市長サイドも英候補への攻撃を開始した。これといったスキャンダルのない彼女のウイークポイントといえば夫の慎一郎で、こいつは職業不詳の女たらし。妻から小遣いをもらい遊び歩いている、として、キャバクラでヒツジのぬいぐるみをかぶり、女の子のスカートに手を突っ込んで鼻の下を伸ばしている英慎一郎の写真が、週刊誌やネット上にばらまかれた。

しかしまあ、これは、残念な亭主を持った英候補への同情を呼び、むしろ家族まで晒《さら》し者にする高橋市長側への侮蔑《ぶべつ》を呼ぶだけに終わった。おまけに二週間ほど前、英慎一郎は心筋梗塞《しんきんこうそく》で急死した。以前にも心筋梗塞を起こしたことがあった上に、

「倒れている夫に気づいて救急車を呼んだときには、すでに心肺停止の状態でした。最近、なにかと心労が絶えず、辛そうにしていたのに、医者に引きずっていかなかったのは、妻として慚愧《ざんき》に堪えません」

腫れ上がった目をサングラスで隠し、歯をむき出す笑顔を一転、口元を隠した英遊里子は、葬儀で涙ながらに語った。問題の心労とやらが、市長のネガティヴ・キャンペーンであろうことは誰の目にも明白で、市長サイドはさらにポイントを失った。前回と同じ与党の有名どころが応援に来るというが、この分では再選は難しそうだ。

正直にいえば、警察にとって連携することの多い市役所は、リベラルな素人よりも元官僚に押さえてもらっておいた方が都合はいい。とはいえ、そういった政治的なことを考えるのは、生安課の捜査員であるわたしの仕事ではない。おまけに以前、廊下ですれ違いざ

ま「でっけー女だなー」とつぶやかれて以来、高橋市長が好きではない。落選して泣きべそかきやがれ、という気分でいたところが、昨日になって急転直下、他人事ではない面倒が降りかかってきたのだった……。

「で、どうよ三琴」

暑さと空腹でぼんやりしていると、相方が言った。眠気覚ましに噛んでいるガムの香りがここまで漂ってくる。

「なにがです？」

「だからさ。英慎一郎急死事件。資料読んだんだろ？」

「声が大きいですよ。……どうよもなにも、なんも出てきやしませんよ。単なる心筋梗塞なんだから。診断書を見ましたけど、高血圧で脂肪肝で高血糖で高コレステロール、尿酸値も高い。前にも梗塞やったくせに、その後、数値が改善された様子はまったくなし。生活習慣を改めることもなく、暴飲暴食ゴロ寝の日々をそのまんま送ってたんでしょ」

「耳が痛いねぇ」

田中盛は自分の出っ腹を見下ろした。言いすぎたと気づいて、なだめることにした。

「我々の仕事はストレスフルですからね。だけど英慎一郎は、妻の金でヘラヘラ生きてた無職の遊び人でしょ。発作は自業自得ですよ。まあ、彼の場合は医療費を使うまもなくぽっくりいった分、社会への迷惑は最小限でしたけど」

わたしたちへの迷惑はともかく。

「だよなあ。関係資料を念入りに読んだが、内容は薄いのを通り越してゼロだよな。病死なんだから当たり前だけど。……あ、終わりかな」

田中盛はガムを地面に吐き捨てた。会館内の声が大きくなり、出入口の境で冷房の恩恵を受けていた警察官たちが二つに割れた。赤い陣営の若者たちが泣きそうな顔で飛び出てきて、そのまま走り去った。一人取り残された赤いウインドブレーカー姿の男がいて、誰かと思ったら高橋市長だった。整ったおぼっちゃま顔を歪《ゆが》め、警官を呼びつけてなにやらわめき散らしていたが、黄色いリボンの高齢者たちが現れると、そそくさとわたしたちの目の前をよぎり、市役所へと消えていった。高齢者たちはその姿を指差し、「エイエイオー」と古風な雄叫《おたけ》びをあげ、笑い転げている。わたしはうんざりして相方に言った。

「高橋市長の負けは決定的ですね。もう本人もあきらめればいいのに」

「与党の有名どころを呼んじゃったんだ、後へは引けんだろ」

白けた顔で三々五々解散していく鎮圧部隊を見送って田中盛は言い、付け加えた。

「だがこれで俺たちは、英慎一郎の急死を事件にするかなんかしなきゃなんなくなったぞ」

2

わが辛夷ヶ丘署は、警視庁の姥捨山《うばすてやま》とも流刑地とも言われている。

警察職員にもいろんなタイプがいる。和をもって貴《とうと》しとなす大和心《やまとごころ》に相反し、よせばいいのに上司の罪を告発した奴《やつ》とか、やたらとゴマをすりすぎる奴とか、いるだけで周囲がもめ始めるフェロモン系美女とか、偉いさんの娘にセクハラを働いたマヌケとか、ギャンブル狂に酒浸り、肝臓を壊した奴にボケ始めた奴、その他その他。上司の頭部を見下ろして不興を買い、「不倫した大女」などと根も葉もない噂を立てられて飛ばされた警察官だっている。わたしだ。

そんな、問題はあるがクビにするほどでもなく、上司の説得に応じておとなしく辞表を書くようなタマでもないというような、面倒くさい人材を収容しておくのに最適な場所、それが辛夷ヶ丘署と思ってくれていい。

そもそも管轄である辛夷ヶ丘市自体が、高度経済成長期に多摩丘陵を宅地開発して作られた、急ごしらえで安っぽいベッドタウンである。

安全基準が緩やかだった頃の住宅地だから、階段や坂だらけで道幅も狭く、緊急車両も入れない路地が多いが、できた当初はそんなこと誰も気にしなかった。鉄道会社の肝いりで作られた宅地で宣伝は行き届き、当時は都心まで特急で五十五分、というのが売りだった。町には次々と新築一戸建てが並び、笑顔の一家が引っ越してきた。小学校が新設され、子どもたちの明るい声がこだました。

そんな急激な人口増加に伴って、辛夷ヶ丘署は開設された。噂では当時、数名の警察上層部が退職後、かなりの好条件でその鉄道会社のグループ企業に再就職したらしい。警察署があって治安も万全というのも売りの一つだったのだろう。

だが、時は過ぎていく。家は古くなり、住民も古くなった。

重機が入れないから建て替えやリフォームによそよりもお金がかかる。住人が死んだり、住みきれなくなっても、家に買い手はつかない。空き家は窓ガラスが割れたまま、台風で庭木が傾き、母屋にもたれかかったままで放置された。ゴミ屋敷や猫屋敷も珍しくない。昨年の秋にはそんな迷惑屋敷が放火される事件も起きた。

人口の減った街に、鉄道会社は早々に見切りをつけていた。直行の特急はいつの間にかなくなり、接続が悪ければ都心まで一時間半近くかかるようになった。おかげで人口流出に拍車がかかった。町がゴーストタウンになる日もそう遠くないかもしれない。

そんなふうだから、辛夷ヶ丘署が閉鎖、奥多摩《おくたま》あたりの警察署と統合されるらしいという噂が持ち上がっても、署員は誰も驚かなかった。ひとが少ないから事件も少ない。幹線道路から外れているから交通事故もめったにない。だからこその流刑地なのだが、財政事情が厳しい昨今、こんな署に予算を回すくらいなら、激務をきわめる足立区《あだち》あたりの署に人員を割り振ったほうがいい。この署でのユルい勤務を楽しんでいるわたしでさえそう思う。

しかしこれを聞いて我が上司、生安課の荒川課長はパニックを起こした。署長をはじめ署の幹部たちから目もあわせてもらえないことに気づかず、己のPRに忙しいトンチキではあるが、この署がなくなったら自分の行き着く先に役職など存在しないことを、ケモノ並みの嗅覚で察知したらしい。そして追い詰められたケモノとして同類に目をつけ、すり寄った。つまり……高橋市長に。

「大きな声では言えないが、このままでは高橋市長の再選は難しい」

昨日の終業時間近く、わたしと相方を呼びつけると、課長は重々しくそう言った。

課長のデスクの後ろには窓がある。西日がひどく、特に夏の夕方には目を開けていられない。課長は「夕陽を背負ったオレ」にこだわりがあるらしく、面倒な案件で部下を呼びつける際にはブラインドを全開にしてしまうのだ。廃屋に転がっている汚れたキューピー人形みたいな己の姿を逆光でくらませるのが目的だとすれば、成功はしている。

「私は署の幹部として、この状況を深く憂慮している。リベラル派の市長なんてものは警察を嫌っている。事あるごとに幹部を呼びつけ、重箱の隅をほじくり返し、そんな権限もないのに報告を求めてくる。断ろうものならマスコミを呼んで警察批判をぶちまけるぞ。

困ったもんだ」

蒙昧《もうまい》な想像力で英遊里子の行動を決めつけると、課長は茶をひとすすりした。田中盛がのんきに言った。

「別にいいじゃないですか。ここの署、なくなるってもっぱらの評判なんだし」

荒川課長は渋茶を吹き出しかけ、のたうちまわった。逆流した茶が鼻へ入ってしまったらしい。課長の隣に立っていた五十嵐係長が代わりに言った。

「そんな評判、誰が立てているのかね」

「あちこちで聞きますね。こんな、事件も事故もほとんど起こらないちっぽけな市だけを管轄する署なんか、いつ消えてもおかしくないでしょう」

「き、君には愛署精神がないのか」

荒川課長は顔を真っ赤にし、まだむせながら人差し指を田中盛に突きつけた。

「長きにわたりこの街の治安を守ってきたのは他でもない、この辛夷ヶ丘署だぞ。それをあっさり潰すなど、許されることではない。まだまだこれからも、この署は平和を守るために尽力していかなければならない。市長もそうおっしゃっておられる」

荒川課長は力説した。なんだ、愛署精神って。初めて聞いたわ。

「それってつまり、高橋市長が当選すれば、この署は閉鎖されないって話ですかぁ？」

わたしは大きな声を出した。我が生安課には、亜希ちゃんというフェロモン女子がいて、彼女めあての部外者が大勢出入りしている。彼女の退署時間が迫った夕暮れどきには、特にその数が増す。松本清張《まつもとせいちょう》の時代じゃあるまいし、いまどき与党系市長と田舎警察の馴れ合いなど大したネタではない。誰も聞き耳を立てている様子すらなかったが、荒川課長の世界は自分を中心に回っている。彼は赤くなった顔を青くして部屋中を見回し、声を低めた。

「砂井、このバカ大女。こういう大切な話を、新聞記者がウロウロしてる場所でするな。確定する前にマスコミに抜かれでもしたら、成るもんも成らなくなるだろうが」

「言っちゃなんですけど、課長。たかが市長の要請くらいで、上層部も警察署の閉鎖を取りやめたりはしないんじゃないですか」

田中盛はわたしの足の甲を軽く踏みつつ、のんびりと口を挟んだ。持つべきものは気の利く相方だ。大女と言われるだけでも腹がたつが、これにバカがついた日には。田中盛が止めてくれなければ、荒川課長にヘッドロックをかけ、髪の毛を一本一本むしり取ってやるところだった。

文字通り危機一髪だったことに気づかぬ課長は満面の笑みを浮かべた。

「それはそうだ。警察署の開設も閉鎖も、市長一人の意見で左右できるものではない。だが、高橋市長の任期が続けば、辛夷ヶ丘市の事情も変わる。警察署はこの地にとって、なくてはならない存在となる。首都東京の大動脈を守るのは警察なんだからな」

「どういうことです、そりゃあ」

「それはだな」

荒川課長が気持ち良さそうにそっくり返ったところで、五十嵐係長が咳払いをした。課長は我に返って目をパチパチさせ、その間に係長が言った。

「課長は市や署の将来について語り合うために、二人を呼んだわけではない。いいから変な合いの手を入れずに、黙って指示を受けろ」

嫌な予感がして、わたしと田中盛は目を見交わした。課長は係長にうなずいてみせ、口を開いた。

「実は本日、高橋市長から内々にご相談を受けた。市長の支持者の一人が竹岡地区に住んでいてな。例の、対立候補の英っておばさんちの裏手なんだ。この新城猛《しんじょうたけし》さんから、市長は気になる話を聞いたそうだ」

英慎一郎が自宅で心筋梗塞を起こし、死亡したその夜。家にいた新城猛は、男女の激しい口論に気がついた。口論は五分ほど続いたが、そのうちドスンという物音と共に静かになった。三時間ほどたってから、新城は救急車のサイレンで目を覚ました。英遊里子が亭主を発見し、呼んだ救急車のサイレンだったらしいのだが、問題は、それ以前の物音で、

「新城さんが聞いた口論と物音は一体なんだったのか。英候補の話では、夫が倒れたのにしばらく気づかなかったということだが、口論の終わりにドスンという物音がしたという

ことは、話と矛盾する。英慎一郎は優男《やさおとこ》だし、英遊里子は見るからにガッチリした力持ちだ。あれこれ考え合わせると非常に気になる、市長はそうおっしゃるわけだね。正直、話を聞いた私も大変気になる。警察官なら誰でもそうだろう」

どうだ、と課長は言わんばかりだったが、わたしも田中盛も返事をしなかった。英慎一郎は八月二十三日の未明に亡くなった。二週間近くもたってから、市長側からそんな話を持ち出されて、誰が信じるか。

「きみらの考えはわかる」

課長は黙ったままのわたしたちを見比べて、言った。

「市長も同じお気持ちだ。新城からこの話を聞いてすぐに警察に伝える気にならなかったのは、疑惑を持たれるとわかっていたからだ。なにしろ、音を聞いたのはご自身の支持者だからな。下手をすれば、選挙に勝つために、単なる病死を殺……えへん、に仕立てようとしている、などと攻撃されかねない。だが、仮にそうだったと仮定してみろ。殺人犯が市長になってしまうんだぞ」

あーあ、言っちゃったよ。

わたしは天を仰いだ。亜希ちゃんに気を取られていた新聞記者が数人、こちらを振り返った。五十嵐係長が再度咳払いをした。

「課長は今がデリケートな時期だということを十分に認識なさっておられるが、一方、これが重大な問題であることはわかるだろう。ということで、なにをしたらいいか、わかったな」

「えー、わかりませーん。なにすればいいんですかぁ」

わたしは故意にマヌケな声を出した。課長が額に青筋を立てた。

「少しは空気を読め。おまえらだって捜査員の端くれだろうが。重大事件が起きたかもしれないとなったら、真相を知りたくなって、上司の止めるのも聞かずに自ら事実をほじくり返したくなるもんだろ。え？」

「いえ、上司が止めるならやめときますよ。警察官たるもの、上の命令は絶対ですから」

田中盛はあるかなきかの目を精一杯見開き、真顔で首を振った。気の短い荒川課長は「あとで自分たちの責任を問われないように、田中と砂井をうまいこと誘導して自ら調査を始めさせよう」と決めていただろう道筋をかなぐり捨てた。

「だったら田中と砂井、おまえらに命令してやる。英慎一郎の死について、きっちり調べてこい。資料は明日の朝までに用意してやる」

「はあ、課長命令じゃしかたないですね」

田中盛はしぶしぶ答え、わたしは肩をすくめた。

「了解しました。じゃ、明日からやりまーす」

「バカ。なにをのんきなこと言ってるんだ。今すぐ新城さんに話を聞きに行けよ。聞きたいだろ、話。聞きたいはずだ」

投票が行なわれる前じゃないと意味ないんだ、時間がないんだ、今すぐとっとと動け、だけど選挙妨害などと言いがかりをつけられないように気をつけろよ、と荒川課長がわめき散らすのを背中に聞きながら、わたしたちは署を出た。

竹岡地区は線路を越えた北側にあり、市の中でもことさらに寂れた地区でアップダウンが激しい。署の少ない車両は出払っており、タクシー代は出ない。お役所通りから竹岡地区までバスは一日三本。地区の入口までたどり着くのに徒歩で軽く一時間はかかる。渋滞の始まった市道沿いの梨畑脇を、過積載のトラックの排ガスを浴びつつ歩きながら、わたしたちは面倒に巻き込まれた責任を押しつけ合った。

数日前、田中盛は府中《ふちゅう》にあるお馬さん系の施設に赴いた帰り、五十嵐係長が若い女と歩いているのを目撃した。係長が釈明するように姪だとすると、腰に手を回していたのはうろんである、と噂話に花を咲かせているところへ、係長が通りかかってしまった。

「一杯飲ませたくせににってにらまれたけどさ。ホントに一杯だったんだぜ、あのドケチ」

「間違いない。その腹いせよ」

こんな場末の署でも、あきらめずに上司にゴマをする輩《やから》はいる。この種の「暗躍」に喜んで飛び込みそうなアホも、何人か思い浮かぶ。彼らをさしおいてわたしたちが巻き込まれたのは、五十嵐係長の差し金、というか嫌がらせだ。

田中盛はふんと鼻を鳴らした。

「三琴だって、職場でヒールをはいただろ。頭頂部見下ろされて課長、すんげえヤな顔してたからな」

「ペタンコ靴をはいていたって、不倫で飛ばされてきた大女とか言われんのよ。どうせ陰口たたかれるなら、好きな靴くらいはかせてもらいたいわ」

「だからって十センチヒールはやりすぎだろ」

「なら今度はヒールやめて、厚底にしてやる」

言い争いの決着がつかぬうちに、竹岡地区に着いた。日は落ちていた。

線路の南側よりも開発が遅れ、ようやく着工する寸前にバブルがはじけ、鉄道会社の資金が尽きて取り残された地域だ。坂道の多くは滑り止めを施したコンクリート舗装で、補修工事の跡が地面をパッチワーク状にしたままだ。街灯は点滅し、電線が鳴き、コウモリが飛び、蚊が寄ってくる。土とカビと、饐《す》えたような空き家の臭《にお》いが残暑の熱と混ざり合い、空気が重い。多摩丘陵の端にあるこの古い丘は、見捨てられて腐りかけていた。

中途半端に抵抗せず、いっそ植物の侵食に任せておけばいいのに、と思いながら坂を上ったり下りたりした。古くからの農家の所有地を相続のたびに分けていったらしく、新城姓の住宅が何軒もあった。

キュウリやトマトをロッカーに入れて売る自前の農作物直売所をチェックしていたおば

さんに声をかけた。おばさんはわたしよりもさらに大女で、振り返るなり、田中盛に向かってまくしたてた。

「アンタたち、ソーラーパネルはいつ設置しにくるのよ。お金は振り込んだでしょ。早くしてくれないから夏が終わっちゃったじゃない。ねえ、太陽光発電会社の人でしょ？　違うの？　警察？　なんだ」

警察と名乗ってここまでがっかりされたのは初めてだ。おまけに新城猛の名を持ち出すと、おばさんはさらに声を大にした。

「なんで警察がタケシを訪ねてきてんの？　タケシの家？　そこの下の黄土色の屋根の奥だよ。ピカピカのソーラーパネルがあるからわかるよ。タケシ、とんでもない暑がりで家にいるときはずーっと冷房つけてるんだけど、今年の夏はおかげで電気代払ってないって。早くうちにも取り付けてもらわないと、大損だよ」

行ってみると、黄土色の屋根の家には「英」という表札がかかっていた。その裏手の新城猛の家は、いわゆる旗竿地《はたざおち》になる。リフォームしたての英邸が防塵《ぼうじん》外壁に二重サッシ、センサーライトと設備が新しいのはもちろんだが、新城猛の家も奥に入っていく通路がきちんと舗装され、掃除され、こざっぱりとしていた。まださかりを過ぎた萩が玄関脇で風に揺れていた。敷地が広く、手入れの行き届かない周囲の家々とは対照的だ。

おばさんはわたしたちの先に立ち、とめどなくしゃべり続けていた。それによると、新城猛はおばさんの死んだ連れ合いのひいおじいさんの玄孫《やしやご》の一人で、祖父の死に伴ってこの家を相続し、一年ほど前に療養がてら移り住んだ。有能な営業マンで人脈が広く、儲け話があると周囲にも勧めてくれる性格のいい人物で、ソーラーパネルもタケシの紹介で契約することになったのだという。

「裏のおばあちゃんなんか、タケシのおかげで質のいい羽毛布団を格安で何組も揃えられたって喜んでたんだよ。最近の若い人たちは、多摩もここまで奥まると寒いって来てくれないからねえ。多摩が寒いのは当たり前じゃないの。雪女の伝説は青梅《おうめ》発祥なんだしさ」

田中盛が新城家の玄関前で不意に足を止め、警戒の視線をよこした。玄関ドアが細く開いていて、中から異臭がし、不吉な虫の羽音がした。わたしはおばさんを引きとめようとしたが、遅かった。おばさんは、あら開いてるよ、と言うなりドアを全開にし、ものすごい悲鳴をあげた。ハエが一斉に舞い上がった。

死体は玄関の上がり框《かまち》に仰向けに倒れ、首だけが三和土《たたき》側に落ちて、虚ろな白目がこちらを向いていた。

3

死体発見の一報を通信指令センターに入れた。昏倒《こんとう》したおばさんを公道まで運びだし、駆けつけた駐在や機動捜査隊と連携し、サイレンの音に集まって来た野次馬を整理し、合間に荒川課長に連絡を入れた。留守電になっていたので、

「新城猛の家から死体が出ましたぁ」

とだけ入れておき、刑事課や本部の捜査員たちを避けて、付近の捜索をしている班に紛れ込んだ。

死体発見現場から半径二百メートル圏内に、竹岡自然公園がある。竹岡地区の入口近くに広がる、高野聖《こうやひじり》ごっこができそうなほど鬱蒼《うっそう》とした雑木林を有する公園だ。わたしたちはこの公園を担当区域に割り振られた。凶器もここらに投げ捨てておけば見つからないかもな、と思いながら、わたしは園内を流れる竹岡川のほとりに生い茂った植え込みや、野放図な下草を懐中電灯で照らし続けた。

三年ほど前まで、この公園にはホームレスが住みついていた。彼は小屋を建てて身ぎれいに暮らしながら草むしりをし、自然道を掃除し、ゴミを片づけて公園を管理した。代わりに近所の住民は彼の定住に気づかぬふりをし、時には作りすぎた惣菜《そうざい》やおむすびを差し入れた。

だが、市の公園課に竪石鉄《たていしてつ》とかいう、名前からして融通が利かなそうな男が配属されて事情が変わった。コイツは市民の公園を不法滞在者から守れと言い出し、地区を一軒一軒訪ね、粘りに粘って住民たちから署名を集め、ついには役所と警察を動かして、この無害

で有益なホームレスを追い払った。

本人は鼻高々だったらしいが市に公園整備の予算はない。で、このざまだ。

さすがにヒルは落ちてこなかったが、虫に刺されまくり、田中盛にいたっては腰を痛めること小一時間。川沿いで発見した、空の財布や上履き片方、錆《さ》びた滑車に壊れかけのラジオ、ピカピカの入れ歯、といった品物をブルーシートの上に並べていると、ようやく荒川課長から着信があった。

辛夷ヶ丘署管内における久しぶりの重大事案発生に伴い、署長をはじめとする署の幹部が全員臨場、現れないのは荒川課長だけという事態に気づいているのか妙にご機嫌で、わたしが出るなり一言、叫んだ。

「でかした」

「……は?」

「は、じゃないぞ、砂井。ありがとうございますだろ。まったく褒めがいがないな。ま、いいや。これで目的は達せられた。英遊里子の逮捕は刑事課にやらせとけ。逮捕されたんだろ」

「されてないと思いますけど」

「なんでだよ。おまえら新城猛さんが英遊里子の亭主殺し疑惑について証言してたと、ちゃんと刑事課に吹き込んだのか。いくらトンマな茅野でも、誰がいちばん疑わしいのか、わかりそうなもんじゃないか」

荒川課長は茅野刑事課長をライバル視している。少しでも脳みそのある人間は、この低レベルの争いに巻き込まれないよう細心の注意を払っている。わたしもだ。

もっとも今回はすでに巻き込まれてしまっているが、と思いつつ、荒川課長に言った。

「その件なら、まだ刑事課には伝えてません」

「あ？　なにやってんだおまえら。さっさと英遊里子を逮捕させて、明日の地方版にどーんと載せさせろよ。亭主を殺し、それに気づいた隣人を殺した。ジジイやババアがなにを言おうが、英遊里子はおしまいだ。高橋市長の二期目確定、バンザーイ。ひゃっひゃっひゃっ」

どうやら酔っているらしい。人様の死を手放しで喜ぶこのざまを、署長や本部の連中に見せてやりたいものだと思いつつ、わたしは言った。

「新城猛の家から死体は出ましたが、まだ他殺体とは決まってませんけどぉ」

荒川課長の笑い声のトーンが少し、収まった。

「なに言ってんだ。殺人だろ？」

まあそうだろうとは思いつつ、わたしは返事をしなかった。少しは焦ればいいのだ。

「このところの暑さで、遺体の状態はひどいことになってるんですよ。だからその死体が新城猛かどうかも、まだわかっていないと思います。ひょっとしたら新城猛は犯人の方かも知れませんよ。誰かを殺して逃げたのかも」

「そんなわけあるかい」

荒川課長は声を張り上げた。

「でかいと総身に知恵がまわりかねるってのはホントだな、砂井。殺されたのは新城さんに間違いない。英遊里子が口封じでやったんだ。他に考えようはない」

「新城猛は詐欺師ですよ。ご近所や親戚にアヤしい太陽光発電会社を斡旋《あっせん》するわ、羽毛布団を売りつけるわ。変だと思って調べたら、複数の前科がありました。一年前、急に辛夷ヶ丘に戻ってきたそうですが、それまでは取り込み詐欺で実刑食らって福島で収監されてました」

大急ぎで屋内を調べた田中盛によると、屋内には朽木の入った大きめの水槽があり、シロアリが育てられていたそうだ。いろんな名義の偽造運転免許証や銀行通帳が台所の引き出しに入ってもいた。おまけに、

「調べたんですけどね。英慎一郎が死んだ日は日中、体温越えの暑さで、夜になっても十一時を過ぎるまで三十度を下回らなかったそうなんです。暑がりだという新城猛が冷房を効かせたままだったとすると、英家の口論その他の物音が聞こえたかあやしいもんですね。このあたり冬は寒いから、英家も二重サッシでしたし」

「な、なにを言い出すんだ」

荒川課長はわめき散らした。

「それじゃまるで、新城猛が嘘をついて英遊里子を陥《おとしい》れようとしたみたいじゃないか。余計なこと考えなくていいから、おまえはさっさと新城さんの証言について刑事部に伝えろ。わかったか、この大女」

電話は切れた。わたしは通話内容を田中盛に伝えながら、歯噛みした。

そうかい、だったらアンタが言ったこと一言残らず上に伝えてやる。こっちはこのまま新城猛の証言について刑事部に知らせると、アンタが面倒なことになると思って、きったない公園の川辺で虫に刺されながら指示待ちの時間つぶしをしてやったんだ。勝手に市長と手を結び、詐欺師から妙な証言があったことなど上にはいっさい報告せず、病死で片づいた事案の捜査を部下に命じて、自分はどこかで飲んだくれている……ケツに火がつくほど叱《しか》られるがいい。

怒りのあまり、ヒールの足をひねりそうになりながら坂を上った。相方もブツブツ言いながらついてきた。オレも詐欺師は苦手だ、情報屋にも元詐欺師がいるんだが、奴ら、頼んでもないのに話を面白くしやがるからな……。

息を切らして新城家の近くまでたどり着き、野次馬をかき分けて立ち入り禁止区域の縄に手をかけたとき、驚くべき光景が目に入った。手錠をかけられた見知らぬ男が、捜査員に取り囲まれて車に乗せられていくところだったのだ。ジー、ジーと鳴いて点滅を繰り返す街灯の下、男の蒼白でこわばった顔が、まるで安っぽい演出のように、闇から浮き出たり沈んだりしていた。

「逮捕されたのは諸橋拓三《もろはしたくぞう》、七十歳無職。被害者宅の三軒先に住む年金受給者だ」

刑事課の和爾と深井が知り合いの記者と立ち話をしているのを、わたしたちは漏れ聞いた。

「本人の申し立てによれば、三ヶ月ほど前に被害者からサービス付き高齢者マンションの購入を勧められ、管理会社の取締役を名乗る女性を紹介された。人気の物件だが管理会社が裁量できる部屋が何部屋かある、斡旋できると言われ、数回に分けて合計三百万を支払ったところで、女性と連絡がつかなくなった。管理会社に問い合わせると、そんな役員は存在しないという。そこでだまされたと気づき、三日前の深夜、被害者宅へ押しかけたがとぼけられ、カッとなって手近にあった置物で頭部を殴打した」

「諸橋が犯人だと、どうしてわかったんですか」

「聞き込みで訪ねて、話を聞いているうちに、自分がやりました、と言い出してさ。凶器も出してきた」

「へえ。そんなことってあるんですね」

「自分で言うのもなんだけど、やっぱりオレらの貫禄に圧倒されたんじゃないの。逃げられないって思っちゃったのよ」

わはは、と和爾と深井は笑った。

翌朝、出署すると、辛夷ヶ丘署は幸福感に満たされていた。殺人事件発生で捜査本部が立つことになれば、署の予算や人員が取られてしまう。署員一同、げんなりしていたらスピード解決したのだ。署長は上から褒められ下を労《ねぎら》い、和爾と深井はヒーローになった。茅野刑事課長も面目をほどこし、本来なら、他殺体なんか見つけやがって、と呪詛《じゅそ》の対象になりかねないわたしたちにまでご苦労だったと声をかけてきたほどだ。

おさまらないのは荒川課長だけだ。署長室から青い顔で戻ってくるなり、デスクの抽斗《ひきだし》から胃薬を取り出し、バリバリ噛み砕いて飲み込むと、わたしたちを呼んだ。

「おまえらが新城猛の件をもっと早く茅野の耳に入れていれば、こんなことにはならなかったんだぞ」

さすがにいつもよりは小声で、課長は言った。

「おかげで英遊里子にはかすり傷一つ、負わせられなかった。むしろ、かえって市長のご迷惑になりそうじゃないか」

「支持者が詐欺師で、だました相手に殺されたんですもんねえ。聞こえは悪いや」

田中盛が鼻をほじりながら言った。課長はとにかく、と声を荒らげた。

「殺された新城猛に詐欺の前科があったとしても、英慎一郎の死についての証言までもが嘘だったとはかぎらない。調べろ」

わたしたちは顔を見合わせた。

「……なにを」

「オレはなんの因果でこんなマヌケな部下を持つ羽目になったんだ？」

荒川課長は慨嘆《がいたん》した。

「英慎一郎の死の真相に決まってんだろ。なにか出てくるまで、根掘り葉掘り徹底的に調べるんだ。オレや高橋市長のような正しい考えの持ち主が虐《しいた》げられ、この署がなくなってみろ。マヌケな部下も巻き添えだからな」

書類を放り出すと、課長は椅子にふんぞり返ってこちらを監視し始めた。どうやら予想以上に上から叱られ、頼みの綱は高橋市長の再選しかない、というところまで追いつめられたらしい。

とばっちりを食らったわたしたちが、仕方なく書類一式を眺めていたところへ、市民会館での乱闘の一報が入ったのだった……。

コブシ豚の生姜焼き定食を食べに、市役所の食堂に移動して、箕作ハツエと出くわした。かつては辛夷ヶ丘の大部分の土地を所有していた大地主・箕作家の生き残りにして最後の当主と言われている老婦人だ。

わたしたちに気づくと、ハツエはカレーライスを飲み込んで、手を振ってきた。わたしたちはランチを選びながら手を振り返した。

しばらく前からわたしたちは彼女と懇意にしている。あれこれ相談に乗ってやり、金策のうまい手を考え、親しげに近寄ってくる詐欺師を追い払う。犯罪被害にあった際にはいち早く書類を揃え、保険金の還付や税額控除を受けられるように手配してやるのだ。

当初、ハツエはわたしたちを、サメを襲うシャチかなにかのように警戒していたが、今やすっかり打ち解けた。わたしたちがそれほど欲深くなく、五パーセント程度の謝礼で満足する上に、連携するとなにかと便利だと気づいたのだ。

こちらとしても、人助けは嬉しい。人助けの結果、新しいお洋服が買えるとなれば、なお嬉しい。前に勤務していた署の後輩の原梅乃《はらうめの》の結婚式に招待されたばかりだが、それに着ていけそうな素敵なワンピースを立川《たちかわ》のブティックで見つけた。お気に入りのグリーンのヒールにも合う。ただし、いささか値が張る。公務員のお給料以外にも財布が必要、ということだ。

「聞いたよ。殺人事件を早期解決したって？　やるじゃないか」

トレーを持って同席すると、ハツエはお地蔵様のような柔和な丸顔にふくよかな笑みを浮かべた。

「別に、わたしたちが解決したわけじゃありませんけどね」

「なんだか残念そうだね。殺人事件が長引いたほうが、都合が良かったのかい？」

味噌《みそ》汁が気管に流れ込みそうになった。

確かに、捜査が長びけば刑事課の人員が不足して、生安課のわたしたちにも普段は関わりのない類《たぐい》の事件が回される。これが思わぬ余禄《よろく》を産むことがある。例えば死体発見後、応援が来るまでのわずかな間に、個人的に屋内を捜索するとか。こういうとき、防犯週間のイベントで、ピッキングの実演をするほど器用な相方がいると便利だ。仕事熱心な警察官なら、鍵のかかった抽斗を、痕跡を残さず開けられるか実地訓練するチャンスを逃すべきではない。鍵のかかった抽斗には、たいていお宝が隠れているものだし。

さすがハツエは勘が鋭い。つぶらな瞳に油断して、喉笛を噛みちぎられたりしないよう気をつけねばと思いつつ、話を変えた。

「ところで、ハツエさんって竹岡地区にも土地を持ってます？」

「家作がいくつかあるよ。いい加減、手放したいんだけどね。前に貸していた相手に、税金を払ってくれるなら家土地丸ごとあげるよと言ったんだけど、税金を払うのが嫌だからって断られたくらいだよ。買い手なんかつきやしない。固定資産税に火災保険、修繕費用、場合によっては取り壊しの費用。おまけに今の市長になってから、生活保護が認められにくくなってるだろ。重い病気で働けなくなって、診断書を何枚も提出したのに却下されて、家賃を払えずに出ていく店子も竹岡地区には多くてね。ホント、不毛の地だよあそこは」

ハツエは丸顔を歪ませ、一瞬、スキのない目つきになった。

「だけど、なんで竹岡のことなんか聞くんだい？」

「いえ、昨日の事件の被害者、新城猛っていうんですけどね。竹岡地区のご近所や親戚相手に詐欺を働いていたらしいんですよ。店子からなにか聞いてません？」

ハツエは首をかしげた。

「そういや最近、竹岡地区は妙に騒がしいねえ。アタシは月に一度は家作を回ることにしているんだけど、空き家の郵便受けに闇金や不動産買いますのビラが何枚も入れられていたよ。英遊里子といったっけ、市長に立候補する女性のご亭主が死んだ晩にも、ちょっとした騒動があったらしいし」

おっと。

「騒動って、どんな」

素知らぬ顔で訊くと、ハツエはふふっと可愛らしく笑った。

「それがねえ、幽霊が出たっていうんだよ」

大盛り飯を生姜焼きでかきこんでいた田中盛が箸を止めた。わたしも茶碗を下に置き、ハツエの顔をのぞき込んだ。

わたしたちの反応に満足そうに微笑むと、ハツエはカレーライスの最後の一口をよく味わってから、言った。

「女の幽霊だったそうだよ」

4

興味があるなら直接聞いてみなよ、とハツエに店子の名前を教えられた。食後、わたしたちはまたしても梨畑を横目に、大型トラックの排ガスを浴びながら、歩いて竹岡地区へと向かった。

今回の相方との言い争いのテーマは、どっちが自家用車を持つか、だった。こういうときあれば便利だが、駐車場代に自動車税、車検にガソリン代と出費が多い。そもそも、なんで仕事のために身銭を切らねばならんのだ。

田中さん買ってよ、大穴当てたって言ってたじゃない。いつの話だ。三琴が買えよ、お気に入りのヒールに合うやつをさ。なにか、とんでもなく素敵な不労所得が降ってわかなきゃ無理。そういや、ここしばらくお目にかかってないな、素敵な不労所得。

がっくりしながら、また一時間かけて竹岡地区にたどり着いた。

例の自然公園の脇を通りかかると、地元のお年寄りらしき男たちが数人、竹岡川沿いのベンチに座り、声高に語り合っていた。会話は聞くともなしに耳に入ってきた。市の健康診断で要再検査となっているが、先進医療を用いた精密検査を受けないか、と市の保健課から特別扱いされた自慢。大会社のOB限定の、会員制の高級再就職斡旋所への入会を勧められた自慢。不動産屋から家土地を高く買いたいと持ちかけられた自慢。

全員が自分のことを話したくてしかたがないらしく、他人の話は半ば無視を決め込んでいた。無理もない。本物の市の保健課が特定の個人をえこひいきするはずはない。会員制の再就職斡旋所？　うさん臭い。竹岡地区の不動産が高く買ってもらえる？　なんの冗談だ。

嶋昭子《しまあきこ》というハツエの店子は、英家の坂を少し上がったところにある古びた平屋のうちの一軒に在宅していた。

見回すとこのあたり、経年劣化のせいか、そもそもの造成がいい加減だったのか、それぞれの敷地の盛り土は崩れ、土留めのコンクリートにヒビが入り、水はけ用の穴から雑草どころか灌木《かんぼく》が生えだしていた。そんな宅地の一角に、エンジのトタン屋根、同じ色に塗り直されたドア、母屋から少し離れた道側に立つ昔ながらの郵便受け、と同じフォーマットの平屋が六軒ほど、まとまってあった。ここが、どうやらハツエが持て余している家作らしい。

昭子は全身の肉を揺らしながら現れ、玄関先で大声を出した。

「警察？　生活安全課？　あんたら、詐欺の捜査とかもする？」

「被害に遭われたのなら担当部署に知らせますが、とりあえず被害状況を教えていただけますか」

田中盛がつまらなそうに言った。昭子はいきなり田中盛の胸ぐらをつかんだ。

「被害状況？　見りゃわかるでしょ。それともなに。あんた、アタシが痩せたように見えるっての？　ふざけんじゃないわよっ」

ジタバタしている田中盛から荒れ狂う昭子をひっぺがし、話を聞いた。彼女は飲むと代謝が上がって痩せるという高価なサプリを購入したが、飲んでも痩せないどころか逆に太ってしまった、という。

「これまでアタシがダイエットにどれだけの金をつぎ込んだと思ってんの。今度こそ間違いない、今なら半年分が七十パーセントオフの八千五百円だって言うから買ってやったのに」

「そのサプリの情報、どこで知ったんです？」

「売り込みの電話があったの。知らないメーカーだったけど、悩んでたからつい買っちゃったの。人の弱みにつけ込んで、訴えてやる」

昭子の差し出したダイエットサプリの使用上の注意には、適切な運動と食事制限を行なうように、という但《ただ》し書きがあった。彼女の家の玄関には、箱買いしたポテトチップスと糖分たっぷりの炭酸飲料、宅配ピザの空き箱が散らかっており、運動グッズが埃《ほこり》にまみれていた。

刑事事件として立件できるかどうか、持ち帰って上に相談します、とわたしたちは厳《げん》粛《しゅく》に約束し、鼻息も荒い嶋昭子に幽霊の件を振ってみた。不満をぶちまけて少し落ち着いた昭子は、炭酸飲料をガブガブ飲んで一息つくと、しゃべり出した。

「二軒先に猫屋敷があんの。もとから猫好きな爺《じい》さんだったんだけど、いつの間にか増えて、うちと同じ間取りに四十四だよ。ときどき、そいつらがうちの庭をトイレにしやがるの。一匹や二匹の仕業じゃないから、夏はホントに臭くて、窓も開けられないわけよ。夜は冷房なしで窓開けて寝たいから、ホースで庭をあちこち流してたら、うっかり水が猫にぶち当たったらしくて」

十一時頃、猫爺さんがずぶ濡れの猫を抱えて抗議に来た。昭子が日頃の鬱憤《うっぷん》をたっぷり言い返しているところへ、一陣の生暖かい風が吹いてきた。

「暑い晩だったから、どんな風も生暖かいには違いないんだけど、あれは妙な感じだったんだよね」

昭子は汗を拭きながら、震えてみせた。

「それまでおたがい、わめき散らしてたのに、風が吹いてきた途端に爺さんもアタシも黙っちゃってさ。揃って視線を坂の下の方へ向けたわけ。あのあたりに」

嶋昭子はつっかけを履いて出てくると、坂の下側を指差した。

「あそこに街灯があるだろ。ずいぶん前から切れかかってて、役所に知らせてやっても誰も電球の取り替えに来ないんだよ。だんだん消えてる時間が長くなっちゃって、その時もあそこは真っ暗だった。でも、急に明るくなったと思ったら、女が立ってたんだよ。げっそりと頰がこけた、人間とも思えない顔だった。一目で、これはこの世のものじゃないとわかったね」

悲鳴も喉につまり、昭子が浮き足立った次の瞬間、ドスンと音がした。驚いた猫爺さんがよろけて郵便受けにもたれ、倒してしまったのだ。

「そもそも土台が腐りかけてたから仕方ないんだけど、おかげで猫はうちの庭に入り込むし、爺さんは心臓押さえて動かないし。そっちに気を取られてるうちに女はいなくなっちゃってさ。でもね」

昭子は声を低めた。

「気になったもんだから、爺さんを家に送り届けてから女が立ってたあたりを見にいったのよ。そしたらさ、そこらだけ地面が濡れてたんだよ」

「まさか」

「本当だよ。嘘じゃないよ」

昭子はムキになって、こちらに詰め寄ってきた。

「今でも忘れられないよ。濡れたあとだけじゃない、ほったらかしの水槽みたいな生臭い臭いを確かに感じたんだよ。おまけにその濡れたあとが、英さんちに続いてたんだ」

それから三時間近くたった午前二時すぎ、英家に救急車が呼ばれたのだ。

「思うんだけどあれはさ、英慎一郎を迎えにきた死神だったんだよ。絶対にそうさ。だってね、この話を頭からバカにした奴がいたんだけど、そいつも死んじゃったからね」

「それって……」

「昨日、死体が見つかったろ、新城さんとこのタケシだよ」

だから刑事さんたちも、命が惜《お》しかったらこの話、ゆめゆめ疑わないことをお勧めするね。なんなら猫爺さんにも聞いてみるといいよ、と昭子は言った。

わたしと田中盛は首を振りながら、嶋家をでた。人の気配を感じて、坂の上の方を見上げた。さっき、不動産屋に家の売買を持ちかけられたと自慢していた老人が、ささくれだったベニヤの壁にめくれかけたトタン、赤錆びた水が敷地からちょろちょろ漏れ出す家に、男を招き入れているところだった。男はブランド物のスーツに派手な腕時計をして、先のとがった靴を履き、セカンドバッグを小脇に抱えていた。「金はあるから心配すんな」を体現したファッションだ。実際、売り主とおぼしき老人は心配どころか満面に安堵《あんど》の笑みを浮かべている。

一方、猫爺さんは肩にも腕にも猫を乗せ、足元にも大勢をまとわりつかせたまま、不安気に現れた。バッジを見せるとなにか勘違いしたらしく、出てけというなら出てってやるよ、そのかわり猫は全部置いていく、面倒はアンタたちでみるがいいや、とわめき散らした。

しばらくして、追い出しに来たわけではないとわかると、今度は、警察官なら猫の一匹くらい食わせられるだろう、と言い出した。

「そもそも、生まれた子猫は一匹五万円で引き取ってもらえるという契約で、ブリーダーからつがいの猫を預かったんだよ」

息も止まりそうなほどの臭いとフワフワ飛ぶ猫毛の中で、爺さんは白濁した目をまたたき、愚痴をこぼした。

「契約に必要だからって、百万の保証金も預けた。なのに買ってもらえたのは最初の二匹だけで、ブリーダーと連絡がつかなくなったんだよ。餌代は嵩《かさ》むし、去勢手術の金はないし、ご近所から苦情も多くて困ってるんだ。警察ならいなくなったブリーダー、探してもらえないかねえ。ついでに猫の一匹くらいもらってよ。よくいるじゃないか、猫駅長とか猫館長とか。このコなんか愛想いいから、猫署長にもってこいだよ」

それまで飼っていた猫は二匹だった。ある日、可愛い子猫の入ったキャリーケースを下げた中年女性が現れた。猫に愛情を持って育てられる方を探しておりまして、と勧誘されたのだという。

年金だけでは自分と猫たちの食費を出すので精一杯だ。子猫を引き取って、楽しく育てて増やした上に小遣い稼ぎができるなら、こんな良い話はない、と引き受けたのだが、「百万は、子猫が二十匹生まれれば返せると思って、そのブリーダーから紹介された金融業者に借りたんだよ。もうすぐ返済日なんだが、どうしたもんだか。あの死神、今度はうちに来るかもしれない」

嶋昭子の話を裏づける一方で、爺さんはため息をつき、警察官なら猫の一匹くらい、と繰り返しては濁った目でわたしの顔を穴があくほど見つめた。

田中盛が道の端に移動して、ガラの悪い声で電話をかけている間に、猫ちゃんたちのごはん代にと三千円おいて、足元にいた子猫を一匹引き取った。爺さんはわたしを拝まんばかりだった。少しばかり後ろめたかった。わたしたちと子猫は、そのまま隣町のペットショップに直行したのだ。なにせ子猫は三毛でオスだった。白内障の猫爺さんはそれに気づかなかったのだろう。

縁起が良いレアな子猫を、高額で引き取ってくれたペットショップのオーナーに、ついでに猫爺さんのいう「ブリーダー」について尋ねてみた。この業界長いけど、とオーナーはニタニタしながら子猫を撫でて言った。素人に三毛猫を繁殖させて一匹五万円で引き取るなんて話、聞いたこともないよ。

隣町からはお役所通り行きのバスの便があった。これに乗って署まで帰ることにした。田中盛のいびきを聞きながら、車内で辛夷ヶ丘の料理教室で知り合った友人たちに連絡を取ってみた。女子の情報ネットワークはバカにならない。男ならひっかかりもしない些《さ》細《さい》なゴシップも、興味を引けば、全国ニュースと同じかそれ以上の熱量で伝播《でんぱ》される。

例えば市役所の市民課の美香《みか》さんによれば、公園課の竪石鉄はその後、高橋市長の推薦で土木課の課長補佐になって、首都圏環状線十八号Bの担当になったそうだし、会計課の真穂《まほ》さんの話では、高橋市長が経費で出す領収書には〈メエメエクラブ〉というふざけた名前のキャバクラのものがあるそうだ。

地元のホームクリーニング・サービス会社で働くサトさんによれば、掃除に入った不動産会社の事務所で、ある大手建設会社の株を買えという社員のヒソヒソ話が聞こえてしまったとか。また、社会福祉センターの芽衣子《めいこ》さんによれば、最近、竹岡地区のお年寄りに詐欺電話がかかってきているとか。それも独居か老人のみの世帯だけを絨毯《じゅうたん》爆撃しているから、

『そういうリストが出回ってるんだと思う』

芽衣子さんはそう送ってきた。

要するに、竹岡地区というのはなかなか面白い……。

バスがお役所通りにさしかかった。停留所は警察署を通りすぎた、市役所の前にある。そろそろ起きろと田中盛の脇腹を肘で突き、なにげなく車窓を見た。折しも、辛夷ヶ丘署前を通りすぎるところだった。

辛夷ヶ丘署は黄色いリボンをたなびかせた大勢の市民によって、十重《とえ》二十重《はたえ》に取り囲まれていた。

5

「二時間くらい前、田中さんに電話があったんですよ」

生活安全課の課内電話には亜希ちゃんが出た。今は誰もいませんよ、と彼女はつまらなそうに言った。爪のお手入れに余念がないのだろう、電話の向こうで身じろぎしている気配がしていた。

「へえ、誰から」

「なんかガラの悪いオヤジから。英慎一郎の件で知らせたいことがあるから、必ず折り返してくれって。おネエちゃんわかったかな、わかったら復唱しろ、もっと大きな声出せって、なんなんですかあの人」

「それで？」

「しかたないから復唱してたら、急に荒川課長が飛んできて、電話をひったくったんです。で、そのオヤジとしゃべってたかと思ったら、うちの課のほぼ全員引き連れて出ていって、市長に立候補するおばさんを任意同行してきたんです」

なるほど。

わたしは正面玄関を眺めわたした。防虫剤くさい黄色いリボンの市民たちが、ヨタヨタと署の正面玄関に上がり、警備と押し問答している。シュプレヒコールでも上がりそうな眺めだが、あっちで咳、こっちでむせが起こっているうえに、誰かがあげた抗議の声もちゃんとは聞き取れないから、団体行動にはなっていない。だが、現役市長の対抗馬が、選挙戦のさなかに任意同行され、高齢者が大勢警察署に押しかけている。なかなかにテレビ映えしそうな眺めだ。

混雑を避けて裏に回り、階段を降りて地下の資料室のドアから署内に入った。隅っこでサボっていた刑事課の深井と和爾が、驚いたように飛び起きた。

「なんだよ、ドアの鍵かかってただろ」

「あんなしょぼいシリンダー錠じゃ、かかっているうちに入らない。昨夜のヒーローがこんなところで油売っててていいのか」

田中盛がピッキング道具をしまいながら、言った。深井が鼻を鳴らして、

「せっかくオレらの殺人事件スピード解決でみんなハッピーだったのに、おまえらんとこの課長が台無しにしちまったのよ。亭主を殺したって理由で英女史に任同かけたっていうじゃないか。あの亭主は病死のはずだろ？　いつ殺されたことになったんだよ」

まったくだ。いつ、殺されたことになったのやら。

和爾がスルメをくわえて、首を振った。

「警察が選挙妨害はマズいだろ。署長もうちの課長もカンカンで、なにをやってるんだ、

早く英候補にお帰りいただけと迫ったんだが、荒川課長はいやダメだ、絶対に亭主殺しを吐かせてやるって、候補とふたりで取調室に立てこもっちまったんだよ」

「取調室？　まだ引きずり出してないわけ？」

「三階の第九だよ。唯一の鍵はそっちの課長が持ってったそうだ」

ああ、とわたしと田中盛はうなずいた。荒川課長も完全に思考停止しているわけではないらしい。自分が無茶をすれば、署の上層部が強硬手段を取りかねないことくらいは理解できている。だから第九取調室なのだ。ここは入口が一つで窓がなく、マジックミラーも監視カメラもない。ドアはよそよりも分厚く、中の音は外に漏れない。第九は内輪の呼び名で、図面上は倉庫となっている。警察の仕事には、稀《まれ》に、こういう部屋が必要なときもある……らしい。

わたしたちは階段を昇った。昇るにつれどんどん人口密度が高くなってきて、三階の廊下にいたってはラッシュ時の満員電車もかくや、というほど警察官で満杯になっていた。その人混みをかき分けて、なんとか第九取調室の前にたどり着いた。渋い顔の署長と茅野刑事課長、その他の署の幹部たちが、五十嵐係長を吊るし上げているところだった。任同に携わったと思しき、生安課の他の課員たちの姿はない。さすが、こんな場末に飛ばされながらも警察にしがみついて、規定の給料を受け取り続けているだけのことはある。機を見るに敏《びん》、逃げ足は早かったとみた。ま、人のことは言えないが。

五十嵐係長はわたしたちに気づくと、しゃくりあげそうになりながら署長に言った。

「か、彼らです。砂井と田中。課長は彼らに英候補の夫殺しの捜査を命じたんです。それで彼らは昨日、新城猛に会いにいって死体を見つけたんです。全部、彼らに聞いてください。自分は関係ありませんっ」

その場にいた全員の視線がこちらに向いた。田中盛が肩をすくめて、課長と係長の命令で捜査はしましたけどね、と言い、わたしも付け加えた。

「荒川課長には、英夫妻の裏手に住んでいた新城猛さんが慎一郎氏が亡くなった晩に妙な物音を聞いていたそうだ、公正な選挙のために英慎一郎氏の死の真相を調べろと命じられました。でも新城さんの証言は勘違いと判明しました。夫殺しは言いすぎですよ、係長」

荒川課長の言った通り、新城猛が詐欺師でも、英慎一郎の死の前後についての証言は嘘ではなかった。あの日、慎一郎の死の直前、確かに男女の口論はあったのだし、ドスンという物音もしていた。ただし、英家の二重サッシの奥から聞こえてきたわけではなかった。

嶋昭子と猫爺さんが道端で、猫をめぐって言い争い、郵便受けを倒しただけだ。

五十嵐係長は失言に気づき、口をパクパクしていたが、だ、だったらな、とわたしに人差し指を突きつけた。

「砂井、おまえ中に入って課長にそれ報告しろよ。できんのか。どうなんだ。課長、逆上して人質を傷つけかねないぞ。そしたら課長は警察追い出されるんだからな。したら、おまえらも巻き添えだからな。さあ、課長に報告してみろよ」

廊下いっぱいの警察官がいっせいにざわめいた。わたしは田中盛をちらっと見た。相方は目立たぬように指を一本立て、次に掌《てのひら》を開いた。

「わかりました」

再度のざわめきをどう受け取ったのか、得意げになった係長にわたしは答えた。

「上司の命令ですから報告しに入ります。でもあれですね、報告によって不測の事態が起きたら、わたしに入室を命じた五十嵐係長の責任ですよね」

「そうだ」

係長が言い返すより早く、茅野課長が同意した。なにか言い出そうとした係長は署長の身振りでこの場から連れ出されていった。

近くにいた警官から警棒を借りて、第九取調室のドアを力任せにノックした。最初のうち返事はなかったが、繰り返しノックし、砂井です、報告があります、と声をかけていると、ややあって、内側の鍵が開く音がした。ドアの隙間から荒川課長が顔をのぞかせ、入れ、と言った。

「おまえら、いったいどこでなにやってたんだ」

わたしだけを引きずり込んで、鍵をかけながら課長は言った。「倉庫」だから部屋に冷房はないし、ストレスも感じているらしく汗臭い。おまけに暴れもしたのだろう、向かい合ったパイプ椅子が二脚あって、その真ん中にあるはずのデスクが部屋の隅に転がっていた。

椅子の一つには、英遊里子が座っていた。昼間、市民会館で見かけた時と同じ、黄色いウインドブレーカーを長袖のブラウスと柔らかそうなパンツの上にはおったままだ。口を真一文字に結び、顔色は悪いが、落ち着いてわたしを見上げた。

むしろ、荒川課長の方が上ずって、部屋中をウロウロしながら早口で言った。

「一応、連絡はしてやったんだぞ。田中にエスからタレコミの電話があってな。代わりに話を聞いたんだ。英慎一郎の搬送先の病院で、この女が医師に、単なる心筋梗塞にしておいてくれと頼んでいるのを看護師が聞いていた、という内容だった。完璧な証言者じゃないか。これでこの女も言い逃れできない。高橋市長の再選のためには、マヌケなおまえらの帰りなんか待ってられないからな。一刻も早く、この女を締め上げて」

英遊里子にまくし立てている荒川課長の背後から近寄って、腕を回して首を絞め上げた。

小柄な課長の体はあっさりと持ち上がり、数秒で意識を失った。

課長の体を部屋の隅に転がすと、パイプ椅子を引き寄せ、事態を把握できずに口を半開きにしている英遊里子の前に座った。田中盛は指一本、掌を開くジェスチャーをした。ピッキングで鍵を開けるまで十五分稼ぐ、ということだ。時間は限られている。

「お話があります」

わたしはそう切り出して、市長と荒川課長の関係と、現在の状況について、彼女にレクチャーした。英遊里子は黙って聞いていた。課長と二人きりで、こんな出口のない部屋に閉じ込められていたのに、怯えた様子もない。肝は据わっているらしい。

「今回の課長の暴走で、次期市長はあなたに決まったようなものです。署の前にはあなたの支持者が大勢集まっていました。警察官があなたを強引に署に連れてきて、高橋市長の再選のためだ、なんて口を滑らせたのを公にすれば、世間は大騒ぎ、市長は終わりです。でも、大逆転の可能性もまだ残されていないわけじゃない」

「それってさっきの課長さんの話？　私が医師に、夫を病死にしておくよう頼んだのを聞いた証言者がいる、ってことだったけど」

　英遊里子は口を開かずに言葉を押し出した。

わたしは首を振った。

「それはなにかの間違いでしょうね。田中っていうのはわたしの相方で、情報提供者を大勢抱えていますけど、いまどき本人のスマホじゃなくて、署の課内電話に連絡してくるようなのはいませんよ」

　さらに亜希ちゃんによれば、相手は話の内容を大声で復唱するように繰り返しうながした。そんな情報提供者、いるわけがない。

「それでもこの課長さんは、私が夫を殺したことにしたいみたいだけど。部下のあなたは違うわけ？」

「だって、事実はまったくの逆でしょう？　あの晩、英慎一郎の方が、あなたを殺そうとしたんじゃありませんか」

英遊里子はしばらく黙ってわたしの顔を見ていた。それからため息をついた。黄ばんだ前歯がちらりと見えた。

「どうしてわかったの」

どうしてってそれは、濡れた女の幽霊が外から現れて、英家に入っていったからだ。ただ濡れていただけではなく、ほったらかしの水槽みたいな生臭い臭いだったから。さらにその幽霊の顔がげっそりとこけていたから、そしてその晩以降、英遊里子がおなじみの真っ白い歯をむき出す笑顔をやめたから。

竹岡自然公園を流れる川の捜索で回収された品物の中に、まだ新しい入れ歯があったからだ。

「なにをやっても中途半端だったのよね、あの人」

英遊里子は小さく言った。

「あの晩、夫が珍しく訪ねてきたの。写真週刊誌におかしな写真が載ったことを謝って、お疲れ様といってウイスキーソーダを作ってくれた。飲んだらものすごく眠くなって、気がついたら外でうつぶせに倒れ、川に顔を突っ込んで、溺れかけてたわ。水を吐き出すはずみに、入れ歯が吹っ飛んじゃったけど浅い川だからね。なんとか這《は》い出して家に帰った」

「あなたを眠らせて、運び出して、小川で溺れた事故に見せかけようとしたってことですか」

「私、夢遊病が出たことがあったのよ。今回もその線でいけると思ったんじゃない？　物事は自分に都合よく運ぶものだ、そう思い込んじゃう人だったから。それでずーっと失敗し続けたのにね」

　玄関の鍵は開いていた。英慎一郎はソファで酒を飲んでいた。妻に気づくと目を見開き、顔色を蒼白にして、もがくように両手を振り回しながら、意味不明なことを口走った。

「許してくれ、無価値のゴミが何十倍になると聞いて魔が差したんだ、とかなんとか。無視してそのまま風呂場に行った。残り湯を温めて、全身くまなく洗ったわ。それでなんとか気を落ち着かせながら、どうすべきか考えてた。あの人ね、私が選挙にお金を使うのを嫌がってた。私の金は自分の金だと思ってる底抜けのエゴイストよ。だけど、私を殺そうなんて自力で思いつきはしない。わずかな資産のために私を殺すより、生かしておいて働かせ、小遣いをせびろうと考える。ゴミがお宝ってどういう意味だかわからないけど、誰かにそそのかされたんだと思った。あの状況を考えれば、誰だか見当つくわよね」

　とはいえ、夫に殺されかけたという話を公にするのはためらわれた。なんと言っても娘の父親で孫の祖父だ。もちろん選挙のこともあった。「夫に殺されかけた妻」は政治家として印象が悪い。殺したくなるほどひどい妻だったに違いない、などと意地の悪いことを言う人間も現れるだろうし、一般的な有権者はスキャンダルを嫌う。家庭もコントロールできない人間に、市長が務まるのかとも思われてしまう。

「結論が出ないまま、ふやけるまで湯に浸かってた。ようやく風呂から上がって、夫の様子を見にいったの。そしたら死んでた。驚いて心臓が止まっちゃったのね」

それで救急車を呼んだのよ、手遅れだったけど、と英遊里子は言った。

「だから、私が夫を殺したなんて的外れなの。夫が私を殺そうとしたことを隠しただけよ。高橋市長の大逆転なんて一ミリもそんな可能性はないわ。夫のスマホは貸金庫に預けてある。彼が高橋市長としたやりとりの証拠が残ってる。あちらがこんな拉致監禁めいたやり方をしたのは、それを奪いたかったからでしょうね。殺人で自白したということにして裁判所命令をとれば、貸金庫だって警察は開けられるもの」

「ちなみに、どんなやりとりが残ってたんです？」

「さすがに、女房を殺せ、わかった、今夜実行する、みたいなわかりやすいのはないわよ」

英遊里子はくすくす笑った。

「でも、夫と市長が個人的につながっていたことは証明できる。それに、突然の殺人行為を結びつければ、市長もタダでは済まない。私を排除するつもりなら市長も殺人教唆で逮捕されるってことよ」

英慎一郎と高橋市長がつながっていた証拠なら他にもありそうだ、とわたしは思った。英慎一郎がヒツジのぬいぐるみの被り物をかぶって、キャバクラで遊んでいるスキャンダル写真がばらまかれた。高橋市長は〈メエメエクラブ〉というキャバクラの領収書を会計課に出した。日付その他、裏付けを取れば、双方の関係が立証できる気がする。もちろん、それだけで市長の殺人教唆を証明はできないが。

「それにしても、わからないのは」

英遊里子は徐々に緊張を解き、首を回し始めた。ドアのノブが時々、カチャカチャ鳴っていた。わたしは課長をちらっと見た。まだ、おとなしく意識を失っている。

「なぜ、夫がこのタイミングで私を殺そうとしたか、よ。別に選挙戦が終わってからでもよかったんじゃない？　ストレスで夢遊病が再発しました、なんて私が市長になってからでも使える方法なのに。それとも、夫にも高橋を市長にしなくちゃならない理由があったってことかしら」

「その理由を教えてあげますから」

わたしは言った。

「願いごとを聞いていただけません？」

6

黄色いスーツを着た英遊里子は、黄色い多摩だるまの目に墨を入れ、黄色い花束《はなたば》を笑顔で受け取った。真っ白い歯をむき出す、例の笑顔だ。新しい入れ歯ができてきたとみえる。画面の下に、フラッシュによる光の明滅にお気をつけください、というテロップが出た。まばゆい光が一段落すると、英遊里子は感謝の弁とこれからの抱負を語った。

「今後は市民のための市政を念頭に、ある部分では前市長の志も受け継ぎ、大型公共事業の誘致も視野に財政健全化をめざします」

短く切り取られたコメントだったが、辛夷ヶ丘市レベルの地方自治体の市長が決まったというニュースに、こんな映像がついていること自体が珍しい。

「やっぱり、選挙戦の最中に、現職の市長がママと一緒に海外に逃げたっていうのが大きかったんだろうな」

生安課の部屋で、ガムを嚙みながらテレビに見入っていた田中盛が言った。わたしは無言でニヤリとした。

あの日、田中盛が鍵を開けた後、荒川課長は気絶したまま本部の監察官に連れていかれ、五十嵐係長も戻ってこない。わたしももちろん事情聴取を受けたが、

「あの課長さんがデスクをひっくり返すほど暴れたのを、こちらの女性刑事さんが取り押さえてくださいました。おかげで怪我をせずにすみました」

という英遊里子の証言もあり、大勢の前で、たった一人で課長を説得しに入室したこともあり、供述はほぼ、受け入れられたらしい。

もちろん本部もバカではないので、わたしや相方に英遊里子と利害関係がなかったか調べただろう。でも、いくら調べてもなにも出るはずがない。あれがわたしたちの初対面だ。

そして恐ろしく密度の濃い話し合いになった。

「あなたがお住まいの竹岡地区に興味がありましてね」

あのとき、わたしはピッキングの音にせかされるように、早口で遊里子に告げた。

「あそこでは詐欺が横行しています。死んだ新城猛が関わっていたものはもちろん、市の保健課による最先端医療のオススメに会員制の再就職斡旋所、猫のブリーダー、不動産を高く買うとか。うさんくさいダイエットを勧めたり、闇金や不動産売買のビラも多数、ばらまかれていた。お年寄りに絨毯爆撃並みに詐欺電話がかかってきているという話もあります。一方で、あそこは市に見捨てられている。街灯は切れたまま、生活保護の申請はなかなか通らない。公園課は竹岡自然公園の管理をしていたホームレスを、異常なまでの熱意で追い払ったうえ、公園の手入れをやめて荒廃するに任せた。それをやった公園課の職員は、出世して土木課に移り、首都圏環状線十八号Bの担当になったそうなんです」

英遊里子はぽかんとして、鸚鵡返《おうむがえ》しにした。

「首都圏環状線十八号B」

「高度成長期の末期に計画された、関東外縁を結ぶ道路ですよ。辛夷ヶ丘ではそれがやがてつながると見越して、市道十二号線を六車線にしたくらいなんですが、着工どころか用地買収前に、辛夷ヶ丘をベッドタウンにする鉄道会社の計画が先行し、道路計画そのものも休眠状態になってました」

「だけど、いまさら大型公共事業なんて」

「誰かさんたちの懐をあっためるために、でかいプロジェクトが必要なんでしょうね。そういえば、高橋市長は国交省の出身でした」

「なんとなくわかってきたわ」

英遊里子はうなずきながら、言った。

「高橋市長は辛夷ヶ丘に送り込まれた、用地買収を容易にするための尖兵《せんぺい》だったわけね。詐欺表技裏技を駆使して弱いものを締めつけ、竹岡地区から住人たちを追い出そうとした。詐欺にあって借金ができたり、預貯金や不動産を失ったりしたら、早晩、出て行かざるを得なくなるでしょうしね。それから順次、空いた土地を買い占めておき、用地をまとめてその筋にゆずりわたせば……」

「そういうことです」

「ところが、私が、つまり市長の対抗馬が竹岡地区に移り住んでしまった。それで焦って夫を抱き込んだ」

「たぶん」

ガタン、とドアが鳴った。英遊里子はドアを見やった。

「それで？　あなたのお願いごとというのは？」

「この領収書を送りつけてやれば」

わたしは市の会計課の真穂さんから送ってもらった、領収書の画像を英遊里子に見せた。

「それと、あなたがご存知のご主人のスマホの中身と、こちらの課長がなにをしでかしたか発表する用意があるとでも伝えれば、市長は泡を食うでしょうね。おそらく逃げ出すんじゃないかな。そうすれば、万に一つも大逆転はありえない。彼の後ろ盾もこんな大失態の尻拭いはできない。あなたは市長になる」

英遊里子は無言でわたしを見た。

「その先、どう転ぶかはともかく、当選したらまず、大型公共事業の誘致に前向きだってところを見せておいてもらえません？　ふりでいいんです。将来的にどうするかはあなたや議会が決めることでしょうけど、とりあえずは」

「その間に、竹岡地区の不動産売買を進めようっていうの？　あなた、あそこに土地でも持ってるの？」

「まさか。あるわけがない。疑うなら調べてください。わたしはただの警察官です。詐欺師や悪徳不動産屋やちっちゃな権力を持った公務員に、市民が食い物にされるのは見ていられない。道路計画が表沙汰になれば、不動産を買いたたくような真似はできなくなるでしょう」

自分でも歯が浮きそうだったこのセリフを、英遊里子がどう受け取ったかはわからない。ただ、第九取調室のドアが開いたとき、彼女はこちらの女性刑事に助けられたと礼を言った。おまけにちゃんと、公共事業うんぬんとマスコミの前でコメントしてくれた……。

わたしは自動車販売会社のホームページをスクロールした。ピカピカの新車が次々に現れ、うっとりした。わたしはもちろん竹岡地区に土地など持ってない。ただ、家作を持て余している知り合いならいる。箕作ハツエは五パーセント程度の謝礼を喜んで払ってくれる。

久しぶりに、素敵な不労所得にありつけそうだ。

「あ、オネエちゃん、こっちの四駆なんかどうだ。頭を天井にぶつけなくて済むで」

肩越しに画面をのぞき込んできた田中盛が、ガラ悪く言った。わたしは慌てて亜希ちゃんを見やった。訪ねてきた新聞記者と楽しげに話し込んでいて、気づいた様子はない。田中盛はくっくっと笑った。

「焦りすぎだぞ、三琴。あの子が気づくわけない。課長だって気づかなかったんだから」

確かにあの「情報提供者」の声色は完璧だった。課長を煽《あお》って暴走させようと言い出したのは田中盛だったが、まさかあれほどハマるとは思わなかった。

課長もバカだ、とわたしは思った。署を存続させたいなら、高橋市長に執着せず、別の方向からのアプローチを考えればよかったのだ。大型公共事業の話が表沙汰になれば、トラブルも増え、事故も増え、過積載や排ガス規制の取り締まりなど、警察の出番も増えてくる。劣勢いちじるしい高橋市長ではなく、英遊里子に鞍替《くらが》えすべきだったのだ。

少なくとも、ママと一緒の市長より、英遊里子の方が肝が据わっている。

わたしは、嶋昭子と猫爺さんの話を思い出していた。濡れた女の幽霊が英家に入っていき、救急車が来るまで三時間あったと彼らは言った。殺された新城猛も証言の中で、救急車が来たのは口論の三時間後と言っていた。

いくらなんでも、三時間も風呂に浸かってました、は通らない。

嶋昭子は正しかった、とわたしは思った。あの日、英遊里子は死神だった。倒れた夫が蘇生《そせい》することのないよう、たっぷりと時間をおいて、その死を待った……。

黒い袖

1

「あれはひどい死体だったぞ」

大叔父の磯川治五郎《いそかわじごろう》元警視正は、補聴器をいじりながら嬉しげに笑った。その声は〈新婦側ご親族様控え室〉から漏れ出て、朗々《ろうろう》と響き渡った。

「なにしろ発見が遅かったからな。暑い夏だったのに一ヶ月かかったんだ。発見されたときには死体は腐敗して、液状化して、いくつかの骨や臓器はカーペットの床にぼとぼと落ちとる始末だったんだぞ、竹緒《たけお》ちゃん」

控え室から望めるチェリーゲート・ホール七階のラウンジは、一九二〇年代の豪華客船を思わせる。ガラスの彫刻にステンドグラス、分厚いガラス越しにほどよく紫外線をカットされた日光が降り注ぎ、座り心地のいい焦げ茶色のソファにガラスの小テーブル。中央には八階、九階にあがる螺旋《らせん》階段がしつらえられていた。まだ、ひとは少ないが、一分《いちぶ》の隙もなく髪をまとめたスタッフたちが、ウェルカムドリンクを用意し始めている。

今頃、八階の式場は埃ひとつないほど磨かれ、美しく整えられているだろう。九階の宴会場にはそろそろ、頼んでおいた花が活けられ、ネームカードがメニューとともに配置され、グラスやカトラリーが並べられているはずだ。

風涼やかなる九月。お日柄もよく、まさに絶好の結婚式日和《びより》。わたしの妹、原梅乃が嫁ぐにふさわしい、すばらしい日といえよう。

と、さっきまで思っていたのだが。

防虫剤臭い黒のダブルの式服に白ネクタイを締め、ステッキにすがる治五郎大叔父の十八番《おはこ》と言えば、警官になって最初の現場で腐乱死体に出くわした話だ。なにも今ここで始めなくてもいいだろうが、と思いつつ、わたしは腰をあげた。

「興味深いお話でしたわ、大叔父さま。すみません、わたし、妹のお色直しの件で呼ばれてて……」

大叔父はわたしの袂をがっちりつかんで離さなかった。

「真夏に腐乱死体が一ヶ月も家にあったんだ。高利貸の豪邸には、全財産を奪われて首を吊った男のどえらい臭いがしみついちまった。駆けつけたとき、金貸しは頭から湯気をたてて、カーペットには二千万払ったんだ、どうしてくれるとわめきちらしていたよ」

聞くたびにカーペットの値段があがってるんですけど。しゃべり続ける大叔父にスコッチソーダをオススメし、持ってくるという口実で、なんとか袂をふりほどいたとたん、目の前に黒門町《くろもんちょう》に住むおばさんが滑り出てきた。冠婚葬祭でしかお目にかかれない親族のひとり。内輪では〈黒門町〉で通っているので、いまだに本名が覚えられない。

ドブネズミ色だが光沢がある、という摩訶《まか》不思議な生地のスーツを着た黒門町は、一瞥《いちべつ》でわたしを品定めした。

「まあ、竹緒ちゃん。お久しぶりねえ。すっかり、見違えちゃったわ。お召しの色があざやかでステキだこと。このたびは梅乃ちゃんのご結婚、おめでとうございます。ところでちょっと相談が」

黒門町はわたしの肘をつかんで、強引に部屋の隅に押しやった。

「実はお祝いを家に置いてきてしまったの。恥ずかしいわ、年はとりたくないわねえ。いえね、ちゃんとお金はあるのよ。ただピン札がねえ」

「ありますよ、両替しましょうか」

わたしは懐から財布を取り出した。黒門町はバッグを抱え込み、怯えたように後ずさった。

「あら、その、今でなくてもいいのよ。ご祝儀袋もないし」

「一階のコンビニで買ってきます」

黒門町はものすごい勢いで手を振った。

「いえいえいえ、そんなご迷惑よ。それに、そう、名前とかも急いで書くと汚くなりそうだし、慌てたくないのよ。お祝いは後日、あらためてお届けするわ。ですけど外聞が悪いじゃない？　竹緒ちゃんの才覚で、受け取ったことにしておいてもらえないかしら」

数年前の従姉《いとこ》の結婚式でも、黒門町はまったく同じ手を使った。従姉によれば、その〈後日〉はまだ来ていない。

いい加減にしろよと言うべきか、親族の情けで黙ってだまされてやるか、迷っているとスマホが振動した。梅乃の警察学校時代からの親友、綿貫鈴子《わたぬきれいこ》という女性からの連絡だった。いまは第七方面本部で働き、本日、祝辞を述べることになっている。

『梅ちゃんのお姉さん、すみません。急用で式に出られなくなりました。梅ちゃんにもごめんねと伝えてください』

はあ？

わたしはスマホの画面をにらみつけた。今から、祝辞を頼める花嫁の友人を探せと？　そんなの、喜んで引き受けるやつなどいるわけないわ。ていうか、席がひとつ空いちゃうし。

そもそも親友の結婚式、ドタキャンってなによ。しかもそれをわたしに言ってくるってどういうことよ。

くどくど言い立てている黒門町に、その話はのちほど、と釘を刺し、本日の結婚式のしきりを担当しているウェディング・スタッフにこの恐るべき報せを伝えるべく、〈新婦側ご親族様控え室〉を出たら、今度は廊下に母が立ちはだかっていた。

「竹緒、あんたなにやってるのよ」

この日のために母が用意した五つ紋の黒留袖は、裾《すそ》にかけて鶴の大群の刺繍《ししゅう》がほどこされた豪奢《ごうしゃ》なもので、レンタル料はなんと十五万。アップにした髪はスーパー積乱雲のように盛り上がっている。最近、彼女は薄毛を気にしており、ヘアメイクの担当者に毛がたっぷりあるように見える髪型を、としつこくリクエストした結果、こんなことになったのだ。ヘアが完成するまでに二時間かかり、着付けが終わったのもほんの二十分前である。おかげでなかなか迫力のある花嫁の母になった。花嫁の母に迫力が必要かどうかはさておき。

「妹の結婚式をぶちこわす気? あちらのご親戚やご招待客もそろそろお見えなのに、大叔父さんにあんな話を大声でさせて」

母はすごんだ。おお、こわ。なむなむ。

「誰も気にしないでしょ。親戚も招待客も、警察官ばっかりなんだから」

「だからって、全員が腐乱死体に慣れてるわけじゃないわよ。いいこと、うちは代々、警務のスタッフ部門。現場を這いずりまわってる刑事なんかとは違うんですからね」

ひそめているようで、声が響く。結婚式をぶちこわす気なのはどっちなんだか。まもなくわたしの義理の弟になる本日の花婿・内村弘毅《うちむらひろき》の一家は、祖父、両親、伯父《おじ》叔父《おじ》従兄姉《いとこ》、総勢十三人が捜査員もしくは元捜査員という、バリバリの「刑事系」である。

「わかってんの？　結婚式の世話役を引き受けた責任は、きちんとはたしてもらいますからね」

母は荒々しく言った。わたしは肩をすくめた。

「梅乃から最初に頼まれたときは、結婚式は双方の家族だけのお食事会ですませるから、竹緒ねえちゃん、いい店知ってたら予約して、って話だったんですけど」

招待客総勢三百五十人の大披露宴を仕切ることになるとわかってたら、世話役なんて断ってたっつーの。てか、いつのまに世話役になったんだ、わたし。

「なんて言い草なの」

母は身震いし、積乱雲が不吉に揺れた。

「家族のお食事会だけですませるだなんて、そんなのまともな結婚式じゃありません。あんたも梅乃も社会人としての自覚がたりなさすぎます。警察官やその家族にとって、結婚は当人たちだけの問題じゃないの。親やその親、その同僚や上司の皆様の問題でもあるの。折り目正しく皆様に結婚をお披露目し、祝っていただかなくては。いいこと、あなたの妹の今後の人生は、この結婚式の成否にかかってるんです」

この説教もすでに聞き飽きた。このあと話は、組織人としてのけじめ、一族のプライド、警察一家の親密な関係、ぶっちゃけ上司や同僚からご子息ご令嬢の結婚式に呼んでいただいているのに、こちらがご招待しないとなれば相手の感情を害して出世に響く、ていうか警察にいづらくなる、場合によっては辛夷ヶ丘あたりのへんぴな署に飛ばされる、それはやだ、あんたたちだって親をそんな目にあわせたくないわよね、と、どんどん生臭くなっていくのだ。

わたしは時計を見るふりをした。

「あら、大変。急に欠席が決まった招待客がいるのでスタッフに報告しないと。失礼しまーす」

まもなく、親族が式場へと移動。小走りに新婦様控え室に向かいながら、わたしは頭のなかで今後の予定をおさらいした。午前十一時ちょうどに式開始。披露宴は午後一時開始。

ええい、時間がない。

足を速めたとき、廊下の反対側から、従兄《いとこ》の原和己《かずみ》が現れた。コイツも警察官で、いまは本所《ほんじょ》あたりの署で経理を担当しているはずだ。和己兄はわたしに気づき、上から下まで無遠慮に眺め回した。

「あれ、竹緒? 久しぶりだよな。うわー、話には聞いてたけど、なんか見違えたな。だけど似合うよ、その緑の、着てるやつ」

　もう少しマシな褒めようがあるだろうが。

「どうも。今日、奥様は？」

「二ヶ月の娘が熱出しちゃって」

「それはたいへん。お大事に」

　短く挨拶してすり抜けようとすると、和己兄はわたしの袖をはっしとつかんだ。

「ちょうどよかった。なあ、この式、仕切ってんの竹緒だろ？　これだけの盛大な結婚式なんだから、お祝いもものすごく集まるんだろ。内々にそっから貸してくれ。五十万でいいから」

　和己兄は眼鏡を中指で押し上げ、偉そうにしゃべりだした。

「オレ、主任になったんだよ。だから、たまには部下に一杯くらい飲ませてやらないとさ。女房は箱入りで働いたことがないから、そこらへんの機微《きび》がわかんないんだ。なあ、五十万。ちゃんと返すから。オレやオレの部下たちが気持ちよく働ければ、東京の治安はよりいっそう盤石《ばんじやく》なものになる。わかるだろ、その理屈。なあ、五十万だけ。ダメ？」

　なんだこいつ。わたしはあきれて答えた。

「ダメに決まってるでしょう。お祝い金は弘毅さんと梅乃のものだし、たぶん全額このハデ婚の払いで相殺ですよ」

「またまた。サツカンの結婚式といえば共済会館と相場が決まってるのに、こんな豪華な式場でやるんだ、結婚資金もたっぷり用意してんだろ」

「ここ、共済会館ですよ。大震災の後、前の建物を取り壊して建て直し、それを機に名前がチェリーゲート・ホールになっただけ」

わたしはしらけて言い返した。一階の表側にコンビニ、二階から五階までは貸しオフィスにして建築費を回収中だ。警察御用達の共済会館だから、セキュリティーが厳重と評判で、オフィスは大人気。ITや金融、シンクタンク関係の企業ですべて埋まっている。

「すみませんけどね和己さん、わたしも警察関係者なんだからさ。それくらい知ってなさいよ」

和己兄の手をふりはらったところで、聞き覚えのある声がした。

「まあ竹緒ちゃん。取り壊すだなんて、縁起でもないわぁ」

振り向くまでもない。新郎の母、内村郁美《いくみ》だ。小柄で優しげな顔立ちだが、盗犯係の優秀なベテラン捜査員である。ということはつまり、粘着質で執念深く、しつこく、あきらめが悪く、記憶力がいい。

おお、こわ。なむなむ。

飛び上がって頭を下げ、さっと逃げ去る和己兄を見送ると、郁美はわたしを真正面から見た。

「言霊《ことだま》ってありますでしょ。壊すとか切れるとか、ダメとか相殺とか、やめるとか取り消しとか、そういう言葉はおめでたい日にはよろしくございません」

「はい、申し訳ありません」

説教にかこつけて、ずいぶん並べ立てるじゃないかと思いつつ、わたしは頭を下げた。

内村郁美はうっすらと笑った。

「気をつけてくださいね、竹緒さん。今日みたいな日には、あなただってあまりふさわしくないと思うひともいるんですから。いえ、わたしはかまわないと思うのよ。いまどき独身のまま年を重ねて行く決意をするひとなんて、珍しくもないわけですし。でも、竹緒さんは警察一家のお生まれなのに、警察官になりたくないとか警察官との結婚がイヤだとかって、違う道を選んだわけでしょう。親の教育はどうだったのかしら、と思うひともいますわよね」

背後で息をのむ気配がした。振り向くと、母が鬼の形相で立っていた。今の郁美のことばを聞いたのだ。

「あらあ、鶴子《つるこ》さぁん。まあ、ずいぶんとごゆっくりでしたのね。本日はよろしくお願いします」

内村郁美は余裕の面持《おもも》ちで母に近づいた。

わたしの母と郁美は、今を去ること三十数年前、高校を卒業してすぐ警視庁に同期入庁した。本人たちに言わせれば「お互い切磋琢磨《せっさたくま》してきた間柄」、はっきり言えば敵対関係にある。今回の結婚式が、かくもハデ婚になってしまったそもそもの原因は、このふたりの意地の張り合いにあった。双方が、招待客の格と人数でお互いに負けまいとした結果、こんな大規模になったのだ。

「ステキな御髪《おぐし》だこと。少ない髪をかき集めて盛り上げるの、さぞかし大変でしたでしょう。うらやましいわ鶴子さん、年齢に負けじと派手で。わたくしなんて、主人がわからずやなものだから、こんな控えめな柄を買うはめになったのよ」

郁美の黒留袖には、宝の小槌《こづち》とカメがあしらわれていた。刺繍という点では母の着物のほうが高そうだが、あちらは持ち物こちらは借り物である。どう考えても母の負けだ。

「あら、とっても似合ってると思うわ、その柄」

母も黙ってやられているような女ではない。

「お宝に目つきの悪いカメが張りついているだなんて、優秀な泥棒刑事にぴったり。それに、お高かったでしょう。わたしたちの給料ではなかなか手が届かないはずなのに、すごいわねえ」

郁美は肘鉄を食らったようによろめきつつも、言い返した。

「いやだ、鶴子さんたら老眼進んだ？　そんなに高価なものじゃなくってよ」

「ほほほ」

母は言った。「ほほほ」と言っているだけ。まったく笑っていない。

「そんなご謙遜を。やっぱりあなたがた盗犯係って、盗品ばっかり見て目が肥えてらっしゃるから安物なんかに見向きもなさらないのね。どちらでお求めになったの？　北千《きたせん》住《じゅ》？」

郁美の目の下が一瞬、はげしく痙攣《けいれん》した。北千住には有名な故買屋がいる。窩主買《けいずか》いの確かな証拠がつかめずなかなか逮捕できないのは、警察内部にこの故買屋の情報源がいるからではないかという噂があった。
って、なんで警察官でもなんでもないわたしが、こんなに犯罪界に詳しくなってんだか。
火花を散らし合うふたりからこっそり離れ、新婦様控え室に急いだ。そこへ、スーツ姿の女性が血相を変えて駆け寄ってきた。妹の結婚式の一切をお願いした共済会館所属のブライダル担当スタッフで、兼子《かねこ》新香《しんか》という。両家の母親のヒステリックなクレームや要望にともに耐えてきた、いわば戦友であり、信頼できるクールなプロフェッショナルなのだが、このときばかりは様子が違った。

「あ、新婦様のお姉様。たいへんです」

こちらが恐るべき報せを口にするより早く、兼子は泣きそうな顔で言った。

「新婦様が控え室に立てこもってらっしゃいます」

2

二つ下の妹、梅乃はかなりの大女である。身長は現在一七八センチ、体重は……痩せているとは言いがたい。母もわたしも中肉中背なのに、梅乃だけは子どもの頃からふっくらして大きかった。

その昔、学校からの帰り道、よく妹がうずくまっているのを見かけた。周囲には悪ガキどもが群がって、デカ女、デカ女、とつついていた。たぶん、梅乃が立ち上がってはり倒せば、いじめは一発でやんでいたと思う。大女をいじめるのは、劣等感持ちのチビと相場が決まっているからだ。

だが、妹はそんなことはしなかった。黙って泣きながら、いじめられていた。しかたがないので、わたしは見ないふりをして家に帰り、帰ってきた梅乃をなぐさめ、いじめっ子たちがそれぞれひとりになったときを狙い、陰でボコボコにしてやった。

さすがに中学を卒業した頃には、梅乃もいじめられることはなくなった。優しくて包容力があり、責任感も強かったから、みんなに好かれた。親の言いつけにも素直に従い、高校を卒業すると言われるままに警察官採用試験を受け、合格した。このあたり、両親どころか親戚一同ほとんど全員が警察官、竹緒ちゃんも大きくなったら当然、警察官になるのよね、という環境に辟易《へきえき》し、高校に上がる頃には金髪にピアスにタトゥー、エンコー狩りなど働いて盛大に親ともめ、青春を謳歌《おうか》したわたしとは正反対の人生を歩んできた、ということになる。

だが、それでもわたしたちふたりは、とても仲が良かった。親にも親友にも言えない悩みや隠し事を、おたがいにならば打ち明けられた。もっとも、梅乃の悩みはわたしと違って素朴なもので、自分は大女だからモテない、程度ではあったのだが。

しかも、実は悩むほどモテていないわけでもなかった。色が白くて目がくりっとしていて、梅乃はなかなかかわいかった。実際、新郎となる内村弘毅は、三鷹北署《みたかきた》におかれた「三鷹武蔵野《むさしの》連続強盗殺人事件特捜本部」に応援としてやってきて、警務で働く梅乃を見かけ、一目惚れをした。少なくとも、わたしにはそう言った。

紆余曲折《うよきよくせつ》あったものの、出会って数ヶ月で、梅乃は内村弘毅との結婚をきめた。非常にめでたい。不肖の姉としても、できるだけのことをしてやりたい。

だから両家の母同士がもめたときも、間に入ってなんとかおさめようと努力してきたのだ。神前にするか教会にするか、綿帽子にするか角隠しにするか、お色直しのドレスは白かピンクかはたまたブルーか、ブーケの大きさ、花の種類、色その他、式次第の順序、招待客の人数、テーブルの位置、祝辞の順序、キャンドルの高さから招待状の紙の種類、フォントはなにを使うか、インクの色は、などなどなど。もめるネタは無限にあった。

あっちを立て、こっちを立て。未来の姑《しゅうとめ》にきついことを言われるたびに、うずくまって泣いている妹を、大丈夫、大丈夫、となだめてきた。内々だけのお食事会でいいじゃないか、豪華結婚式などバカバカしい、と心の底では思いながらも、これからも組織で生きて行かなくてはならないふたりのために、わたしなりに手を尽くしてがんばってきたのだ。ひとえに、今日、この佳《よ》き日のために。

なのに。ここにきて。当の梅乃本人が。

「立てこもりって、いったいなんで」

わたしは兼子についていきながら、訊いた。兼子はいつも持っているタブレットとバインダーを胸に抱くようにして、早足で歩きながら、眉をひそめた。

「それがよくわからないんです。実は昨日遅く、新婦様のお母様から、乾杯はやはりビールではなく、シャンパンに変更したいとお申し出がございまして」

「シャンパン……なんて頼む予算、残ってましたっけ」

「お母様がおっしゃるには、シャンパンは新婦様へのどなたかからのプレゼントだそうで、披露宴開始直前に、その方がお持ち込みになるそうです」

イヤな予感で胃が引き攣《つ》れた。母が思いつきで行動すると、ロクなことにならないのだ。

「それで、先ほど、新婦様のお支度がおすみかどうか見に参りましたときに、その話が出たんです。シャンパンをたくさん贈ってもらえるなんて、うらやましいと申し上げただけだったんですが、その話を聞いて、急に新婦様が暴れ出されまして。美容スタッフやわたくしはもちろん、新郎様も部屋から追い出されてしまいました。で、鍵をかって中に」

立てこもったというわけだ。

新婦様控え室の前には、ちょっとした人だかりができていた。新郎の内村弘毅、その父親の内村浩明《ひろあき》、そしてわたしと新婦の父の原有介《ゆうすけ》の三人が、扉をたたいてかわるがわる新婦に声をかけている。その周囲にはウェディング・スタッフが数名おり、さらに新郎の同僚や友人たちが遠巻きにして眺めていた。

わたしが近づいていくと、人々はさっと道をあけた。控え室の前でおろおろしていた式服姿の三人の男たちが、地獄でホトケに出会ったかのようにわたしを出迎えた。弘毅はともかく、父も内村の父も、覚えられないほど長々しい肩書きの持ち主で、なにが起きてもびくともしてはならない警察幹部のはずなのに、なんてざまなんだか。

「おお、竹緒」

父が額の汗を拭いた。

「すまんがなんとかしてくれ。梅乃ときたら、話をしようともしないんだ」

わたしは全員を見回した。本気で心配しているのは父たちと新郎くらい、あとの連中は「花嫁立てこもり」というドラマティックな展開に、わくわくしている。ま、気持ちはわかる。平穏無事な結婚式なんて面白くはない。他人事なら。

「お父さん、みんなをつれてラウンジで一杯やってて。これじゃ梅乃だって、頭冷やしたくたって冷やせないわよ。そうだ。ついでに大叔父様にスコッチソーダ、お持ちして」

やることができて安心した様子の父は、内村の父とともに野次馬をひきつれてその場を離れていった。後に残った新郎やスタッフを遠ざけると、わたしは梅乃に声をかけた。説得が必要かと思っていたが、わたしだと言った瞬間、鍵の開く、かちゃんという音がした。細く開いたドアの隙間から見た梅乃の顔は、ひどいものだった。涙と鼻水で白粉《おしろい》がはがれ、濃い紅がこすれてはみだし、床に落として踏んづけた大福餅のようだ。

「た、竹緒ねえちゃーん」

しゃくりあげながら、梅乃が言った。他の連中にしばらく待つように言って、控え室に滑り込み、鍵をかけた。とたんに白無垢《しろむく》をまとった、ゆうにわたしの二倍はある巨体がすがりついてきた。

「どうしよー。どうしよー」

梅乃はどろどろの顔で言った。

「アイツが来る。来て、結婚式をぶちこわすつもりよ。そんなことになったら、弘毅さんのメンツをつぶしちゃう。お義母《かあ》さんもきっと許してくれない」

えーん、えーん、と絵本に出てくるような泣き声をたてる梅乃をなんとか落ち着かせ、話を聞き出した。

アイツというのは猪狩寛太《いかりかんた》、二十八歳。某三流新聞社の記者で、梅乃の勤める三鷹北署の担当だった。一度、大失敗をしてへこんでいたのを気の毒に思って声をかけたら、誤解された。自分に気のある警察官がいるから警察の内部情報も抜けます、と上に大口をたたき、たたいてしまった手前、当時その三鷹北署に立っていた「三鷹武蔵野連続強盗殺人事件特捜本部」内の捜査情報を流せ、と梅乃に迫ってきたという。

「弘毅さんも参加していた、あれ？」

梅乃はうんうん、とうなずいた。

「だけど、梅乃ちゃんは別に本部とは関係なかったのよね」

「あったとしたって、なんでアイツに捜査情報を流さなきゃならないのよ」

ごもっとも。で？

「断ったら、ものすごく怒り出して、オレの将来やメンツをつぶすつもりなら、これから先、警察の内部情報を表に出すたびに、情報源はおまえだと言いふらしてやるって脅されて。びっくりして、先輩に相談したの。先輩はさらに上司に話してくれて、上が猪狩寛太の新聞社に正式に抗議してくれて」

結果的に猪狩寛太は新聞社にいづらくなり、辞めてしまい、音沙汰もなくなった。それで終わりかと思っていたのだが、梅乃と弘毅の結婚が本決まりになってから、ビミョーな嫌がらせがたびたびあったのだ、という。

「公衆電話からの無言電話とか。車にペンキがかけられてたりとか。香水がふりかけられた男物のハンカチが送りつけられたりとか。なんか地味すぎて、公にもしづらくて」

それでも一度、親友の綿貫鈴子に話してみたのだが、気のせいでしょ、アンタでもマリッジブルーになるのね、とあしらわれてしまったのだという。

「なんなのそれ。仮にも親友でしょ」

今回のドタキャンといい、ひどすぎる。前に二度ほど会ったときには、感じのいい、さわやかな女性だと思ったのに。

「鈴子、誰かにふられたらしくて、そこへわたしがそんな相談したもんだから、無神経だと思われたみたい」

「わたしに言えばよかったのに」

「竹緒ねえちゃんは忙しそうだったから。それもわたしの結婚式のことで忙しくしてくれてるのに、これ以上、心配かけたくなくて」

無視していたら、昨日の夜、猪狩寛太から突然電話があった。やたら低姿勢な口調で、結婚おめでとう、明日には直接、式場にお祝いをお届けするから受け取ってほしい、と言われた。

「新聞社辞めてから、自分で立ち上げたネット上のニュースサイトが大当たりしたって。それもこれも君が新聞社を辞めるようにしむけてくれたおかげだ、お礼をかねて招待客分のシャンパンを持っていくよ、って。気味悪いでしょ。もちろんはっきり断ったのに」

母親がシャンパンを持ち込む、という話を兼子から聞かされて、それ、絶対に猪狩寛太のシャンパンだ、と思った。他には考えられない。三百五十人分のシャンパンを用意するお金なんてないことくらい母にだってわかっているはずだし、母には猪狩寛太の話はしていないし、もちろんシャンパンの件も話していない。自分に断られた猪狩が、今度は母に連絡をとって贈ると言い、母はそれを受けてしまったのだろう。

梅乃はパニックになった。

「いまさらこんな話聞かせたら、どうして今まで相談しなかったんだって弘毅さんに怒られちゃうし、だけど、まさか、お母さんが」

どこの誰とも知らない人間からの、三百五十人分のシャンパン。いくら母でも規律にうるさい警察官だ。通常ならば、まず受け取らないはずだが、現在、彼女は宿敵・内村郁美との鍔迫《つばぜ》り合いに全身全霊を注いでおり、娘が豪華なお祝いを贈られたと自慢できる機会がきたら、

「舞い上がってしまうわなあ」

わたしは頭を抱えた。

「どうしよう、竹緒ねえちゃん」

梅乃は捨てられた子犬のようにわたしを見た。子犬にしてはでかく、せっかくの化粧が

どろどろだが、やっぱりかわいい。わたしはティッシュで梅乃の顔を拭いてやった。

「話はわかった。ねえちゃんがなんとかする。お母さんにはわたしから猪狩寛太の話をしておく。兼子さんに言って、乾杯もシャンパンからビールに戻してもらうようにするから。大丈夫。仮に、その猪狩寛太が、シャンパンに毒でも入れて持ち込むつもりだったとしても、こうなった以上なにもできないよ」

「だけど」

「警備にも事情を説明しておくから」

チェリーゲート・ホールの警備は、場所柄百パーセント元警察関係者によって行なわれている。女性警察官にして警察官の娘の結婚式を、台無しにしようとしている逆恨《さかうら》みの元新聞記者を、

「通すわけない。酒屋の配送には特に気を配るように言っておく。大丈夫だよ。大丈夫」

梅乃はようやく安心したように微笑んだ。わたしは鍵を開け、スタッフと新郎を控え室に入れた。

3

内村家原家両家のお式は、つつがなく終了した。

　立てこもり後に現れた梅乃の顔を見た美容部門のスタッフは気絶しそうになっていたが、そこは百戦錬磨のプロフェッショナルである。ものすごいスピードで塗り直し、引き直し、結果、仲人《なこうど》である警視庁第二方面本部長夫人に手をひかれて式場に入ってきた梅乃の顔は、完璧に整えられていた。むしろ、最初にお支度がすんだときより、きれいに見えたほどだ。

　わたしは式次第をうっとりと思い返しながら、トイレットペーパーで涙を拭った。神主さんの祝詞《のりと》。三三九度の儀式。ふたりの誓いの言葉。指輪の交換。

　この数ヶ月、ほんとにたいへんだったけど、その甲斐《かい》はあったよな。

　特に昨日からは、寝る間もないほどだったけど、報われたよな。

　昨日の晩は実家に泊まったが、すでに気もそぞろになってしまっている母の代わりに食事を作り、風呂を準備した。花嫁からの挨拶をされるのがイヤだと、なんでか屋根の上で寝ていた父を部屋に戻し、ヘアトリートメントが少ないとヒステリーを起こした母をなだめ、眠れないという梅乃に子守唄を歌ってやった。

　けさはけさで、顔を洗う間もなく朝食を作り、全員を起こし、車で一同をチェリーゲート・ホールへと送り届け、母がかんざしを忘れたというのでとりに帰り、ホールに戻ったら今度は父親が高血圧のクスリを飲み忘れたうえ置いてきたというのでとりに戻り、あいまにいくつか雑用を片づけ、いつまでその格好でいるんだと母に叱られて、ようやく晴れの日にふさわしく身支度を整え……。ああ、もう、言い出したらキリがない。

でも、いいや。梅乃の晴れ姿を見られたんだから。苦労も吹っ飛ぶというものだ。

「ちょっと、竹緒」

個室のドアがどんどんたたかれ、夢見心地がいっぺんに破られた。

「アンタ、いつまでトイレに座ってんの。早く出てきなさい。兼子さんに聞いたんだけど、シャンパンをビールに戻したってどういうことよ」

わたしはうんざりしながら立ち上がって身じまいをして、水を流し、外へ出て母に向き合った。めでたい日とは思えないほど険悪な顔つきをしている。

「いくら世話役をまかされてるからって、勝手になんなのよ。せっかく梅乃のお友だちが贈ってくださろうというのに。わたしはね、シャンパンを用意してやったときの郁美の顔、楽しみにしてたのよ。そんな親の楽しみをアンタ」

「そいつ、友だちじゃなくて梅乃のストーカーだから」

母を押しのけて、水で手を洗った。さっきの式で、内村家と親族盃を交わしたばかりではないか。もう親戚なんだから、そういうの、やめればいいのに。

「ストーカーですって」

母の声が裏返った。

「あの猪狩さんが？　ゆうべ家まで訪ねてきて、すごく丁寧に挨拶してくれて、感じが良くて、そんなふうには見えなかったのに」

「とにかくシャンパンの件は忘れて。でないと、得体の知れない人物から内緒で高額な贈り物を受け取ろうとしたこと、お父さんに言いつけるからね」

母は口をとがらせて、身震いした。スーパー積乱雲がほわほわ揺れた。

「別に内緒にするつもりなんかなかったわよ。みんな、昨日今日は忙しくて、話す暇がなかっただけ。もう。ひどいわよ、竹緒。そんな言い方することないじゃない。知らなかったんだから、しかたないでしょう。わたしだって娘を嫁に出す母として、いろいろ思うところだってあるのに。誰もお母さんの気持ちなんか考えてくれないんだから」

なんだそれ。

めまいがした。さんざっぱら迷惑かけて、ここにいたって被害者になったつもりか。ありえない。これまで抑えてきた気持ちが爆発しそうになり、わたしはついに声を荒らげた。

「お母さんの気持ちって、内村のおばさんに勝ちたいってだけでしょ。そっちこそ、わたしの仕事を増やせるだけ増やしておいて、ありがとうの一言もないじゃないの」

しょんぼりするふりをしていた母は、飛び上がって向き直った。

「なによ、アンタが好き好んで引き受けたんじゃないの。いまさら文句なんか言わないでよ。心の狭いやつ」

「すみませんね、修行がたりなくて」

「まったくよ。少しは成長して、年老いた母に優しくしなさいよ」

「老いたんなら子に従えば」

「いやよ。だって、腹立つんだもん。アンタの頭見てると」

わたしたちはにらみあった。数秒間にらみ合い、思わずふき出し、慌ててそっぽをむいた。

「そんなに気にすることないんじゃない、薄毛」

ややあって、わたしは手をハンカチで拭きながら言った。母は髪をさらに逆立てながら、鼻を鳴らした。

「気にしてません。薄くなってません。なってたらウィッグ、買ってます」

「買ってあげようか。今度の母の日に。いい専門店知ってるんだけど」

「いりません。まだ、必要ないし」

母は音高くハンドバッグの留め金をかけると、言った。

「シャンパンの件は、わかったわよ。あとはよろしく」

出ていく母の後ろ姿を見送って思わず笑ってしまったが、次の瞬間、時間に気づいて青ざめた。うっかりトイレに座ったまま放心し、二十分も浪費した。披露宴開始まであと三十分。綿貫鈴子の穴を埋めるため、誰かに祝辞をお願いしなくては。

トイレを出た。すでにラウンジには、気の早い列席者が集まり始めている。やはりどんな吉日だろうと忙しい刑事系は少なく、警務の関係者、つまりは原家の招待客がめだつ。

顔見知りも何人かいて、挨拶してまわったが、あちこちで捕まって根掘り葉掘り近況を聞かれた。まあ、好奇心がなくてはつとまらない職業だからしかたがない。

梅乃がドレスに着替えた頃ですので、と逃げ出して、若い女性の招待客を何人かつかまえた。綿貫鈴子の代わりに祝辞を、と言ったとたん、彼女たちの腰が引け、エビが海中を後ろ向きに泳ぐがごとく後ずさっていった。とんでもない、わたしなんかが祝辞じゃ梅乃に申し訳ないです。他にもっとお親しい方がいらっしゃるはず。こんなすごい方たちを前に、わたしなんか、とてもとても。

そこをなんとかと交渉したが、本気で青ざめてきたり、胃が痛いと言い出すコまで現れた。一人だけ、そもそも背が高い上にヒールを履いてそびえ立っている梅乃の先輩なら、平気な顔で引き受けてくれそうだったが、その砂井三琴という巡査長は辛夷ヶ丘署に飛ばされていた。縁起が悪すぎる。

まったく、綿貫鈴子め。出席できないならせめて前日までに言ってくれればいいのに。

どうしたものかと考えながら、披露宴の受付に足を向けた。時間に几帳面《きちようめん》な客が多いこともあって、受付にはすでに行列ができていた。内村家が手配した若い警察官たちがきびきびと招待客に対応し、記帳をお願いし、お祝い金を受け取っていた。お世話様です、と挨拶をし……気づいて目をむいた。

和己兄が現金をご祝儀袋から出す作業に紛れ込んでいた。礼服のスーツの上を脱ぎ、どこから調達したのか事務用のアームカバーまでつけて、すっかりとけ込んでいる。

あきれて見ていると、和己兄はご祝儀袋から出した万札をさっと二枚抜いた。封筒には〈金伍萬円也〉とあるのに、隣にいる記録係にそっけなく伝えた。

「土方太郎《ひじかたたろう》様、三万円です」

「そういうことすると、バチ当たりますよ」

わたしは和己兄の耳元に顔を近づけて、言った。和己兄はすくみあがり、カバーの内側に滑り込ませようとしていた万札がひらひらと床に落ちた。

「あ、あれ、竹緒ちゃん。いやその、なんだ、オレ本業経理だから、こういう金勘定得意だし、手伝ってやろうかなって」

「警察やめます？　やめたいです？」

「……やめないです」

しおしおと和己兄が金額を訂正し、その場を出て行くのを確認した。まったく油断も隙もない。

とりあえず、新婦控え室に移動しようときめて歩き出したとたん、小城野《おぎの》に捕まった。チェリーゲート・ホールの警備主任。警察ＯＢであることは言うまでもない。

普通の結婚式場の警備がどんなものかは知らないが、一応いますけど、といった体でひっそりいるものと思う。危険がありそうな雰囲気を醸し出しちゃマズいからだ。しかし現在、ここではあちこちに屈強な警備員が直立不動で目を光らせている。

彼らを指揮しているのが小城野で、白髪頭《しらがあたま》を短く刈込み、短軀《たんく》ながらごつく、目の光が尋常ではなく鋭い。その昔、父の下で働いたことがあったそうで、猪狩寛太の件で話をしたら、

「原さんのお嬢さんに、髪の毛ほどの傷もつけちゃならない」

シャンパンを断るだけなんだから、そこまでしなくても、と止めるのも聞かず、こんなものものしいことになった。

小城野は背筋を伸ばして二十五度の角度で礼をし、あたりをはばかって小声で言った。

「実は、お姉さんにお伝えしておかなくてはならないことが」

なにがあっても動じないように見える小城野の眉間に、しわが寄っていた。

「ひとつは、先ほどホールのスタッフから上がってまいりました情報なのですが、六階から七階へ非常階段をあがっていく女性を見たというのです。人目を忍ぶようにこそこそしていて、声をかけたら非常階段から屋内に入って姿を消したと」

はあ？　なにそれ。サスペンス劇場？

「このホールではレセプションでＩＤか招待状、または入館予定を確認しなければ、中に入れないようにしてあります。ですが以前にも、どうやって入ったのか、新郎様とワケのあった女性がこつ然とラウンジに出現したことがありました。ですから、あるいは今回も

と思った……のですが、ええ」

小城野は咳払いをした。今回の新郎様がさほど色男じゃないと思い出したらしい。

「本日はご両家ほとんどが警察官ですから、痴情のもつれ以外にも恨みを買っている可能性はあるかと思いまして。なにかお聞きになってませんか」

「いえ全然。ていうかその女性、うちめあてとはかぎりませんよね」

「本日は日曜日ですので、二階から五階までのオフィスはすべてお休みです。確認しましたが、休日出勤もありません。それにスタッフ曰《いわ》く、女性は白っぽいフォーマルなスーツ姿だったと」

「なるほど」

「本当に怪しいものかどうかわかりませんし、不審者だったとして目的が新郎新婦ともかぎりません。以前にも、警察関係者の結婚式に殴り込んできた女性がおりましたが、これは列席者めあてでした。この列席者は上司の娘の結婚式に呼ばれとりまして、そういう場で騒ぎを起こすというのは、なかなか効果的な復讐ですからな」

金貸しの留守宅にあがりこんで首を吊り、腐乱死体になって家中を臭くするみたいに？

冗談じゃない。

「例のシャンパン男の件とともに、こちらも注意を怠りませんが、念のため、気に留めておいてください。それと、一階のレセプションに警察が来てまして。原家の方にお話を聞きたいということですが、お姉さんにお相手いただくのでよろしいでしょうか」

警察なんか、すでに、たたみいわしにするほど来てますけど。

「はあ」

「では、そのように」

小城野が立ち去る姿を見送り、わたしはため息をついた。

なんでこう、次から次に。

女性の件は、内村弘毅に確かめておこう、ときびすを返したとたん、今度は新郎の父である内村浩明につかまった。

「竹緒ちゃん、ちょっといいかな」

ラウンジの手前のスペースに連れて行かれた。そこには披露宴の司会をする広報課の課員が待っていた。男は鹿谷《しかたに》、女は柏原《かしわばら》、司会をやらせたら警視庁最強のコンビというふれこみである。警察にもいろんな人間がいるものだ。

「ここだけの話なんだが」

内村浩明は司会者ペアにうなずいて、小声で言った。

「知っているかどうか、弘毅と梅乃ちゃんが知り合ったのは、梅乃ちゃんがいる三鷹北署でのとある特捜本部がきっかけでね」

「『三鷹武蔵野連続強盗殺人事件特捜本部』ですよね」

東京多摩地区の東側、三鷹市と武蔵野市で、あいついで強盗事件が起きた。大きな一軒家の玄関先に出刃包丁を持ってひそみ、家人が出てきたところで包丁を突きつけて金を要求し、声を上げたら刺し、という、乱暴きわまりない強盗事件で、死者も三人出ている。一帯は、住みたい街ベストスリーに入る吉祥寺《きちじょうじ》エリアを含み、大きな一軒家だらけの高級住宅地だ。凶悪犯罪が少ない地域だけに世間は騒然となったが、三週間たらずの間に五件発生したところで、犯行はぴたりとやんだ。

捜査は続いていたのだろうが、発生から約八ヶ月たっている。梅乃に結婚相手を運んできたありがたい特捜本部ともいえるが、一方で猪狩寛太騒動のきっかけでもある。第一、三人殺した犯人が、まだ捕まっていない。

「知っているなら話が早い。大事件だからね。犯人は、絶対に逮捕しなくちゃならない。あの犯人逮捕はすべてに優先される。すべてに、だ」

「はあ」

それがどうした、と訊きかけて、わたしははっとなった。

えっ、ちょっと待って。なんでいま、そんなこと持ち出すわけ？

「やだ、内村のおじさま。まさかその連続強盗殺人事件の犯人がわかったとか、よりによって今日、逮捕するんだよ、なんて、おっしゃいませんよね」

内村浩明は面食らったようにわたしを見て、軽くうなずいた。

「察しが良くて助かるよ。実はそうなりそうなんだ」

　はあ？

「え、それじゃその、内村家側のご親族や招待客の皆さん、たいていは刑事系でらっしゃいますけど、全員、披露宴には出られないってことですか」

「いや全員ではない。本部に関わってる人間が、私を含めて十二、三人抜けるかもしれないってだけだ」
　十二、三人だけ？　ふざけてんのか。
「たぶん、披露宴の流れにそれほどの影響はないと思いますよ」

　司会者柏原が、わたしの顔色に気づいて急いで口をはさんできた。

「祝辞をお願いしているのは、そのなかのおふたりだけです。それに、今回の披露宴では警察関係者の挨拶がけっこう多くて。祝辞がふたつなくなれば、その分、歓談の時間が増えて、いいかもしれません」

「万一、時間が余ってしまったら、刑事部の佐伯《さえき》次長がお見えですから、あの方に一曲お願いしましょう。佐伯次長は警視庁の北島三郎《きたじまさぶろう》って呼ばれてるんです。盛り上がりますよ」

　司会者鹿谷が言った。

　一瞬、気が遠くなったが、落ち着いて考えてみると、最初に思ったほど悪い話でもなさそうだ。新郎の父がいなくなるというのは少々問題だが、『息子の披露宴より犯人逮捕を優先した、刑事畑一筋の捜査指揮官』てなエピソード、警察関係者にはけっこうウケる。おまけに、ひとつ問題が解決する。綿貫鈴子の件だ。新郎側の挨拶が減るなら、新婦側の祝辞が減ってもなんの問題もない。彼女の代わりを探す必要がなくなる。

「わかりました。そういうことならしょうがないですね。梅乃やこっちの親族には、わたしから伝えますから。その、具体的な話は抜きで」

そう言ったのに、彼ら三人の深刻そうな表情は変わらなかった。わたしはおそるおそる尋ねた。

「他にも、なにか」

「弘毅なんだよ」

内村浩明がため息をついた。

「あれも特捜本部にいたからね。自分もみんなに同行して、犯人逮捕に参加すると言い張ってるんだ」

はああ？

「それはあんまりじゃないですか。梅乃がかわいそうです」

「うん。私もそう思う」

内村浩明が腕を組んで深くうなずき、鹿谷も言った。

「やっぱり、いくらなんでも新郎抜きはマズいですよ。お偉方だって、ご祝辞は新郎新婦に聞かせる設定で準備してくるんですから。本人抜きじゃ、しらけます」

「そうなんだよなあ。だいたい、新郎が自ら犯人逮捕に行くなんて昭和の刑事ドラマみたいだもんなあ。みんな、迷惑だよなあ。竹緒ちゃんもそう思うだろ？」

内村浩明はいきなりこっちに振ってきた。

「ええ、もちろんです」

「だったら竹緒ちゃん、悪いが弘毅を説得してくれ」

はああ？

「なんでわたしが。おじさまがビシッと命令なさればいいじゃありませんか」

「いや、あれは情に訴えたほうが効く。竹緒ちゃんのことは信頼しているし、きっと折《しゃく》伏《ぶく》できる。それじゃ、私はあちこちで挨拶しなくちゃならないので。任せたよ」

内村浩明はラウンジの人波に入っていき、わたしは取り残された。偉くなる人間はやっぱり違う。面倒なことは下に押しつけて、自分は上への気配り優先。わたしが息子でも、内村浩明の言うことなど聞かないわな。

とにかく新郎様控え室に行こう、ときびすを返したところへ、ブライダル担当スタッフの兼子新香が血相を変えて駆け寄ってきた。

「あ、新婦様のお姉様。たいへんです」

「新郎様が控え室に立てこもってらっしゃいます」

　兼子は泣きそうな顔で言った。

4

　披露宴開始まで残り十五分。豪華客船を思わせるラウンジはすでに、ひとであふれかえっていた。九階宴会場へお進みください、と係員が誘導しているのだが、上下関係が厳しすぎる組織の常で、みな、周囲を気にしてなかなか宴会場に入ってくれないのだ。誰か偉いひとが、一言言ってくれたら、あっというまにことが進むのではあるが。

「立てこもりって、いったいなんで」

　ラウンジのひとごみをかき分けながら進む兼子についていきながら、訊いた。兼子はいつも持っているタブレットとバインダーを胸に抱くようにして、早足で歩きながら、眉をひそめた。

「それが、よくわからないんです。式が終わってから、新郎様がそわそわなさってまして、お仕事のことでどうしても行かなくてはならなくなるかもしれない、と。それで、さきほど急に控え室から飛び出てこられましたので、てっきりお仕事に行かれるのかなと思ったら、そのまま控え室に駆け込んで鍵を……」

なんだそれ。

「えーと、つまり、彼は今〈新郎様控え室〉に立てこもってるってこと？」

「いえ〈新郎様控え室〉から飛び出て、〈新婦様控え室〉に立てこもられたんです」

はあ？

「それじゃ、梅乃も一緒に？」

「そうなんです」

新郎新婦が立てこもってどうするんだ。

新婦様控え室の前には、ちょっとした人だかりができていた。新郎の母親の内村郁美、わたしと新婦の母の原鶴子が、扉をたたいてかわるがわる新郎新婦に声をかけている。その周囲にはウェディング・スタッフが数名、さらに新郎新婦の友人らしい人々が遠巻きにして眺めていた。

わたしが近づいていくと、彼らはさっと道をあけた。控え室の前でおろおろしていた黒留袖のふたりの母たちが、地獄でホトケに出会ったかのようにわたしを出迎えた。

「ちょっと竹緒。あのコたちに出てくるように言ってやってちょうだい。一生に一度の披露宴なのよ」

「まったく、犯人逮捕なんてこれから先、何度でもできるのに、なにやってんのかしら弘毅は」

母たちが逆上すればするほど、野次馬が面白そうに身を乗り出してきた。ムリもない。他人の祝い事はもめるにかぎる。そのほうが面白い。わたしでも、他人事ならそう思う。警察官も同じように思うらしい。少し離れたところからスマホで撮影を始めた若いのが数人いたが、見たところ全員が警察官のようだ。

わたしは咳払いをして、母たちに目顔で注意を促《うなが》した。最初、きょとんとしていた母たちもさすがにベテランの警察官である。すぐ事態に気づき、こめかみに青筋を立てて撮影者たちへ向き直った。

「あなた。なにを勝手に撮ってるの。スマホを提出なさい。いいからよこしなさいっ」

「そこの。氏名と階級、所属をおっしゃいっ」

おお、こわ。なむなむ。

騒ぎがよそにそれたところで、わたしは控え室のドアをたたき、梅乃に声をかけた。説得が必要かと思っていたが、わたしだと言った瞬間、鍵の開く、かちゃんという音がした。細く開いたドアの隙間から、梅乃の顔がのぞいた。つけまがとれ、アイラインがにじみ、一公演全力ですませた後のピエロのようだ。

「た、竹緒ねえちゃーん」

しゃくりあげながら、梅乃が言った。もう時間がない。母たちはシャットアウトしよう。わたしは強引に部屋に滑り込み、鍵をかけた。とたんにクリーム色のウェディングドレスを着て、巨大なケーキみたいになった梅乃と、警察官の礼服を着た内村弘毅が、ふたりしてすがりついてきた。

「どうしよー。どうしよー」

「どうしましょう、お姉さん」

内村弘毅もけっして小柄というわけではない。梅乃をお姫様だっこして披露宴会場に入場すると言い出したほどだから、そこらの関取なみだ。このふたりににじり寄られたら、命の危険を感じてしまう。

「いったい今度はなにごとよ」

ドアに背中をぴったりつけた状態で、尋ねた。新郎新婦は仲良く泣きじゃくりながら、説明をした。

事の起こりは二ヶ月前。梅乃は親友の綿貫鈴子にフィアンセを紹介した。おりしも鈴子は恋人と別れ、すっかり世をスネており、そんなときに幸せを見せつける結果になったものだから、

「そんなそぶりは見せなかったけど、ホントは怒っちゃってたのね」

梅乃はしょんぼりと言った。

「なるほど。それで？」

梅乃はそっと弘毅を見た。弘毅は涙目になりながら、言った。

「彼女、オレに連絡とってきたんですよ。梅乃のことで話があるっていうから会ったんですけど、早い話が、その、梅乃に内緒で自分とつきあわないか、と」

弘毅は頬を赤らめた。

「言っときますけど、その場で断りましたよ。オレだってバカじゃない。だけど彼女、オレのことなめてたみたいで。それが思い通りにならなかったもんだから、アンタみたいな男がこのアタシを振って梅乃を選ぶってどういうことよ、ってそりゃもう、大騒ぎでした。酒癖悪くて、往復ビンタされましたしね。それからなんの接触もなかったんですけど、昨日になって電話がかかってきて」

やっぱり許せない、と綿貫鈴子は言った。アンタもそうだけど、梅乃の無神経さにも耐えられない。

嫌がらせをしてやったんだ。無言電話とか、車にペンキをかけたりとか、香水をふりかけた男物のハンカチを送りつけたりとか。なのに梅乃ときたら、ものすごく地味な嫌がらせがあるの、って平気な顔してて。気のせいでしょと言ったら、そうだねってあっさり納得して。

あんまり暖簾《のれん》に腕押しだから、いったんは忘れてやることにしたけど、結婚式が近づいてきたら、また、腹が立ってきた。梅乃からはしょっちゅう電話があったけど、話題と言えば自分のことばかり。鈴子の祝辞、楽しみにしてるって当たり前みたいに言う。

なんにもわかってない。アタシはいったいなんなのよっ。

「アンタたちが金屏風《きんびょうぶ》の前に並んで座ってるところ、想像するだけで腹が立つ。だから明日、披露宴でふたりを見たら、そのときは覚えてなさい、アンタに捨てられたってわめいてやるんだから。警察なんて狭い社会だし、女の言うことはみんな信じる、そしたらアンタも梅乃も警察官としちゃ終わりよ、って」

弘毅はため息をついた。

「彼女から口説かれたことは、梅乃ちゃんにも言ってませんでした。ゆうべの電話も、酔っぱらってるみたいだったので、それほど気にしてなかったんです」

「鈴子ってお酒に弱くて酒癖も悪いの」

梅乃が口を挟んだ。弘毅が言った。

「だけど、さっき式を終えてラウンジへ行ったら、白っぽいスーツを着た彼女が非常階段からこそこそ出てくるところだったんですよ。いかにも、なにか企《たくら》んでるみたいに」

弘毅は震え上がった。警察も昔ほどは減点法で評価したりしないし、八つ当たりの逆恨みでひとを陥れる性格破綻者の存在も広く知られている。とはいえ、両家の親や祖父の頃からの付き合いで、とんでもなく偉い招待客もいることだし、ことが起これば当然、面倒なことになる。

「ちょうどそのとき、あの連続強盗殺人事件の犯人の目星がついたって話が来て、展開によってはオヤジや関わっている刑事が退席するかもしれないと聞かされました。そこで考えたんです。オレも、犯人逮捕にかこつけて披露宴に出るのやめようって」

なるほど、そういうことか。金屏風の前に座っているのが新婦だけなら、綿貫鈴子もおとなしくしてるだろう、と考えたわけだ。

「だけどオヤジに怒られたし、もう一度、彼女と話して説得しようと思って、電話をするために控え室に行ったら、そこに綿貫鈴子本人が座ってたんですよ。オレ、びっくりして」

控え室を飛び出して、梅乃のもとに逃げ込んだというわけだ。

「もう、どうしたらいいのか。ごめん梅乃ちゃん」

「いいえ、わたしが悪いの。もとはといえば、鈴子の気持ちを考えずに、彼女を怒らせたのはわたしだし。おかげで弘毅さんにも迷惑かけて」

「梅乃ちゃんは悪くないよ。オレがもっと、毅然《きぜん》とした対応をしていればよかったんだ」

「弘毅さん」

「梅乃ちゃん」

新郎新婦は堅く手を握り合い、うるんだ目と目で見つめ合った。わたしは咳払いをした。

「で？　綿貫鈴子はまだ控え室に？」

「たぶん」

「どうしよう、竹緒ねえちゃん」

梅乃が雨に打たれた子犬みたいにわたしを見た。子犬にしちゃでかすぎるし、メイクがにじんでどろどろだが、やっぱりかわいい。わたしはティッシュをとって梅乃の目のまわりを拭いてやった。

「わかった。ねえちゃんがなんとかする。綿貫鈴子らしい女性のことは警備も把握してるんだ。警備主任の小城野さんに頼んで、なにごともないようにガードしてもらおう。なんなら今のうちに、頭のおかしい女がアンタたちを逆恨みしてるらしいって噂をばらまいておくよ。そうすりゃなにか起きても、あんたたちは被害者ですむ。だけど、そのためには、ふたりとも堂々と披露宴にのぞまなきゃ。綿貫鈴子が現れても、騒ぎ立てたり怯えたりしちゃダメ。こっちはなんにも悪くない、ってとこ見せないと」

新郎控え室にはわたしが行ってみるから、絶対戻らず直接、披露宴会場へ行くように、と弘毅に念を押して、ドアを開けた。スタッフや母たちがなだれ込んできて、一気に大騒ぎになった。兼子が金切り声で言った。

「新郎新婦のご入場まであと五分です。スタッフ以外の方たちは披露宴会場へどうぞ」

強引に座らされた梅乃がメイクのやり直しをされているのを尻目に、わたしは廊下へ滑り出た。新郎様控え室へ急ぎ、中に飛び込んだ。

控え室のソファの上に、フォーマルなベージュのシャネルスーツを着た綿貫鈴子が倒れていた。

「いやね、おねーさん。アタシだってなにも、そんな人の悪いことするつもりじゃなかったんっすよぉ」

頬を張りまくってたたき起こし、備え付けの水とコーヒーを飲ませたが、綿貫鈴子のろれつはまわっていない。

「ちょっとした嫌がらせってゆーか。不幸のどん底の人間に、幸せ見せつけるよーなマネしたらダメって、おせーてあげよーと思って」

ソファの下に、シャンパンのボトルが転がっていた。栓を飛ばしたときにずいぶん吹き出てしまったらしく、そこら中、ずぶ濡れである。酒に弱いというのは本当らしい。これじゃ飲んだのはせいぜい二口くらいだろう。

「ちょっとした嫌がらせじゃすまないでしょう。一生に一度の結婚式なのよ。急用で欠席するんじゃなかったの」

「昨日の夜、酔っぱらって、電話でいろいろ言っちゃって。弘毅くんをずいぶんビビらせちゃったから、祝辞なんか言うことになったら、彼きっと落ち着かないだろうな、それはかわいそうかなって。だから出席をとりやめたんです。でも、やっぱり一言謝ろう、でもって、おめでとうって言ってやろうと思ってきたんですよぉ。したら彼、逃げちゃうんですもん。もう、飲むしかない。でしょ？」

綿貫鈴子はケラケラ笑った。

「来るときにね、道端にシャンパンが転がってたんですぅ。安いシャンパンだけど、思わず拾って持ってきましたぁ。だけど、マズいのね、このシャンパン。もう、サイテー」

鈴子はものすごいゲップをした。それから、うっと言って口を押さえ、控え室の隅にある流しに走って行った。わたしはシャンパンのボトルを拾い上げた。これから先、シャンパンを見てもおめでたいとは思えなくなりそうだ。

やがて戻ってきた鈴子はやつれはててはいたものの、ずいぶん落ち着いていて、きちんと頭を下げた。

「すみません。大変失礼しました。申し訳ありませんでした。梅乃には……とにかく、ごめんなさい」

迷惑な奴だと腹を立てていたが、血の気のない顔を見ていたら、なんだかかわいそうになってきた。自分がバラバラになってしまうほどひどい失恋なら、わたしにも覚えがある。

「大丈夫なの？　梅乃が言ってた。鈴子は恋人と別れたのに、そのことでなんの力にもなれなかった。今度の騒ぎは自分が悪いんだって」

「あ……梅乃がそんなことを」

鈴子はほっとしたように目をまたたき、唇を嚙んだ。

「正直言って、大丈夫じゃないです。さっきラウンジで、そのカレを見かけました。知らん顔されましたけどね。知らなかったんですよね、アタシ。カレが結婚してたことも、奥さんが妊娠中だったってことも。二ヶ月前ですよ。突然、子どもが生まれたから別れようって、平気な顔で言われました」

綿貫鈴子はふうっとため息をついた。

「けっこうお金貸してたんです。主任に昇進したから、たまには部下にも飲ませないと。オレやオレの部下たちが気持ちよく働ければ、東京の治安はよりいっそう盤石なものになる。ちゃんと返すからって言われて。結婚すると思ってたんですよ、カレと。それで、たまりたまって五十万。バカでしょ」

あれ。なんだか話に聞き覚えが。

「踏み倒せると思ってたみたいなんですよね、カレ。警察でこういう不祥事があっても、騒ぎ立ててソンをするのは女のほうだからなって言われました。だから言ってやったんです。こっちはいつでも警察なんか辞められる。今月中に耳を揃えて返さないと騒ぐよって。たぶん今頃、必死に金策してるんじゃないですか」

あれは金策とは言わない。わたしはうんざりしながら思った。和己兄の大トンマ。ネコババ、いや窃盗だ。なにをやっているのかと思えば。

綿貫鈴子は部屋を片づけ始め、わたしも手を貸した。終わって、ふたりで外へ出た。ちょうど、新婦様控え室からみんなが出てきたところだった。クリーム色のドレスを着てブーケを持った梅乃が、礼服姿の弘毅の腕に手を添えて、エレベーターホールの方向へ歩いて行くのが見えた。彼らはわたしたちに気づかず、そのまま緊張した足取りで進んで行く。

隣から、小さく泣き声がした。見ると、綿貫鈴子がぽとぽとと涙を床に落としながら、新郎新婦のその後ろ姿に、深々とお辞儀をしていた。

5

ひと気がなくなるのを待って、綿貫鈴子をエレベーターに乗せ、別れた。このまま彼女が落ち着くかどうか微妙なところだったが、それはわたしの与《あず》り知らぬことだ。梅乃の結婚披露宴が無事に終われば、それでいいのだ。

それにしても、和己兄を一発くらい殴っておくべきかしらと思いながら、ラウンジ中央の螺旋階段に足をかけたとき、上のほうから大きな歓声と結婚行進曲が聞こえてきた。時計を見た。うわ。始まっちゃったよ、披露宴。

急がなくちゃ、と手すりに手をかけたとたん、背後から声をかけられた。

「失礼ですが、原さんですか」

振り返った。人相と目つきが縁起でもない、といった感じの中年男が、警察バッジをこちらにぐいっと突きつけて言った。

「原梅乃さんのお姉さんですね。少々お話があります。よろしいでしょうか」

「よろしいように見えます？」

わたしはそわそわと言った。エライさんの挨拶などどうでもいいが、妹の晴れ姿をきっちり見て、脳裏に焼き付けたい。早く会場に行かせなさいよ。

「おめでたい日に、どうも申し訳ないこってす」

私服の警察官から渡された名刺には〈巡査長　迫間《さこま》恒《わたる》〉とあった。着古したスーツから、饐えたような臭いが漂ってくる。頭頂部が日に焼け、顔にはひげの剃り残し。くたびれた中年男で、ホントは申し訳なくなんかないね、捜査のためなら真夜中に押しかけても、ラブホ前で待ち伏せしても、結婚披露宴直前に聞き込みしても、許されるに決まってんだろ。ていうか、アンタ一応、警察官の身内なんだから四の五の言わずに協力しろよ、と顔に出ている。

迫間はわざとらしく手帳を広げた。

「さすがにね、このタイミングで花嫁に話をきくってのも野暮《やぼ》かと思いまして、警備主任の小城野さんに相談したら、花嫁よりそのお姉さんに聞いたほうが、よっぽど話が早いって言われたもんでね。そうさしてもらってるわけですわ」

　わたしは大きく息を吐き、波打つ心を整えた。そして言った。

「なんでしょうか」

「猪狩寛太って男のことなんですわ。おたくの妹さん、この男をご存知ですよね」

　おや。

「お調べになったならご存知でしょうけど、そいつは以前、妹のいる三鷹北署とトラブルを起こして、新聞社を辞めることになったそうです」

「妹さんとのトラブルですよねぇ」

　迫間はイヤミな言い方をした。

「それで新聞社を辞めさせられたんだから、猪狩はさぞ妹さんを恨んでいたでしょうねえ。迷惑してたんじゃないですか。結婚式場にまで押しかけてこられて」

「押しかけてきたんですか」

　尋ねると、迫間はにやりとした。

「でなきゃ小城野主任に猪狩を追い払えと言いませんよね」

「押しかけてきそうだから警戒してくれと言ったまでです。ホントに来たかどうかは知りません。いったいどういうことか、説明してもらえませんか」

「二時間ほど前、この近くで、猪狩寛太が意識不明の状態で倒れているところを発見されました」

どうせ自分のネタはあかさないんだろうなと思っていたのに、迫間は案外あっさりとしゃべり出した。

「駐車した車と、ビルの壁と、植え込みの陰に倒れていたんですわ。このあたりはオフィスが多いから、日曜日の今日は人通りが少なくてね。普通に道を歩いていたんじゃ、死角に倒れていた猪狩にはなかなか気づけなかったんでしょうなあ。医師の話じゃ、倒れてから数時間はたっていたそうですから」

「はあ？」

わたしは声をあげた。

「それはつまり、殺人未遂事件とか、そういうことなんですか」

「おや。どうしてそう思うんです？　意識不明で倒れてたと言っただけですよ」

熱中症や脳卒中で倒れたんなら、刑事が来るわけないだろうが。

必死で考えをめぐらせた。この刑事、なにをしにきたのだろう。こいつに梅乃の結婚式を台無しにされないためには、どうしたらいいのか。

とりあえず、正直に対応するのがいちばんだ、と思った。父や招待客の威《い》を借りて追い払う、という手もあるが、下手にこのカードを切ると、この種の出世に縁のなさそうなタイプは根に持ちかねず、後々、ややこしいことになりかねない。

わたしは率直に切り出した。

「つまり刑事さんは、梅乃を疑っているわけですね。梅乃が猪狩を襲って、意識不明にしたと」

「申し訳ないですなあ」

迫間は心にもないのがあからさまな口調で言った。

「なにしろ猪狩のスマホの通話記録によれば、やつはゆうべ、妹さんとこにかけてましたし。式場と猪狩が倒れていた現場はごく近いし。小城野主任からシャンパンの話を聞きましたし。猪狩のやつ、ご自宅にまで押しかけて、お母さんに会ったそうじゃないですか。こりゃ素通りはできないな、と思ったわけでして」

「ちょっと待ってください。まさか、本気で妹を疑ってるんですか」

わたしはあきれて言った。

「妹は花嫁なんですよ。けさ、こちらに送ってきてからというもの、エステ、着替えにメイク、記念写真と、ずーっとウェディング・スタッフに取り囲まれてたはずです。抜け出して、猪狩を襲いにいくなんて不可能ですよ。ご自分の結婚式を思い出せば、それくらいわかりますでしょう」

「あいにく結婚の経験がなくてね」

迫間がぼそぼそと言った。ふん。そうじゃないかと思った。

「まあ、こちらも正直にいえば、妹さんを疑っているわけじゃあないんですわ。実は私、以前から猪狩寛太をマークしてましてね。やつは企業恐喝の常習者ではないかと考えております」

意外なフレーズが出てきて、少し驚いた。

「妹に聞いたんですが、ネット上にニュースサイトを立ち上げたとか」

「昔からよくある、クラシックなゴロツキ業界新聞のネット版っすわ。妙なこと書かれたくなかったら、代わりに購読しとけ、ってやつね。今は広告を要求するそうですが、はした金ですむことなら、企業もいちいち警察沙汰にはせず、応じたりしますから。ところが先般、さる企業が猪狩の申し出をはねつけたところ、監視カメラが壊され、システムルームのテンキー錠にペンキで落書きをされるという事件がありました。侵入されたわけではなく、もちろん、盗まれたものもない。子どものいたずらレベルではありましたが、なぜかその惨状を撮影した画像がネットにあがってしまいましてね」

となると、その企業の顧客に対し、セキュリティーへの不安を喚起することはできる。場合によっては株価にも影響が出かねない。

「で、こちらの調べでは、やつが最近接触している企業の支部が、チェリーゲート・ホールの三階のオフィスにあるんですわ。この企業では、顧客情報の流出を防ぐために、ネットにつながっていないスタンド・アローンのパソコンで、しかも本社ではなく、こちらのオフィスで管理しているわけです。猪狩はそのことを嗅ぎつけたようでして」

わたしはびっくりした。

「それって、つまり」

「猪狩が妹さんにシャンパンを贈ると言い出したのは、このホールに入る口実だったわけっすわ」

迫間はのんきな口調で言った。誰かが宴会場を出入りしたのか、中の歓声が大きくなり、すぐに小さくなった。梅乃はちゃんとみんなに挨拶できたかな。もう着席したかしら。気を取られかけ、我に返った。こっちに集中しなくては。

「猪狩はレセプションのセキュリティーを抜け、結婚式会場に来るふりをしてエレベーターを三階で降りて、そのオフィスに侵入するつもりだったと？」

「不法侵入するつもりはなかったと思いますよ。その種の道具は所持してませんでしたからね。デジタルカメラと、スプレーペンキと、シャンパンが一ケース、車に残されてました。本人も、白っぽいネクタイをしたスーツ姿でね」

チェリーゲート・ホールは警察御用達であり、セキュリティーレベルの高さで知られている。そう簡単には入れない。だから、梅乃の結婚式を利用しようとし、だが梅乃に断られて、今度は母に取り入ったのか。

「事情はわかりました。そういうことなら、猪狩が襲われた件で妹が疑われるのもわからなくはありませんが、さきほども申し上げたように、妹はシャンパンを断っておりますし、鉄壁のアリバイがあるんですよ」

「そのシャンパンを断らなかったひともいますよねえ」

迫間がそっけなく言った。

「小城野主任の話では、お母さんも警察官だとか。うっかり猪狩の口車に乗ってシャンパンを受け取ることにしてしまったが、企業恐喝の片棒を担がされかけたと知ったら頭に来たでしょうねえ。猪狩は背後から首を絞め落とされていたんですが、警察官ならお母さんくらいのお年でも、それくらいの芸当はできるでしょう。それにですね。実は、救急車に乗せられる直前、猪狩の意識が一瞬だけ戻りましてね。通報で駆けつけた制服警官が、誰にやられたか尋ねたんですよ。なんと言ったと思います？」

「さ、さあ」

まさか。顔から血の気が引くのを感じた。迫間はたっぷりと間を置いてから、言った。

「背後から首を絞められたわけですからね。誰かはわからなかったんでしょうね。猪狩はこう言ったそうですよ。『黒い着物の袖』と」

わたしはあんぐりと口を開けた。迫間はボールペンで頭をぼりぼり掻いた。

「警察官が多いから、男性はほとんどが制服の礼服姿のようですが、どなたか紋付袴《はかま》なんて方はいらっしゃいませんか」

考えてみたが、思いつかなかった。治五郎大叔父だって、一般的なダブルの礼服だった。仲人の第二方面本部長も制服の礼服だし、新郎もそうだ。

「となると、やっぱり女性でしょうかね。黒留袖を着るのは、新郎新婦に近い親族の既婚の女性と決まってますなあ」

迫間はわたしが身につけたあざやかな緑色の衣をじろりと見たが、それ以上は言わずに続けた。

「さっきこちらのスタッフにも聞きましたが、お母さんは当然、黒留袖を着てらっしゃるとか。となると」

「それはムリです」

わたしは言った。

「母の黒留袖は借り物なんです。高い借り物だし、母は着物を着慣れているわけではないので、こちらのホールで着付けとヘアメイクをお願いしました。うす……えー、諸般の事情でヘアメイクに時間がかかり、支度がすんだのはお式の始まるつい三十分ほど前です。もちろん、式に母がいたことは間違いありません」

三十分の間にホールを出て行って猪狩を倒し、取って返したとして、レセプションの担当者は覚えているだろうし、監視カメラにも映像が残る。

「ここの警備に確認してください。母はそんな真似していません。ていうか時代劇じゃないんですから、黒留袖着用のまま悪を倒しに行く女なんていませんよ。『黒い着物の袖』といったのは、猪狩寛太の見間違いか幻覚、あるいは制服警官の聞き間違いじゃないですか」

「確認はさせてもらいますけどね」

迫間は言うと、手帳をぱたんと閉じた。

「おっしゃる通り、そう考えるのが自然ですわなあ。ま、私らも今回の一件が事件になるとは思ってません。猪狩寛太も企業恐喝についてほじくり回されたくないなら、被害届は出さず、自分で滑って転んだ事故だとかなんとか言い出すでしょうね」

いきなりの方向転換。わたしはぽかんとした。

「あの、だったら、なぜわざわざ聞き込みにいらしたんですか」

「念のためですよ。私らの標的は猪狩寛太です。他に共犯者がいるなら、そいつも把握しておきたかった。それだけです。やつが気絶させられて、ちょっとの間道でぶっ倒れていたからって、そんなことはどうでもいいんです。ましてや」

迫間は声をひそめた。

「大切な妹さんの結婚式前夜に、なにか企んでいるかのように自宅に押しかけてくるような男がいて、そいつを式場近くで見かけたお姉さんが、少しばかり手荒な真似をして、結婚式が終わるまでおとなしくさせようとしたとしても、いいんじゃないかな」

え……なにそれ。わたしが声も出せずにいると、迫間はにやりとした。

「いや、もちろん、あなたのような方は、そんなことなさいませんでしょう。ただ、ひょっとして、敵がなにか気づいて言ってきたら、私もお役にたてるかもしれません」

「それは……ありがとうございます」

「そうだ、最後になりましたが、妹さんのご結婚おめでとうございます」

迫間は手帳をしまい、合掌して去っていった。

わたしの席は披露宴会場のいちばん隅にあった。両親と親族の席で、新郎新婦ともっとも離れている。照明をいっぱいに浴びて、梅乃は遠く、光り輝いて見えた。遅れて席についたわたしに、母はなにか言いたそうにしたが、お偉いさんの挨拶が続いているので口を閉じた。もっけの幸いだった。わたしは妹を眺めながら、物思いにふけった。

梅乃はいつも、自分からはなにも言わなかった。だけど、問題が起きているときはたいてい、わかった。ゆうべもそうだ。あのコの部屋から通話による会話が漏れ聞こえていた。猪狩、という男のこと、そいつが明日、チェリーゲート・ホールに押しかけようとしていること、シャンパン、そんな言葉が耳についた。その後、梅乃がお風呂に入っている間に、猪狩と名乗る男が訪ねてきて、母に何か話しているのを見た。イヤな予感がした。

そして今朝。式場に家族を送り、忘れ物をとりに帰って二度目に式場に戻ったとき、その男が近所の路上に車を停め、外に出て、シャンパンのボトルを持って電話している姿を見かけた。後ろに車を停めて近づくと、猪狩はスマホを耳に当てて言っていた。警察官は世間体を気にするからな。後でバレても心配ない。ホールに入っちまえば、こっちのもんだ。

なにをするつもりなのかまではわからなかったが、梅乃の結婚式の妨げになりかねない、と直感した。放っておけなかった。背後からそっと近づいて、通話を終えた猪狩を絞め落とした。もちろん、危害をくわえたかったわけではない。式がすむまで寝ててほしかっただけだ。親たちはわたしを警察官にするつもりだったから、子どもの頃から武術をやらされた。加減というものを知っている。

車に押し込みたかったが、重かったので地面に転がしておいた。それが第一の失敗。第二の失敗は、猪狩に一部、見覚えられていたということだ。

黒い着物の袖。

わたしは自分の着ているあざやかな緑の衣を見下ろした。上にかけた薄い金の袈裟《けさ》も、我ながらよく似合っていると思う。妹の結婚式に列席することになって、師僧にお願いして貸していただいたのだ。剃髪《ていはつ》し、出家してからというもの、修行中ということもあって、普段は墨染《すみぞめ》の衣で生活し、ときに輪袈裟をかけている。でもそれでは、内村郁美の言い草ではないが、おめでたい席にふさわしくないと思うひとも出てくるだろう。お釈迦《しゃか》様はそんなこと気にしないだろうが、日本ではまだ「仏教といえば葬式仏教」が根強い。

一方で、僧侶に対する尊敬も少しは残っているから、みんなが頼りにしてくれるし、こちらの言葉をある程度は気にしてくれ、内密な話もぶっちゃけてくれる。母はまだ、頭を剃り上げたわたしを受け入れられないようだし、尼僧というだけで興味本位な目で見られ、根掘り葉掘り近況を聞かれたりもするのだが。

長い長い挨拶が終わった。梅乃がお色直しのために退席することになり、深々と頭を下げた。会場内を一周して、新郎と一緒に出て行く。

本当にきれいだな、と思った。

子どもの頃から、梅乃はいじめられていてもなにも言わなかった。だからわたしは陰でいじめっ子をボコボコにしてやった。

それも今日までのことだ。梅乃はわたしではない別の、支えてくれる存在と出会ったのだ。もう、わたしが下手な手出しをすることもない。

姉妹の道が完全に離れてしまったのをさみしく思いながらも、遅れてしまったコース料理を必死に平らげていると、近くのドアが開いた。ブライダル担当スタッフの兼子新香が血相を変えて駆け寄ってきた。

「あ、新婦様のお姉様。たいへんです」

兼子は泣きそうな顔で言った。

「新婦様がまた、控え室に立てこもってらっしゃいます」

わたしはフォークを取り落とした。今度はなに。おお、こわ。なむなむ。

きれいごとじゃない

1

「加藤《かとう》さんの娘さんって、一年ほど前に家出したらしいですよ」

カルキ汚れの付着した蛇口を、歯磨き粉とメラミンスポンジで磨きながら乙川《おとかわ》さんが言った。「茜《あかね》ちゃんっていって、まだ三十にはなってないかしら。コロコロした娘さんでね。ある日、身の回りの品だけ持って出ていっちゃったんですって。吉祥寺あたりにアパート借りて暮らし始めたそうですけど、実家から仕送りをもらっておきながら、ご両親と全然連絡取ってないっていうから、きっとオトコと一緒ですよ。ご縁のなさそうな娘さんだったからねえ。人生で初めてくどかれて、頭に血がのぼっちゃう。よくある話ですよ」

「やめなよ。聞こえちゃうよ、オトさん」

わたしは脱衣所の電気笠《がさ》の汚れをこすりとりながら、乙川さんに言った。焦っていたつもりはなかったのに、つい声が裏返ってしまった。

乙川さんは手を止めて、振り返った。

作業中は二の腕まで届く長いゴム手袋をして、シャワーキャップをかぶった上から制服の帽子をかぶり、ゴーグルとマスクをする。ピンクと白の市松模様の制服以外は警察の鑑識みたいな格好だからどんな表情なのかまったくわからないが、きっとけげんそうな顔つきだろう。

「どしたんです、理穂《りほ》ちゃん。いえ、専務」

いつもなら顧客のゴシップにものすごい勢いで食いつくわたしが、やめなよ、なんて言うのはたしかに妙だ。大好物だもんな、その手の裏話。

平常心を保つ、いつも通りに行動する。簡単なようで案外難しい。わたしは激しく咳払いをした。

「あー、えーと、昨日からちょっと風邪気味で、調子がおかしいんだわ」

「そうですか。毎年のこととはいえ、十一月からこっち、ものすごく忙しかったから、疲れが溜まってるんですかね」

乙川さんは、子どもの頃からわたしをかわいがってくれている大ベテランだ。汚れ落としの職人として引き抜きの話もあったくらいの頼りになる凄腕《すごうで》なのだが、七十を越えて耳が遠くなり、声もでかくなった。ふだんならそんなこと、別に気にならないのだが。

「ああでも、もうひとふんばりでお正月だし、がんばらないとね」

わたしは親指を立ててみせた。それで納得したのか、乙川さんは腰を伸ばしながら言った。

「加藤さんの奥さん、一昨日、補聴器をしたままお風呂に入って、水中に落としちゃったんですって。だからたぶん、なに言っても聞こえませんよ。補聴器は年明けまで修理できないって言われたそうですし」

「商店街の時計店なら、年内いっぱい営業してるでしょうに」

会話がスムーズに流れ出したのに安心して、わたしはもう一度電気の笠に取りかかった。にしても、汚い。いつから拭いていないんだ、この笠。白熱電球のままだし、内側にはハムシの死骸が溜まっている。外して洗ったほうがいいかも。

「そうですよ、だからいくら本体が安いからって、修理工場がよそにあるようなチェーン店で買い物するなってことですよ」

乙川さんも再び蛇口に向き直り、いつも通り熱心に手を動かしながら、ぺちゃくちゃとしゃべり始めた。

「アタシはいつも娘に言ってんですよ、地元の商店のほうが安心できるって。年金暮らしで一円の金も惜しいから、大量生産した安物ですましたいってのもわかりますけどね。多少でも余裕があるなら、地元の商店で買い物して、後のメンテナンスを頼むべきだわ。結局はそのほうが安くすむもの。……あ、ここのタイル、かけてますね」

「この色のタイルならあるわ。一枚だけ？　だったら貼り替えよう」

顧客に対するサービスだ。

わたしたちはしばらく、黙々と作業を進めた。タイルを貼り直す。笠を洗い流す。鏡のうろこをきれいにする。天井を拭いて消毒。ドアの溝、浴室の窓、浴室の隅の黒カビを除去……。

浴室まわりの作業がすっかりすむと、乙川さんはタオル入れをのぞき込んで言った。

「見てくださいよ。どのタオルもふわふわ。これってホテル仕様ですよね」

彼女曰く、顧客が金持ちかケチかは、ふだん使っているタオルを見るとわかるという。

「やっぱりね。ここんち、お金はあるんですよ。お舅《しゅうと》さんも姑さんもまだそれほどの年齢でもないうちに、あいついで亡くなったでしょう。ふたりとも、けっこうな額の生命保険に入ったままだったんですって。それに、奥さんの実家んとこにタワーマンションができることになって、家土地まるごと買い取ってもらえたらしいですよ。ラッキーでしたよね。屋代《やしろ》町のあたりですけどね。あんなとこに空き家を相続したって迷惑なはずが、ラッキーでしたよねえ」

「それで、家を出た娘に仕送りしてやる余裕もあるわけだ」

「正直言って、ご両親は茜ちゃんが出ていって、ほっとしてるんじゃないですか」

台所に移動して、来てすぐにやっておいた汚れのひどい箇所へのパックや、換気扇や五徳などのつけ込み具合を確認しながら、乙川さんは言った。

「実家にいたとき茜ちゃんの部屋、相当ひどかったみたいですよ。なんだか趣味のグッズを大量に買い込んで、それが天井の高さまで積み上がって、二階の重みで一階のリビングの窓が開かなくなってたそうですから。前に一度、加藤さんに訊かれたことがあるんですよ。おたくは不用品の片づけはやってないのかって。……ああ、これもう、大丈夫そうですね。流しましょう」

二十分後、べたつく汚れをすべて除去し、見違えるほど真っ白になった換気扇を取り付け直し、問題なく作動するのを確かめた。これで台所、浴室、脱衣所等の水回りの大掃除、という依頼は、予定通り、二時間弱で完了。掃除が終わるのを待つ間、庭で愛犬と遊んでいた加藤さんは、掃除場所をチェックしたあと、おおげさに感謝してくれた。

「やっぱり〈向原《むこうはら》清掃サービス〉にお願いしてよかった。しかも、社長の娘さんにやっていただけるなんて。これで気持ちよく年が越せるわあ」

長年のお得意様からの、多少のリップサービスはあるだろうが、それでも褒められれば嬉しい。加藤さんはそのうえ、一息ついてくださいな、と台所でコーヒーを淹れてくれた。

実際のところ、たんに加藤さん本人が、退屈しのぎに誰かと話したいだけのようだったが。補聴器なしで、多少会話に失敗してもかまわない相手として、たぶん、わたしたちはほどよい。

「ねえ、聞きました？　三丁目の生駒《いこま》さんとこ、ずっとおたくに頼んでたのに、よそで暮らしてる息子さんがネットで契約した〈アイレスバロウ〉に乗り換えちゃったでしょう」

加藤さんは目をきらりと光らせながら、言った。その話はあんまりしたくないな、と思いつつ、わたしは答えた。

「ええ、残念でしたけど、仕方がな……」

「そしたら、家にあったはずのお金がなくなるようになったんですって」

「あら、まあ。盗まれたんですか」

乙川さんが身を乗り出したのに気づかず、加藤さんはすましかえってコーヒーカップを口まで運んだ。話したいことを話したいように話しているだけ、こっちの反応はどうでもいいらしい。

「生駒さんも、そのお掃除のひとが犯人かどうかはわからないっていうんですよ。感じのいい、若い女性がふたりで来てくれたから。でも、〈アイレスバロウ〉に変えてから、セールスの電話がやたらにかかってくるようになったし、一度なんか、ホンモノの孫の名前を使った詐欺まがいの電話もあったそうなのよ。ひょっとして、顧客情報が漏れてるんじゃないかしら。有名な会社だけど、働いている人間は正社員として正当に扱われないで、派遣かパートでこき使われてるんでしょ。だもの、安心はできないわよねえ」

うちは来年もおたくにお願いするわ、とやや恩着せがましく言うと、加藤さんは付け加えた。

「確か去年は大晦日《おおみそか》に、社長さんの手作りのおせちを持ってきてくださったんだわねえ。あれ、今年もいただけるのかしら。実はあてにしてるの」

ええ、ご予約いただいたとき申し上げた通り、ちゃんとお持ちします、と言いかけた瞬間、加藤さんがわたしの背後に目をやって、ひっ、と身をすくめた。

振り向くと「新人」が立っていた。いつ現れたのか、気配も感じなかった。

「こちらも終わりました」

ゴーグルもマスクも装着したまま、ぬーっと立った状態で彼女は言った。加藤さんが怯えたのもムリはない。とにかくこの女、でかいのだ。身長は一八〇センチに届きそうだ。そのうえ、目つきが悪い。ゴーグルの奥の三白眼《さんぱくがん》が、無表情にこちらを見下ろしている。

一瞬、わたしも「心肺停止の状態」とやらになりかけたが、コーヒーをこぼす寸前で我に返った。

「いやっ、驚かせてすみません、これ、うちの新人で」

加藤さんは胸に手を当て、必死に呼吸を整えていたが、やがてこわばったような笑みを作った。

「あら、おたくのスタッフさん？　ビックリした、ずいぶん大きいのねえ。一緒にいらしたの？　なのに、全然気づかなかったわ」

「ちょっと失礼します」

　わたしはにこやかに加藤さんに挨拶すると、「新人」の肘をひっつかんで、業務用のピンクの軽ワゴン車まで引きずっていった。

「ダメじゃないですか、刑事さん」

　わたしは今度こそ小声で、嚙みつくように言った。

「できるだけお客さんの前には現れない約束ですよ」

「だから、車で待ってたんだけど、全然戻ってこないから。わたしも忙しい身なので、今日明日のうちにこの件のカタつけたいんですよね。コーヒーなんか飲んでないで次に行きましょうよ。あ、それとわたし刑事じゃないですよ。生安の捜査員です。呼ぶときは、『新人』でお願いします。できれば名前は知られたくないし、刑事って言われると、それだけで警察関係者だってバレてしまうので」

　見上げるほどでかい「新人」こと、辛夷ヶ丘署生活安全課の砂井三琴巡査長は、つんつるてんの制服の袖口をひっぱりながら、まくしたてた。

　この女も仕事なのだろうが、ああせいこうせいと図々《ずうずう》しい。ひとの仕事に無理くり割り込んで、潜入捜査……ていうか、たぶん違法捜査の片棒担がせたうえに、えらそうに指図するな。

「待っていられないなら、スマホに連絡くれればいいでしょ。次からはそうしてください。

加藤さんは大切な顧客なんですよ」

「まあ、確かに加藤さん、犯罪者に狙われそうなお金持ちですね」

砂井三琴は鼻を鳴らした。

「だけど、ざっと見てみたけど、現金や貴金属を家に転がしておくほどバカじゃないですよ。大晦日の押し込みという話が本当なら、人質をとって銀行口座や貸金庫から金を出してこさせる、という手は使えません。自宅にそれなりの獲物が置いてある家でないと」

「ちょっと。顧客の家を令状なしで捜索するのだから、盗……アレの有無を調べるだけだって、昨日の夜、言ってましたよね」

なのに、なにを「ざっと見てみた」んだ？

砂井三琴は悪びれる様子もなく、肩をすくめた。

「アレの有無を確認したとき、いろいろわかっちゃったってだけですよ。ご心配なく。向原さんの大切な顧客はちゃんと守りますって」

わたしは心の中で一から十まで数え、なんとか自分を落ち着かせた。

「で？　加藤さんちからアレは見つからなかったんですね」

「ありませんでした。ていうか、その話はしないはずでは？」

砂井三琴はそっけなく言った。だから、アレって言ったじゃないか。盗聴器とは言わずに。

「とにかく、もう次に行きましょう。日が暮れてしまいます」

砂井三琴が決然として言い、わたしはしぶしぶ従いながら思った。

瀕死《ひんし》の状態の振り込め詐欺グループの男が語った犯罪計画、という砂井たち警察の話は、事実なんだろうか、と。

2

年の瀬が迫ると、多くの日本人は条件反射で考える。大掃除しないと。新しい年を迎えるにあたって、身辺をきれいにしておかないと。前の年の厄を、翌年に持ち越したくはない。それほどきれい好きでもない人間なら、よくよく見ると、家の中はあちこち汚れている。

といって現代人は忙しい。日頃の激務で疲れてもいる。暮れのお休みくらいのんびりしたい。ふだん手が届かないような場所など、無理して掃除すれば疲労困憊《こんぱい》間違いなし、下手をすると肩や腰を痛める。第一、面倒ではないか。

そこで、はたと思い出す。専門の掃除業者ってものがこの世にはいるんだ、と。

わたしの母、向原悦子《えつこ》は四十五年前に〈向原清掃サービス〉というホームクリーニング会社を立ち上げた。父など当てにしていては、到底、食べてはいけないと気づいたのだ。

よく言えば風来坊、はっきり言えば自己中心的な遊び人だった父は、思い出したように母のところへやってきて、子どもを作り、暴力をふるい、その見返りのように金を持ち出す、というライフスタイルを貫いた。ちなみにわたしが生まれて三十八年たつが、この三十年ほど、父の顔は見ていない。

四十五年前には今よりずっと専業主婦が多かったし、大多数を占めていた「中流家庭」では、お金を払って自分の家の掃除を任せるなどもってのほか、という考えが強かった。開業当時は朝ドラのヒロインばりに苦労の連続だったときく。

東京多摩地区の外れ、という土地柄、掃除に金を払える余裕のある家庭も少なかった。それでも母の会社は、地元の主婦を雇い、地元の顧客をつかんで、細く長く続いてきた。一昨年には長年の商売仇だったが、社長の死で廃業した〈近藤クリーニング・サービス〉の設備を買い取り、失業した従業員を雇用して規模を広げたほどだ。いまや地元で〈向原清掃サービス〉を知らないひとはいない。

節約志向の強い世の中だから、ネットで簡単予約の〈アイレスバロウ〉や、有名タレントを起用したコマーシャルの〈ダブダブ・クリーン〉といった、安くて人員をすぐ手配できる大手には、もちろんかなわない。だが、よくわからない人間を家に入れたくないとか、入口は大手業者でも実際に来るのは経験の浅いバイトだから安心できないとか、そもそもネット予約ってだけで怪しい、などと考えてしまう人間はいるし、そういうお客様は地域密着型の、顔の見える業者をあえて選んでくれる。

顧客を大切にする、というのが母のモットーで、顧客を守るためならできるだけのコトをしろ、とわたしもことあるごとに言い聞かされてきた。そういう点もちゃんと顧客に伝わっているものと思う。リピーターが多いのだ。

そんなわけで、おかげさまで大掃除の時期、わたしたちは目が回るほど忙しい。年の瀬の押し迫ったこの時期の依頼は、翌日に持ち越したりできないし、長年の顧客への対応が多くなるから絶対に手を抜けない。去年の大掃除のそのときに翌年、つまり今年の大掃除の予約を受けていたりするのだ。ちゃんとやらないと、さらにその来年はないということになる。

昨日も予約はぎっしり詰まっていた。朝の八時からもりもり働いて、予約の入っていた作業をすべて終え、乙川さんを竹岡地区の自宅前で降ろし、オフィスに戻ると夜の八時を過ぎていた。

駅前商店街のはずれ、住宅街に入る寸前に〈向原清掃サービス〉はある。三階建ての古いビルで、一階は駐車場と用具置き場、二階は事務所。三階はわたしと母が暮らすプライベート空間になっている。

出汁《だし》や煮物や焼き物やその他、煮炊きのにおいが車を降りる前から流れ出ていた。空き店舗のめだっていた辛夷ヶ丘商店街だが、最近では三十代の若い店主がカフェや古本屋、雑貨屋や飲み屋を始めるなどして活気が戻りつつある。今年の夏に開店した隣のカフェの主から、おたく、なんだかいいにおいですね、と声をかけられた。

掃除屋のかもしだすにおいじゃないな、と思われたのだろう。古くからの住人ならそんなことは言わない。向原悦子の作る絶品おせちはよく知られている。

事務所の壁に車のキーをかけ、精算をし、業務日誌をつけ、備忘録にさまざまな事柄を記録し、現金払いの客から預かった金などと一緒に金庫にしまってから、三階に行った。わが母にして〈向原清掃サービス〉社長・向原悦子は、菜箸片手に黒豆の鍋をのぞき込みながら、孫の桃葉《ももは》相手におせちの講釈をしているところだった。菜箸を持つ手の小指が外側に曲がっているのは、父の暴力の名残《なごり》だ。

「黒豆、田作り、数の子で、昔は三つ肴《ざかな》とか、祝い肴と称したんだよ。いわば、おせちの代表格だね。逆に言えば、この三つさえあれば、後は雑煮《ぞうに》とお煮染《にし》めだけでお正月は迎えられる。これがうまくいくかどうかで、おせちのできばえも決まってしまうんだよ」

できあがった栗《くり》きんとん、伊達《だて》巻き、慈姑《くわい》や椎茸、高野豆腐の含め煮、牛蒡《ごぼう》やこんにゃくの煮物、わかさぎの南蛮漬けなどが保存容器に入れられ、テーブルに並んでいる。二十九日にできあがるメンツが揃い踏みだ。母はおせち作りに関し、明確で綿密なスケジュールをたて、そのとおりに実行するのだ。

この母の作るおせちが、〈向原清掃サービス〉年末の顧客獲得におおいに貢献している。わざわざおせちを作るのは面倒だしお金もかかる、といって、一人分二人分だけ買うのは気が引ける、という顧客の皆様は、このおせちのサービスを楽しみにしてくれている。翌年の大掃除を早々と予約してくれるのも、母のおせちが欲しいからなのだ。

たぶん、母は社の営業のためだけに、毎年おせちを作っているわけではない。父のようなゲス男と結婚しなければ、母は専業主婦の鑑《かがみ》として人生を送ったと思う。正月に訪ねてくる知人をもてなし、向原さんちの奥さんは料理上手だよね、特におせちは最高、掃除ものすごく行き届いてるし、などと褒められて。

暮れの忙しいさなか、上野《うえの》や築地《つきじ》まで買い出しに行き、時には徹夜までしておせちを作り続けるのは、送れなかったもう一つの人生に対する未練あってのことじゃないか、とわたしはにらんでいる。

なので、わたしは母のおせちをとにかく絶賛する。文句は言わない。どこに地雷が埋まっているか、わかったものではないから。

「あー、アタシはその三つ、あんまり好きじゃないかなー。糖質制限してるし」

そんな気配りとまったく無縁の桃葉は椅子に座り、長い脚を動線をじゃまするように伸ばしてスマホをいじっていたが、画面から目をあげて、あっけらかんと母に言った。

「黒豆は甘いからたくさんは食べれないし、数の子ってどこがおいしいんだかわかんない。

それに、この毒虫みたいなヤツ、なに？」

「虫？　どこに」

母がエプロンのポケットから老眼鏡を取り出してかけ、桃葉が指差した。

「これ、この真っ赤なの。虫ってか、虫のサナギみたい。なんか気味悪いよ」

わたしには一回り以上、年上の兄がいた。これが見た目も中身も父そっくりの男だったが、父に比べて要領が悪かったらしく、金融関係のトラブルに巻き込まれ、逮捕されて後、病死した。

桃葉はこの兄の娘、つまりわたしの姪だ。アーモンド形の目がきれいで、長身でモデルになれそうなスタイルの持ち主だが、性格は変わっている。兄の死後、桃葉の母親は再婚した。新しい家庭にうまくなじめなかったことが影響しているのかもしれない。

母は桃葉を教育し、自分のすべてを引き継がせたいという意向があるようで、以前からうちで働けとゴリ押しし、こうして台所仕事を見学させている。

「桃葉、それ、甘露子《ちょろぎ》だよ」

わたしはきんとんの味見をしながら言った。うーん、いい味だ。練り加減も申し分ない。

千葉の知り合いから送られてきたサツマイモが、そもそもおいしかったのが、きんとんとしてパワーアップしている。実を言うとわたしは栗きんとんよりも、細かに切った紅玉《こうぎょく》とまぜた、りんごきんとんが好きなのだが、よっぽど栗が不足した年でないかぎり、出てこない。

「へ？　チョロギ？　変な名前ー。初めて聞いたー」

桃葉は遠慮なく笑い出した。毎年母のおせちを食べてるくせに、いまさらなにを言ってるんだか。

「甘露子っていうのは、シソの仲間の植物の地下茎を赤梅酢に漬けたもので、黒豆に添えることになってるんだよ」

母はわたしにおかえり、と言うと、桃葉にむかって言い足した。桃葉は母が黒豆の鍋から引き上げた、煮汁に染まって黒くなった布袋を不思議そうに見て、「それもチョロギ？」と訊いた。

「これは錆びた釘だよ。黒豆を煮るときには、一緒に入れるんだ」

「はあ!?　釘？」

桃葉は大声を上げた。

「うっそー、ありえなくない？　釘入れて煮るの？　しかも錆びてるの？　なんで？　食べ物だよ、きったなくない？」

さすがの母もむっとしたような顔になった。黒豆を黒光りした状態にしあげるのは、現在七十代、母世代の主婦の腕の見せ所だ。昭和四十年代の「きょうの料理」の正月料理特集のテキストを後生大事に持っていて、毎年、暮れを迎えるたびにそのレシピをみながらおせちを手作りしている主婦に対して、それはない。

「日本人は先祖代々、黒豆には錆びた釘を入れて煮てきたんだよ」

母はとげとげしく言った。

「釘の鉄分が黒豆の黒さを保ってくれるから、色よく仕上げることができるんだ。アンタも結婚したんだから、それくらいの常識はわきまえておかないと。いくら舅姑がいない男と結婚したからって、伝統を無視するのはどうかと思うよ。やっぱり一度、アンタたちの家に行くよ。いろいろ教えてあげるから」

桃葉は半年前、市役所勤めの公務員で、三十二歳になる朝生祥太《あそうしょうた》と結婚した。初めてうちにきたとき、挨拶もろくにできず、湯のみを落として割った。内向的なのか不器用なのか、常におどおどして見える。母は結婚に反対した。朝生祥太が小柄ということもあって、あんな電信柱にセミが止まってるような夫婦、と吐き捨てるように言っていたこともある。

だが、本人たちは辛夷ヶ丘の竹岡地区に新居をかまえ、暮らし始めた。寂れた地区の中古の一戸建てだが、庭も家もかなり大きいときく。わたしにも母にも絶対に来るなというから見たことはないが、桃葉は嬉しそうに家の掃除をし、リフォームの勉強もしているらしい。

朝生祥太とつきあうようになってから、うちで働くことを拒否していた桃葉も、ときどき清掃のバイトに入ってくれるようになった。しかも結婚後、さらに熱心に技術を学んでいる……こともある、と桃葉の相方を務めるパートさんが言っていた。だから、多少、会社の洗剤や装備を持ち出して帰っても大目に見てますよ、と。

「来ちゃダメー。祥太が嫌がるからー。それになんか、おせちってヤダー」

桃葉はスマホの画面を見ながら、そうのたまった。

「作るのに三日もかかるしー、甘くて濃くて健康に悪そうだしー。このちっさい魚も頭ついてて気持ち悪いしー。取っちゃダメなの？」

母の曲がった小指がぶるぶる震えた。

「田作りっていうのは、頭がついててナンボなんだよ。取ってどうすんの」

「なんか目がこわいー」

「桃葉ちゃんね、これは全部、縁起物なんだよ。おせち料理には思いや意味がこもってるの。黒豆っていうのは、日に焼けて真っ黒になるまでマメに働きましょう、って意味。田作りっていうのは、その昔、このごまめって魚を肥料として田んぼに入れていい土を作っていた流れ。数の子はたくさん子どもを産んで、将来の労働力にしましょう、ってことだよ」

「ふーん。なんかそれって、政治家のオヤジとかが上から目線で言いそうなことだよねー。働け稼げ産め育てろってさ」

スマホをいじりながら、桃葉は言った。わたしはつまみ食いしていた伊達巻きの端っこを、喉に詰まらせそうになった。このコ、案外バカじゃないのだ。

母は手にしたふきんをそこらに投げ、桃葉に向き直った。

「古来、それが農業国ニッポンの神様へのおもてなしだったんだよ。いいかい、おせちってのはね、人間のために作るんじゃないんだよ。歳神様へのお供えなの。神様にあがっていただいたあと、人間がお下がりをいただくの。五穀豊穣、夫婦和合、子孫繁栄、それをおせちに託してなにが悪いっ」

「あー、ホントだー」

桃葉がスマホの画面をこちらに向けた。

「昔は黒豆に錆びた釘入れて煮てたって、書き込みが来たー。黒豆なんて買ってくるのが当たり前なのに、自分で煮るなんて、おばあちゃんすごいって、みんな言ってるー。なんだ、ボケたわけじゃなかったんだー」

母は口をあんぐり開けた。わたしは我慢できずにふき出しかけ、台所を飛び出した。常識は時によって変わる。母にとって黒豆は自分で失敗と成功を繰り返しながら煮るものだが、いまや買ってくるのが一般的だ。

洗面所で化粧を落とし、部屋着に着替えて戻ってくると、桃葉の姿はなかった。朝生祥太からもう帰ってくるようにと連絡があったらしい。で、仏頂面の母を残し、愛するダンナの元にとっとと帰っていったのだ。

　ケチャップを少し焦がしたナポリタンがちょっとだけついた、豚の生姜焼き定食という夕食が用意されていた。母は、できれば桃葉とも一緒に食べたかったようで、少し多めの量だった。夫婦和合と大声で言ってしまった手前、ダンナなんかどうでもいいからご飯を食べていけ、とは言いがたかったようだ。

　食べ終えると、ようやく気持ちが落ち着いたらしい母は、お湯のみで手を温めながらわたしを見た。

「どうかしらねえ、今年のおせちは」

「伊達巻き、最高の焼け具合だよ」

　わたしはべったら漬けの最後の一切れを飲み込んだ。甘酒を使って漬けるこの母のべったらも、なかなかのものだと思う。

「カステラなみにふわふわに焼けてた。田作りは少し蜜が堅いけど、甘さはいいんじゃないかな。わかさぎは酸っぱめだけど、あれくらいのほうが、他の物と一緒に食べたときにはいいかもね。今年は黄金巻きは？　からすみがないのかな」

「いい大根が手に入らなくてね」

「今日一日だけで、四回もおせちを催促された。お客さんたちみんな、ものすごく楽しみにしてるよ」

　母はほころんでくる唇を引き締めようとしつつ、みかんを取り出してきた。みかんのへタの部分を蓋のように切り、本体から実を取り出してしぼった汁で寒天寄せを作り、空いたみかんの皮に流し込んで、蓋をかぶせる。みかんの寒天寄せのできあがりだ。わたしにとっての三つ肴は、このみかんの寒天寄せと、伊達巻きと、きんとんになる。できればりんごきんとん。栗じゃなくて。

　皮を破らないようにみかんから実を外す作業をしながら、ニュースを見た。

　複数の医療機関を統合して、多摩地区の中央部に建設されていた都立病院をめぐる汚職事件。振り込め詐欺グループのひとりが、逮捕から逃れようとしてビルから転落。師走《しわす》に入って、空き巣や居空きの被害が急増中、警視庁が警戒を呼びかけている。辛夷ヶ丘を流れる多摩川の河川敷で、女性の身元不明死体が見つかる。

「おやおや」

　母は首を振った。

「それで今日は、ヘリコプターがうるさかったんだね。もうすぐ正月だってのに、身元不明死体だなんて」

「また警察が来るんじゃない？」

　わたしは皮むきに失敗したみかんを口に放り込んで、言った。

　ホームクリーニング業者は、余人の知らない家庭の秘め事をいろいろ見聞きしていると思われるらしく、うちには昔からよく刑事がやってきて、雑談をしていく。地域の情報収集の一環なのだろうが、勝手に「檀家《だんか》」にされても嬉しくはない。警察沙汰が起きたとき〈向原清掃サービス〉が警察に告げ口したのだ、なんて思われたら困る。顧客を守る、というのがわたしたちのモットーなのだから。

なので刑事になにを聞かれても適当に受け流していたら、むこうもそれに気づいたのか、母が防犯協会の理事にされてしまったことがあった。おまけにそのあと何件か、警察経由で清掃の依頼を受けた。

あちらにしてみれば持ちつ持たれつ、仕事を回してやったんだからこれからも協力してよね、という懐柔策のつもりだったのだろうが、警察からの掃除の依頼なんて、孤独死の後始末だったりゴミ屋敷の片付けだったりと、重くてキツくて儲からない。頼まれたからには一応わたしが現場を見に行くが、たいていの場合ひどすぎてぶっ倒れそうになり、うちじゃムリだからと特殊清掃業者に話を回す。ありがたみなどまるでない。

「年の瀬だっていうのに勘弁してほしいわ。聞き込みに協力したお礼に仕事を紹介してやるなんつって殺人現場の掃除を押しつけられるかも」

「河川敷を掃除しろなんて、いくら警察でも言わないだろうよ」

「河川敷は死体遺棄現場で、殺したのは別の場所でしょ。その殺人現場の話よ」

「ま、人間、なかなかきれいには急死できないからねえ」

長年、清掃の仕事に関わってきた経験を持つ母が言うと、重みがある。

「サスペンスドラマを観て、ああいうふうに殺して死体を処分して現場も証拠を残さず掃除しようなんて思ったってうまくいかないさ。ひとが物体に還《かえ》るってのはきれいごとじゃないんだ」

そんなことを言い合っているとき、チャイムが鳴って、警察がやってきたのだった。

3

ご利用ありがとうございました、おせちは明日お届けします、と声をかけ、わたしたちは〈向原清掃サービス〉のピンクの軽ワゴン車に乗り込んで、加藤邸を後にした。わたしが運転し、乙川さんが助手席。「新人」は小型の機械とアンテナを膝に載せ、天井に頭をつけて、後部座席にどっかりと腰を据えている。

乙川さんはときどき、なにか言いたげにわたしと「新人」を見たが、なにも言わなかった。彼女はおしゃべりではあるが感度が高い。訊くべきことと訊かないほうがいいことを判別できる。しかも、閉じるべきときに口を閉じることができる。誰にでもできそうでなかなか難しい技だ。だからこそ乙川さんはいろんなゴシップに精通できるのだろう。

今田《いまだ》家に到着したのは十一時を少しすぎたところだった。

今田好継《よしつぐ》は六十代で一人暮らしだった。辛夷ヶ丘では世代交代が進んで、各家の敷地サイズは細かくなる傾向にあるが、今田家はそれをまぬかれているらしく、六百坪ほどの広さがあった。一人には大きすぎる家だ。

「警察署長の推薦があったから頼んでやったんだぞ。なのに八分遅刻だ。約束はちゃんと守れ。だらしがない」

のっけから今田好継はえらい剣幕だった。一瞬ひやっとした。

ゆうべ、うちにやってきた生活安全課の捜査員は砂井三琴と男のペアで、男のほうは田中盛といった。手入れの悪いコートにはげちょろけた革靴、太め薄め脂っ気多め、ザ・ニッポンのオヤジ、といった見た目をしている。

てっきり河川敷の死体関連かと思ったが、そうではない、と彼は言った。

「変死事件を捜査するのは、刑事課の連中ですよ。同じ署内にいても、事故だったのか事件だったのか、死体の身元が判明したのかまだなのか、わたしらいっさい聞かされてませんでね」

振り込め詐欺グループの男が、警察の手入れを逃れようとしてビルから転落したというニュースを見てませんか、と田中盛は言った。

「瀕死の重傷を負ったせいか、この男が急に協力的になりまして。あの世に行く前に何かいいことしておこうと思ったんでしょうね。知り合いの押し込み強盗の計画について、医者に話したんです」

強盗犯は三人、うちひとりが女。辛夷ヶ丘の家に大晦日に押し込む計画だという。女はその家からすでに離れているが、内部事情にたいへん詳しい。女が訪ねていけば家の主は必ず彼女を招き入れるはずだ。

「そこまで話したところで、男は意識を失い、今もって昏睡《こんすい》状態、犯人の名前やその他詳しいことは聞けずじまいでした。ただ逮捕したグループの他のメンバーに聞いてみると、男は数日前メンバーに入手させた盗聴器を持って、どこかに出かけたそうなんです」

ターゲットの家に盗聴器をしかけ、主の様子を見計らってから狙うつもりではないか、我々はそう考えています、と田中盛は言った。

「で？　その話がうちとどう関係してくるんです」

黙って話を聞いていた母が口を開くと、とにかく我々としては被害者宅を絞り込み、犯罪を未然に阻止したいのだ、と田中盛は言った。そのために盗聴器を捜索したい。だが、直接警察が訪ねてそんな話をすると、捜査がバレてしまう。

「そこで、おたくの掃除のスタッフにひとり新人を雇っていただけないかと思いましてね」

田中盛はかたわらで黙ってそびえたっている砂井三琴を見上げた。

「詳しいことは、そちらも知らないほうがいいでしょう。このリストにある家の清掃にこの新人を同行させていただきたい。基本は盗聴器の捜索ですが、それ以外にもいろいろ観察し、被害者宅を絞り込む予定です」

うっそ。わたしは母と顔を見合わせた。冗談ではない。殺人現場の掃除よりひどい話だ。

「失礼ですけど、そういうのって違法捜査なんじゃありません？　身分を偽って、勝手に他人の家に入り込んで、あれこれ調べるわけでしょ」

「おっしゃるとおり、勝手に他人の家に入り込むのは違法です。間違いなく、疑いようもなく、不法侵入という犯罪です」

田中盛は言った。わたしは思わず、生唾《なまつば》を飲み込んだ。なによそれ。どういうことよ。

「でも今回は、黙って入り込むわけじゃないですよ。清掃員として、正式な依頼を受けた家に招き入れてもらうんです。犯罪を阻止するためにね。あなたがたは平常心を保ち、いつも通りに掃除をすればいい。ただそこに、使えない新人がひとり同行するだけですよ」

わたしたちが黙っていると、田中盛はなだめるような声音になった。

「状況から考えて、犯人たちは殺人を予定している可能性も高いでしょうね。襲われた被害者が、女が一枚嚙んでいることに気づかないはずはないからです。その女が身内でも見逃してくれる保証はない。だったら殺しちゃったほうが早い。いまどきの犯罪者は短絡的なんですよ」

田中盛はまっすぐに母の目を見た。

「あなたがたの大切な顧客を守るためですよ。ご協力ください」

そのモットーを言われては、母もそれ以上断れない。こちらはなにも聞かないし、知らない。ただ、顧客の清掃に「新人」を同行させる、という約束で、ふたりの警察官の依頼を引き受けたのだが……。

「いつも頼んでいる家政婦紹介所から来る人間のほうが、よっぽどテキパキしているぞ」

今田好継はふんぞり返っている。わたしは思わず砂井三琴をにらんだ。

顧客の清掃に同行と言っておきながら、こっちが断りきれないとみるや、本日三十日の予約に、顧客でもなんでもない今田好継宅の清掃を入れろと言い出したのだ。わが〈向原清掃サービス〉では大晦日はあくまで予備日。仕事はできるだけ晦日のうちに終える。だからダメだと言ったのに、田中盛ときたら、もう今田さんには〈向原清掃サービス〉が行くと言ってある、今さら断ったらおたくの名前に傷がつきますよねえ、と付け加えた。完全に脅しだ。

他にも当初の予定になかった掃除をねじ込まれ、おかげで、キツキツの作業スケジュールをさらに動かすはめになった。そりゃまあ調査対象がすべてうちの顧客で、しかも全員、十二月三十日の掃除の予約が入っている、なんて偶然あるわけない。なんとか掃除をするように持っていかなければならない事情はわからんでもないが、そんなの、あくまで警察の都合である。うちがやりたいわけじゃないやい。

などと言っていても始まらない。わたしは文句を並べている今田好継に、お待たせして申し訳ありません、とニッコリしてやった。すると今田の態度が激変した。妻に先立たれまして、と言いながら、掃除の間中つきまとってきた。強い洗剤を使いますので離れていてください、と何度も繰り返さなくてはならなかった。

今田の話し相手は乙川さんが引き受けてくれたので、わたしは作業に集中することにして、ビニール袋を広げてお湯と洗剤を入れたなかに、換気扇その他をつけ込みつつ、聞くともなしに、ふたりの話を聞いた。

今田好継は二昔前の日本人なら誰もが知っていたが、いまではどこかに吸収合併された大企業で部長だったそうな。

女房に死なれて、面倒が増えた。なんなら後妻をもらってやってもいいと思っている。息子は独立したし、年金も貯《たくわ》えもあるし、こうして家もある。もちろん、後妻は誰でもいいというわけではない。私も大企業の部長だったという体面があるから、ブスや年寄りは困る。将来、介護をしてもらうわけだから、炊事洗濯がきちんとできなくてはならない。視線を無視して、キッチンのステンレスを磨き上げた。自分の顔を、このキッチンに映して見てみるといい。

いいお相手が見つかるといいですねえ、と乙川さんが冷蔵庫のキャスターを動かしながら相づちを打つと、今田好継はなぜかむきになった。

「実は、妻にしてやってもいいと思える女がいたんだ。家政婦紹介所から来た奈保《なほ》って女で、まだ二十四歳と若いが働き者だし器量も悪くない。私も自分が少し年配なのは認めるが、老《ふ》け込むほどではないし、妻にと言ったら本人も喜んでいたんだ。なのに急に連絡がつかなくなった」

「それはご心配ですね」

乙川さんはそつなく言いながら、冷蔵庫を引き出して、後ろを掃除し始めた。今田はうろうろしながら、しゃべり続けた。

「紹介所にも尋ねたが、あちらにも連絡はないという。施設で育った天涯孤独な女だと聞いていたから、捜索願は私が出した。二週間になるのにまだ見つからない。警察はなにをしているんだか、彼女を捜すどころか、奈保さんから連絡はありましたかと電話で尋ねてくる始末だ。辛夷ヶ丘署は警視庁の吹きだまりだと聞いていたが、まったくたるんどる。河川敷で死体が見つかったそうだが、小娘一人見つけられないくせに殺人事件を解決できるのか実に疑わしい」

「あら、あれ、殺人事件だったんですか」

「情報番組でそう言っていたぞ。市内の一人暮らしのバアさんで、何十ヶ所も刺されたうえ河川敷に放り捨てられていたらしい。バアさんが行方不明になっていたことを一ヶ月ほど誰も気づかなかったそうだ」

　今田の顔に、本人も意識していないだろう、悲哀のようなものが浮かんですぐに消えた。彼は再び傲岸《ごうがん》不遜《ふそん》な物言いになった。

「ま、不自由しているんだったらと、あんたがたを紹介してくれたのは、警察にしちゃ上出来だったがね」

　強盗計画のターゲットはここかもしれないな、と床掃除をしながらわたしは思った。仏壇には立派な仏像があった。買い替えたばかりらしいゴルフクラブのセットは、一式五十万以上するものだ。靴箱の靴は手入れはよくないが高級品ばかり。家のあちこちに、ずいぶん前にもらったらしいお歳暮やお中元の詰め合わせの箱が開けられないまま放置されていた。

　本人の主張通り金はある。しかもこの男、偏屈そうだ。銀行など信用できるか、と札束を天井裏に隠していても不思議はない。そもそもその奈保って女、いかにも怪しい。こんな偉そうな年寄りに妻にしてやると言われ、素直に喜ぶ二十四歳がいるとは思えない。

　そう思ったのに、掃除が一段落した頃、にゅーっと姿を見せたのっぽの「新人」は、こっちも終わりました、とだけ言い、わたしと目が合うと首を振った。わたしは思わず「新人」の肘をつかんで、ピンクの軽ワゴン車のところへ連れて行った。

「ホントに？　ホントになかったの、アレ」

「ありませんでしたよ」

　砂井三琴はコイントスの練習をしながら、言った。

「絶対ここだと思ったのにな。天井裏にお宝を隠したりしてなかったわけ？」

「通帳はありましたよ。けっこうな金額が入ってました。それに投資もしてますね。今田好継は見た目以上の大金持ちです。でも、家に金目のものはそれほど置いてないですね。バカじゃないってことですよ」

「消えた家政婦紹介所の女は？　奈保とかいう」

「確かに、紹介所の寮の部屋に荷物を置いたまま、姿を消してます。でも考えてみてくださいよ。理穂さんだって、初対面からあのじいさんにはうんざりしたでしょう。ましていまどきの二十四歳が、あんなのにつきまとわれたら、逃げ出したくなるんじゃないですか。ふたりっきりだったら平気でセクハラしそうだし」

　そう言われると、なるほど奈保は桃葉と同い年なのだ。今田好継をうまく扱えず、あれこれ面倒になって逃げ出したとしても不思議はない。

「わかったら次にいきましょうか」

　言ったとたんに、砂井三琴はコインを落とした。足下に転がってきたそれを拾い上げた。

ん？　と思った。

「あ、これ、メイプルリーフ金貨じゃないですか」

なぜ警察官がこんな高価なものを持ち歩いているのだろう。不審に思ったとたん、砂井が長い手を伸ばしてコインをひったくった。そのままポケットにしまいこむ。

ちょっと待て。

「それ、まさか今田さんちで見つけたわけじゃないですよね。黙って持ってきたわけじゃないですよね。ネコババしたわけじゃないですよね」

「あるところで偶然、拾ったんです。あとで遺失物係に提出しますよ」

砂井はマスクの奥で面倒そうに言った。わたしはぷるぷると首を振った。偶然にも、メイプルリーフ金貨が一枚だけ落ちてた、だと？

「そんなわけないでしょ。やめてよ。なんのつもり？　なにかの証拠だとしても、盗……アレ以外、触らないって約束でしょ」

「そうでしたっけ」

わたしは今田好継も口にしていた噂を思い出した。辛夷ヶ丘警察署は、ろくでもない警官ばかりが飛ばされてくる、警視庁の吹きだまりだという噂を。

まさかとは思うけどコイツら、強盗計画の話と〈向原清掃サービス〉を利用して、金持ちの家を物色してる……？

「次は、おたくの顧客の中村亜弥子《なかむらあやこ》さんのご依頼でしたね」

砂井三琴はゴーグルの奥の三白眼を光らせて、わたしを見下ろした。

「ああ、顧客といっても中村さん、一度は〈アイレスバロウ〉に乗り換えたんでしたっけ」

思わず、ぎくっとしたのに気づかれたようだ。砂井三琴は楽しむようにゆっくりと言った。

「そしたらお住まいのマンションで、〈アイレスバロウ〉の掃除人がやらかしちゃったんですってね。それでまた中村さんは〈向原清掃サービス〉に依頼するようになった。加藤さんが話していた三丁目の生駒さんも、おたくの顧客だったのに、よその業者に鞍替えしたら、そのとたんに金を盗まれたり、どうやら詐欺や悪質なセールスの名簿に名前が載っちゃった」

「な、なにが言いたいの」

わたしはからからにひからびた喉から、なんとか声をひねり出した。でかい「新人」は肩をすくめた。

「別に。ただの地域をめぐる世間話ですよ。〈向原清掃サービス〉の顧客でいると、ホントに守ってもらえるみたいだなあっていう。あ、世間話してるヒマなかったですね」

砂井三琴はわたしに、車のキーを出してください、と言った。

「今度はわたしが運転します。理穂さんなんだか顔色が悪いみたいだし、そのほうが安全だから」

4

お昼のニュースを聴きながら、移動する車の中でおむすびを食べて昼食をすませた。今田好継が言っていた通り、多摩川河川敷の女性の遺体の身元が割れていた。石岡享子《いしおかきょうこ》七十三歳。ずいぶん前、手首を痛めたときに一度だけうちを利用してくれた、竹岡地区の女性だ。どこを掃除しろと言うんだ、と思ってしまうほど家はぴかぴかで、片手でお茶を淹れてくれた働き者。

砂井三琴のせいで、ただでさえ失われていた食欲がさらになくなった。いつもなら母のおむすびを五分で三つは食べてしまうのに、今日は一つ食べたら胃が受け付けなくなってしまった。

〈向原清掃サービス〉の軽ワゴン車は、駅にほど近い住宅街の一軒家に到着した。中村亜弥子さんの息子、武志《たけし》さん夫婦の家。両隣にも後ろにも、同じ工務店の規格による、そっくり同じ家が並ぶ、まだ新しい建て売り住宅だ。

隣町の豪華なマンションで一人暮らしをしている中村亜弥子さんがわたしたちを出迎え、息子夫婦は仕事なので、と言った。

「年末なのに大変ですねえ」

乙川さんが如才なく言った。中村さんは大きなストールの中で寒そうに身をすくめ、ココロ笑った。

「向原さんたちだってお仕事じゃないですか。お願いしたのはこちらですけど。でも驚きましたわ。社長さんから、息子さんご夫婦のおたくもぜひうちに掃除させてほしい、なんて電話をいただいたときは」

乙川さんが大型のスーツケースに詰めた掃除道具一式を持って、家の奥に入っていたのは幸いだった。わたしは曖昧《あいまい》に笑い、中村さんには毎回お世話になっていますから、と言った。

よく考えたら、仕事の売り込みをしておいて、お世話になっているから、と恩着せがましくいうのは厚かましい。これもまた警察の都合であって、わたしたちが望んだことではないのだが。

余裕のある生活を送っているご婦人は、わたしのささやかな無礼など気にもとめなかった。

「お話いただいて、ちょうどよかったと思って。息子夫婦も大変そうだからなにかしてあげたいんだけど、私が手を出すのを嫌がって、援助もさせてもらえないの。お掃除のプレゼントくらいならちょうどいいもの。それにしても、今の若いひとたちは大変よねえ、こき使われて。ランさん、息子の嫁ですけどね、もう半年以上、顔を見るどころか話もできてないのよ。あ、一階全部をお願いしますね」

中村さんはリビングの隅にいる、という。見て回ったが、なるほど、忙しすぎて帰ってきていないようだ。キッチンは新品も同然で、これなら洗剤のつけ込みなども必要ない。

「以前はこの場所、三枝《さえぐさ》さんのお屋敷があったんでしたよね」

勝手口脇に、大量のコンビニ弁当の容器がそのまま投げ出され、残飯が臭っているのをかき集め、ざっと水で流して燃やせないゴミの袋に押し込みながら、乙川さんが、今度は小声で言った。

「立派なイチョウの樹がある辛夷ヶ丘のランドマークみたいなお屋敷だったのに、こんな安普請をぼかすか建てて。いったい誰が儲けたんだか」

「床材も安物だし、気をつけたほうがいいですね」

キツい洗剤を使ったら、塗料がはげてしまうかもしれない。

台所を乙川さんにまかせ、浴室に行った。さすがにここには生活の臭いがする。風呂場の浴槽のエプロンをはずし、内側を洗い流しながら、わたしはさっきの砂井三琴との会話について、考えた。

あの「新人」が言うように、中村さんは一度、大手の清掃会社に乗り換えたことがある。高級マンションの住人を狙う業者はあとを絶たない。中村さんは他の階に出入りしていた〈アイレスバロウ〉のセールスマンにつかまり、レンタル料を毎月払わなくてはならない掃除道具を押しつけられ、ついでに定期的な掃除も頼むとお安くなります、と言葉たくみに持ちかけられ、断りきれなかったのだ。

しかし数ヶ月後、〈アイレスバロウ〉の掃除が入ったその日、中村さんちの真下の部屋が水浸しになった。原因は、中村さんの洗濯機の蛇口のジョイントが弛《ゆる》み、そこから水があふれ出したこと。蛇口のジョイントに、〈アイレスバロウ〉が使っている黄色いモップの繊維とそっくりのものが付着していた。

幸い、マンションの住人全世帯が損害保険に入っていた。中村さんは自分たちのミスを認めない〈アイレスバロウ〉との契約をすべて打ち切り、〈向原清掃サービス〉の顧客に戻った。

めでたしめでたし。

中村さんが顧客でいる間に、うちが彼女の部屋の合鍵を作っていたことは、中村さんも気づいていないはずだ。悪気があってしたことではない。顧客を守るためだ。なにかあったとき、合鍵があればわたしたちはいつでも駆けつけてあげられる。だから、たいていの顧客の鍵は用意してある。

でも、顧客がわたしたちを裏切ったら……こんなへんぴな街で、会社を続け、従業員を食べさせていくのはたいへんなことだ。国や金融機関と結託した大資本の大手企業から自分たちの仕事を守れるのは自分たちだけ。どうにかして、奪われた顧客を取り戻さなくてはならない。それがムリなら、元顧客の情報を売り飛ばしてでも、うちの利益を出さなくてはならない。

三丁目の生駒さんが大金を封筒に入れ、さらにジップロックに入れて白菜漬けの樽《たる》の下に貼り付けていることは、ずいぶん前から知っていた。裏切り賃として、ほんの清掃費二回分を回収したからといってなんだというのだ。正当防衛じゃないか。

というより、そもそもこの二件の不法侵入は警察沙汰にならなかったはずなのに、どうして砂井たちの耳に入ったのだろう。合鍵屋か？　空き巣や居空きが急増中で、警視庁が警戒を呼びかけている、とニュースでやっていた。そっち方面で、彼らになにか情報が入ったのか……？

警察はどこまで知っているのだろう。さらにこの先、どうするつもりなんだか。

プラスティックの浴室床のうろこ汚れは頑固だった。ガリガリやりすぎたことに気づき、手を止めて、クエン酸パックをした。壁にも窓にも、石鹸滓《せっけん》がこびりついている。

浴室の窓の一部はルーバー窓だった。細長いガラスが十数枚も重なり合っていて、ブラインドのように開け閉めでき、外から見られず内側の湿気を逃がせる、というタイプのものだ。だから、内側の汚れは重なったまま、洗わずに放置されがちだ。

わたしはその周辺にもクエン酸パックをしたが、気になって外へ回った。

安物のルーバー窓のガラスは、アルミの枠で支えられている。アルミで軽いうえに柔らかいから、ちょっと力を入れただけで枠を開き、ガラスを外すことができる。ここの家の窓枠は少し歪んでいた。指で押して開き、ガラスを五枚ほど外した人間がいたのかも。そうすれば、誰でも侵入できる。

風呂場の窓は、お隣の家の外壁と五十センチほど離れている。その隣の外壁に、靴がこすれたような痕跡があった。窓を外し、体を中に押し込むときに隣の壁を蹴ったら、たぶんこんな跡が残るはずだ。

うーん。やられてるわ、これ。

屋内に戻り、廊下や物置になっている一階の主寝室、リビングの天井から壁を拭いた。家具の極端に少ない家だった。テレビ、結婚式の写真が一枚載った家具、でかいソファに小さなソファテーブル。ラグが一枚。

テレビは高そうだしソファは革張り、でも家具は合板、ラグは化繊。お金があるんだかないんだか、ビミョーな部屋だ。わたしならこんな家に盗みはもちろん、押し込みにも入らないなあ、と思いながら、家具をどけ、ラグを干してたたいた。場合によってはラグを洗剤で洗って、スウェーデン製の掃除機で泡を吸い取るというやり方できれいにするのだが、そんな真似をしたらこんな安物、ヨレヨレになってしまう。

床はこすらず、そのままワックスをしみ込ませたペーパーで優しくなで回すだけにした。汚れはたいして落ちないが、床は光る。またたくまにきれいに見えるようになった。

中村さんはダイニングのオイルヒーターの前に座り込んでいたが、感嘆の声をあげた。

「まあ、助かるわあ。うちのコたちは毎日残業でしょう。たまの休みにも、仕事を持ち帰って働いてる。昔から、自立心の強いコで、この家は自分たちだけで買うんだって、ローンも自分たちで組んで、がんばってるのよ」

「息子さんご夫婦は、どんなお仕事をしてらっしゃるんですか」

安普請でも駅近の新築一戸建てなら、それなりの値はするはずだ。親に援助してもらえばいいではないか。桃葉なんて、母から家の購入資金をかなりの額引き出し、そのくせその金で買った家を、ダンナが嫌がるからとわたしたちには出入り禁止にしているのに。

「息子は警備会社でシステムの仕事をしているの」

中村さんは身を乗り出した。息子の話をしたくてしかたなかったらしい。

「熱心だから、上司はもちろん社の上のひとたちにも目をかけられているんですって。それで、会社と取引のある金融会社の役員が紹介してくれたお嬢さんと、結婚したわけ。いまどきの女性だから、お掃除なんてしないのね」

「お嫁さんも働いてるんでしょう。だったらせいぜい稼いで、わたしたちを雇ってもらわないと」

冗談めかして言いながら、浴室に戻った。クエン酸パックを外して洗い流し、もう一度、今度はうろこ取り専門のクレンザーでプラスティックの床を洗った。おかげでかなりきれいになった。

「まあ、忙しそうにしてるわね、ランさんも」

中村さんはストールにくるまりながらわたしについてきて、浴室の入口に立って、作業を見ながら話し続けた。

「本人と話したわけじゃありませんけどね。なにしろ社の近くのホテルに泊まって、ここにはめったに帰らないっていうんですもの。武志は優しいから、母さんのマンションの近くに家を買うって決断してくれたんだけど、ランさんには面白くなかったみたい。そりゃ辛夷ヶ丘は田舎だし遠いし、通うのはたいへんよ。でも夫婦は一つ屋根の下で暮らすべきよ」

嫁の悪口を言って古くさい姑だとは思われたくないが、言いたいことは山ほどある、という状態の中村さんに、もはや相づちの必要はなかった。

「かわいそうに武志は忙しすぎるのよ。正月明けまでになにか完成しなくちゃいけない仕事があるんですって。だから急にテレビが壊れたのに、新しいのを買うヒマもないらしいわ。ものすごく疲れて午前さまで帰ってくると、スマホをいじるのも億劫《おっくう》だから、最近の若い人でもテレビは必需品なのね。それが寝るときにはちゃんと見られたのに、朝になったらうんともすんとも言わなくなってたんですって。なにかが割れてるとか息子は言ってたけど、買って数年しかたってないのに。最近の日本製はダメよねえ」

いろいろ気を使ったのと、範囲が広かったのとで時間はかかったが、トイレの陶器の水垢を目の細かな耐水ペーパーでこすり落とし、さらになめらかになるまで磨いて、掃除は終わった。費用は中村さんが払った。この掃除は息子夫婦へのプレゼントだと、幾度も繰り返しながら。これからは、わたしが住むマンションの他に、こっちの家の掃除もたびたびお願いすることになるかもしれないわ。

それから、中村さんは思い出したように言った。

「そうだ、おたくのおせち。実はものすごく楽しみにしているの。わたしもだけど、息子も。ひょっとして、二ついただける、なんてことは……？」

「二ヶ所もやらせてくださったのだから、もちろん、二つお持ちしますよ」

「わあ、嬉しい」

中村さんは花の咲いたような笑顔になった。

「おせちって、買うとけっこうするし、甘かったり辛かったり味付けが合わないし、といって自分で作る元気はもうないし。息子はおたくの社長さんが作る、鰆《さわら》の西京焼が好物なんだけど」

「先週、築地でいい鰆を買ってきて、もう味噌漬けにしてありますよ」

顧客が嬉しそうにしていると、こっちも嬉しい。

台所の乙川さんと中村さんが世間話を始めたので、わたしはもう一度外へ出て外観をチェックした。

中村さんの息子夫婦邸のリビングは右隣の家と近かった。間取りも息子夫婦邸と同じだとすると、おそらく主寝室と接している。深夜十二時をすぎてからテレビなど見られたら、右隣の家の主寝室を使っている住人は、さぞや迷惑するだろう。

その家の風呂場の窓には、格子が後付けされていた。あれならルーバー窓を外され、侵入されることもない。わかってらっしゃるな、とわたしは思った。

いずれにせよ、ここは違う。わざわざ押し込み強盗を働くような、金目のものはありそうもない。そう思ったとたん、背後から「こちらも終わりました」と声がした。

振り返り、砂井三琴がぬっとそびえたっているのを見て、わたしはつくづくうんざりした。

「はいはい、ここんちにアレはなかったっていうんでしょ。いいですよ、次に行きましょう」

「アレなら見つけました」

砂井三琴はそっけなく言った。

「二階の寝室、リビング、ダイニングなど計五ヶ所のコンセントにしかけてありました。ただのストーカーや侵入用にしては念が入りすぎています。この家で間違いないですね」

わたしは口をあんぐり開けた。

「へ、ここ？　ホントですか」

「理穂さんだって気づいたでしょ。風呂場の窓からの侵入の痕跡」

「いやそれは、だけど、てっきり騒音に腹立てたお隣がテレビを壊しに……だって、もし嫁が一枚噛んでるのなら、あんな方法で侵入しなくても」

鍵を預かって、堂々と玄関から入れるのに。

「ことによると、侵入盗の痕跡をわざと残しておいて、アリバイ作りに利用するつもりかもしれませんね」

砂井三琴はマスクとゴーグルを外しながら、言った。素顔が見えると、うちのピンクと白の市松模様の制服が、なお、へんてこに見える。

「田中が調べたんですが、今回の件について医者に告白した詐欺グループの男には、服役中に親しくなった男がいるんですけどね。これが今は金融関連会社の役員になってます」

「それまさか、中村さんの息子さんに奥さんを紹介した……？」

「いらなくなった愛人を適当な男に押しつける。よくある話ですよ。今回は適当な男どころか、将来を見越して有能なシステムエンジニアに下げ渡した、ということかもしれません。この家に金目のものはなくても息子さんが持って帰る仕事はあります。大晦日なら、特にパソコンなど仕事に使う情報ツールは必ず持って帰るでしょう。普通の強盗に見せかけて、実は警備会社のシステムをコピーしておく。犯罪者にとって、これはのちのちとっても役に立つ」

砂井三琴はこちらを見て、にやっとした。

「理穂さんだって、そう思うでしょう?」

5

いきなり「新人」が現れ、そして消えた。不審に思わないわけがないが、乙川さんはなにも言わなかった。鋭い彼女のことだ、警察絡みだってことは察していたのだと思う。

砂井三琴の割り込みのおかげで、めちゃくちゃになったシフトをなんとかすべく、わたしたちは超特急で晦日の作業をすべてクリアした。

事務所兼自宅に戻ったのは九時近かった。母が用意してくれた食事をとり、本日の報告をした。母は、念のため合鍵を処分しよう、と言った。

「あれさえ見つからなければ、イヤミと皮肉を言われる以上のことはないよ」

母は言った。

「指紋を残したわけじゃなし、だいたい中村さんたちは事件にしていないんだ。合鍵屋がなにか言ったとしたって、知らん顔をしていればいい。焦らなくていいよ、理穂。ばれやしないよ」

食事がすむと、母は金庫の中から合鍵の束を取り出し、空き缶に入れ、特殊な掃除に使うパテを詰めた。パテの上部には、黒豆を煮るのに使った錆び釘を見えるように埋め込んだ。しばらくこのままおいてから、ゴミ処理場に持っていく荷物に紛れ込まそう、と母は言った。仕事柄、危険な洗剤や使い終わった装備など、ゴミ処理場に持参するものは少なくない。

これでずいぶん気が晴れた。疲れていたが、すがすがしい気持ちで、ホタテの黄身焼きや鶏肉の団子、蓮根人参里芋などの煮物を作る手伝いをした。おせち用の安い重箱を洗って拭いて乾かし、紅白なますを柚子《ゆず》の器に入れたのを二十以上作り、気づくと外が明るくなっていた。

徹夜で迎えた大晦日だったが、年の瀬もここまで来ると、あと一日がんばればいいわけで、身も心も軽かった。大晦日は毎年、予備日ということにしてあるから、基本、掃除の仕事はない。どうしてもと頼まれた数件の依頼を片づけるため、数人のチームが仕事に出向き、わたしと乙川さんは母のおせち作りの手伝いに回った。

「昨日の夜、うちに警察が来ましたよ」

乙川さんは鰆の西京漬を焼きながら、そう言った。

「え……なんで」

「ほら、多摩川河川敷で見つかった死体、近所の石岡さんってひとだったんでしょう。それで聞き込みにね」

「前に一度、ウチに掃除の仕事、頼んでくれたよね」

ほっとしながら会話を続けると、乙川さんはうんうん、とうなずいて、

「きれい好きで働き者で、よく煮物のお裾分けとかしてくれましたよ。近所だし、桃葉ちゃんとこにも行ってたんじゃないかしら。石岡さん、世話好きだったからね。若いひとたちががんばって暮らしてるのを見ると、ほっとけないってよく言ってたわ」

錦玉子《にしきたまご》用のゆで卵を白身と黄身に分けていた母が、あらそう、と言った。トゲのある言い方だった。ムリもないが。桃葉に拒絶されて、自分は桃葉の新居を見られないし、桃葉に教えたり伝えたりしたいことを受け入れてもらえないのだ。なのに近所のおばさんごときが出入りしていたとなれば腹も立つだろう。

ゆで卵の白身を裏ごししながら、乙川さんがつぶやいた。

「なんであんな無害そうなひとが殺されちゃうかしらねえ。それも何十ヶ所も刺されてたなんて。よっぽど恨まれてたのかしら」

「家族はいないの？」

「娘さんがいたって聞いてたけど、ずいぶん前から音信不通だったみたい」

料理が上手できれい好きで、ご近所ともうまくやっていけて。なんでもできるパーフェクトな母親に、窒息しそうになって娘は出て行った。よくある話だ。

料理の手は足りているようなので、わたしは一階に降りて、大型の洗濯機から洗い終わった制服を引っ張り出し、屋上に持っていった。晴れて、風のある大晦日だった。空気も乾燥しているし、よく乾きそうだ。

十一月からこっち、休みなしに働いてくれている従業員たちの制服は、かなりくたびれてきていた。そろそろこの白とピンクの市松模様、やめたいところなんだけど。うちの従業員には、わけのある人が多い。定年もないから長く働いてくれて、要は高齢化が進んでいる。こういう薄いピンクは着る人間をよけいに老けてみせる。

だけど顧客は変化を嫌がるし、第一、全部替えるとなったらお金がかかるよな、と思いながら制服を数えて干していくうちに、ふと気がついた。辛夷ヶ丘署の砂井三琴に貸した制服……あれ、どうしただろう。昨日、中村さんの息子さんの家の前で別れたが、そういえば彼女、マスクやゴーグルは外したものの、制服のままだった。

しまった、とわたしはほぞをかんだ。あの図々しい女がきれいに洗濯して返してくれるとは思えない。拾ったとでも言い張って、あの制服を利用するつもりだ。

利用する、なにに？

そもそも、死期が迫ったと勘違いした詐欺グループの男が、別の犯罪計画を告白したというあの話は本当なんだろうか。警察が掃除屋にまぎれ込み、勝手に他人の家を調べて歩くというのは、どう考えてもまともな捜査手法ではない。

事実としてはっきりしているのは、生活安全課の二人の捜査員が〈向原清掃サービス〉をうまいこと脅し、うちのスタッフにまんまと化けた砂井三琴が三軒の家の内部を調べたこと、中村武志の家に「盗聴器がしかけられていた」と言ったこと。それだけだ。いや、もうひとつ。砂井三琴が（たぶん）今田好継の家から、高価な金貨を盗み出したこと。

まさか、と考えて血の気が引くのを感じた。彼らはおそらくわたしたちの「不法侵入」を知っている。知った上で、あの制服を着て、「不法侵入」を引き継ぐつもりなのでは。ということは、彼らがこれから起こす「不法侵入」が、すべて〈向原清掃サービス〉の、というか、わたしのしわざということに……。

冗談ではない。相手は腐っても警察官だ。仮にそんな騒ぎになって、わたしが逮捕され、田中盛や砂井三琴について申し立てても、信じてはもらえない。信じてもらえたとしても、警視庁の威信にかけて、臭いものに蓋をされる。

わたしは砂井三琴に電話をかけた。彼女は眠そうな声で出た。

「制服なら返しますよ。正月明けに、ちゃんと洗って」

「洗わなくていいから、すぐ返してください。取りにいきます」

「あのさあ」

砂井はめんどくさそうに言った。

「もう一日、貸しといて。そしたら返すから」

なにを言う間もなく電話は切れた。わたしはその場にへたりこみそうになりながら考えた。あの強盗計画が田中・砂井のでっち上げた嘘だとすると、中村さんの息子さん宅に押し込むのは他ならぬあの二人の警察官なのではないか。警備会社のシステムをコピーしておく、これは犯罪者にとってのちのちとっても役に立つ。砂井三琴はそう言ったのだ……。

どうしていいかわからないまま大晦日はすぎていった。母に相談しようかと思ったが、おせち作りも終盤にさしかかり、それどころではないようだ。そのうえ、殺された石岡さんが桃葉の自宅に出入りしていたという、母にとっては悔しい情報で頭がいっぱいらしく、ものすごく不機嫌でもあった。ただの近所付き合いで、しかも相手はもう死んでいるというのに。

それでもおせちは大過なく出来上がった。一階の冷蔵庫に保存してあった料理も出してきて、お重に詰めていった。従業員の分、要望のあった顧客の分、それぞれに好みや苦手があるし、量も多いほうがいいところと少ないほうがいいひと、できるだけ好みに沿った内容にしつつ、丁寧に詰めていく。

日が落ちかける頃、すべてが完成した。

わたしと乙川さんは、ずらりと並んだ完成品をうっとりと眺めた。黒豆の黒、錦玉子や伊達巻き、柚子の黄色、みかんのオレンジ、なますの人参やイクラの赤、高野豆腐や里芋の含め煮の白、椎茸や西京焼、その他美味しいものたちの茶……売っているものに比べれば、色も多少はくすんでいるし、つやも薄い。ヴィジュアルだけなら売っているおせちには、もちろんかなわない。

でも絶対にこっちのほうがおいしい。

よくできた、と喜び合っていると、母が奥からとっておきの重箱を出してきた。お嫁にくるときに持ってきたという、螺鈿《らでん》の入った豪華な塗りのお重だ。これを父がどこかに持っていこうとするのを止めようとして、母の小指は折れてしまったのだ。おまけに、ふたり暮らしには大きすぎる。

「なんでコレ出すの？　うちの分はもう、鶴の柄のお重に詰めたけど」

「桃葉のとこに持っていくのよ」

母は残った料理を手際よく詰めながら、言った。

「来るなって止められてるじゃない。ダンナが嫌がるからって」

「別に居座って嫌がられるつもりはないよ。玄関先で渡してすぐに帰ってくる。それだけだよ」

母は意地になっている。こうなったらもう止めようがない。

わたしと乙川さんは風呂敷でかたっぱしからお重を包み、コンテナに入れ、車に積み込んで配達に出発した。暮れかけた街には活気と静けさが混在していた。

わたしたちは次々におせちを配っていった。待ち構えていて盛大に感謝してくれる家。ああ、と無表情に受け取る家。大勢の家族の声が聞こえる家や、テレビの音声だけが聞こえてくる家や、暗くなっているのに車を磨いている家、蕎麦《そば》のつゆの香るお勝手口などに。

配達の途中で、乙川さんをおせちと一緒に自宅前で降ろした。よいお年をと言い合って、わたしは車を走らせた。

中村さんの息子さんの家に行ってなにをしようと思ったわけでもない。とりあえずおせちを届けるという口実があった。届けて、そのうえで、どうしたらいいか考えるつもりだった。

到着したのは九時すぎだった。ひとかたまりの安普請のどこの家にも玄関飾りがつき、音楽やシャンプーの匂い、人の声が漏れてきている。

急に力が抜けた。こんな安っぽい建て売りで、やっぱり押し込み強盗を実践するにはムリがある。あっというまに隣近所に気づかれる。たぶん、夜中ならかえって音が響く。しかも今日は大晦日だ。一年でいちばん、老若男女が夜更かしする日だ。

強盗計画なんて、やっぱり大嘘だ。

あのふたりの狙いはなんなのか、これ以上巻き込まれないようにするにはどうしたらいいのか、ドキドキしながら考えつつチャイムを押し、返答のないインターフォンに向かって、〈向原清掃サービス〉です、お約束のおせちをお持ちしました、と大声で呼びかけた。たぶん、隣近所にも聞こえたと思う。少しは宣伝になってくれるといいのだが。

インターフォンの奥でがちゃっと音がした。しばらく待っていると、やがてドアが開いた。まだ若い女がつっかけを履いて出てきた。おそらくこれが中村さんの息子さんの嫁のランさんなのだろう。

この時間、めったに帰ってこない彼女がここにいるということは、などと考えながら、わたしはにっこりした。

「今年一年、お世話になりました。〈向原清掃サービス〉です。おせちをお持ち」

しました、と言う前に、背後から大きなサイレンが鳴り響き、あたりがまばゆく明るくなった。ビックリして振り返ったそのとき、どこからともなく大勢の人間がわいて出て、女が慌てて閉めようとした玄関扉に突進してきた。

わたしとおせちははじき飛ばされ、安普請の外壁に激突した。

6

「犯人に直面する危ない役だし、うちの砂井がやる予定だったんですよ」

田中盛は新しいティッシュを出してくれながら言った。なんだか笑いをこらえているようだ。

「なのに、いいタイミングでいきなりホンモノが現れて、ドアを開けさせてくれたんでビックリしましたよ。なにしろ砂井はでかいですからね。けっこう警戒されるんですよ。あなたのようなホンモノが、ホントにおせちを持って現れるのに比べたら、かなり嘘っぽい。あそこでうまくドアを開けさせ、突入できるかどうかが、今回のケースの成否を握ってたんでね。実に助かりました」

てことは、強盗計画はホントだったんですね。

と言いたかったが鼻血がまだ止まらない。外壁に顔面をぶつけてしまったのだ。

中村武志の妻ランは、帰宅するなり愛人とその協力者、ふたりを家に引き入れた。すでに警察に包囲され、一部始終をしっかり監視され、記録されていたことも知らず。おそらく盗聴器の電波を拾って、中の様子も聴かれていたのだろう。救急車が呼ばれ、中村亜弥子さんによく似た男性がストレッチャーに乗せられて運びだされたことや、ああまで大勢の警官が中村武志宅に飛び込んでいったことなどを考え合わせると、中村さんの息子さんの命はかなり危うかったと思われる。

あれ。でも、よく考えてみたら、わたしを突き飛ばしたのは犯人グループではなく警察のほうだった。犯人に近寄るより、殺気立った警察に近寄るほうが、よっぽど危ないわけだ。いろんなイミで。

「それで、砂井さんは？」

ようやく口がきけるようになると、わたしは訊いた。田中盛はあたりを見回した。

「どっかいっちゃいましたね。制服を向原さんに返さなくちゃいけないって言ってましたが。少し待ちますか」

「いえ、いいです」

砂井三琴がちゃんと捜査していたのなら、わたしとしてはこれ以上、言うこともない。大晦日のこんな押しつまった時間まで、犯人逮捕に全力を尽くしている警察官がこれほど大勢いる。なのに変な疑いを持って悪かった。きっとあのメイプルリーフ金貨も本当にどこかで拾ったのだろう。

やっぱり「不法侵入」はもうやめよう。自分がそうだと他人まで犯罪者に見えてくる。いいことではない。

お重は風呂敷でしっかりと包んでいたから、バラバラになってはいなかった。中村さんの息子さんちの玄関に置いておいてほしいと頼むと、わたしは田中盛によいお年を、と挨拶し、その場を後にした。肩の荷が下りたように、すっきりしていた。澄んだ夜の空気の中、軽ワゴン車を走らせた。早く家に戻ろう。母と年越し蕎麦を食べよう。熱い風呂に入り、全身をよくほぐし、眠ろう。

徹夜明けをかろうじて保っていたアドレナリンが切れてきて、寒さと眠気を感じるようになってきた。信号待ちなどしていると、本当に眠ってしまいそうになる。

と……。

目の前を、軽ワゴン車が一台、横切っていった。横腹に〈向原清掃サービス〉と大きく書かれたピンクの軽ワゴンだ。一瞬だったが、運転手が見えた。ピンクと白の市松模様、見慣れた制服を着て、ゴーグルとマスクをつけて。

車の天井に頭がついている。

わたしはハンドルを切って、車を追いかけた。追いかけながら考えた。車のキーは二階の事務所の壁にかけてある。その気になれば勝手に持ち出して車の運転もできる。うっかり気を緩めたが、やっぱり砂井三琴のやつ、うちの装備と制服を使ってなにかよからぬことを始めるつもりなのだ。

絶対に阻止してやる。そして、彼女の弱みをつかむ。そうすればわたしたちもきっと、枕を高くして眠れる。

どこまでも追いつめてやるつもりだったが、尾行はあっという間に終わった。車は竹岡地区に入り、山を登り、すぐ左にそれた。寂れた地区だけあって、暗い。尾行相手は警察官、すぐに気づかれそうだ。

距離を置いて付いていった。一瞬、見失ったかと思ったが、すぐ一軒の家の門の内側に軽ワゴン車が停まっているのに気がついた。こっちも同じピンクのワゴンだし、急いで前を行き過ぎ、気づかれないように祈りながら二十メートルほど先で車を停め、走って戻った。

ひと気が少ない地区ということもあって、寒かった。竹やぶがざわざわと音を立ててあちこちで鳴っていた。〈向原清掃サービス〉のワゴン車の後ろから、制服を着たでかい女が清掃作業用の道具一式を持ち出しているのが見えた。

車の停まっている家の南側に、広いテラスがついていた。そのテラスは室内からの明かりに照らされていた。この寒いのに窓は開いていて、カーテンが風に揺れていた。

わたしは近づいて、室内をのぞき込んだ。

ピンクと白の市松模様の制服を着たでかい女が、這いつくばって床を磨いていた。あたりは血まみれで、ブルーシートにくるまれた何かが転がっていた。ソファに朝生祥太がうなだれて座っていた。彼も頭から血まみれだった。

息を呑んだか声をあげてしまったのだと思う。でかい女が顔をあげた。ゴーグルの奥に見える目は三白眼ではなかった。アーモンドのような形をしていた。

「桃葉……」

わたしは喘ぐように言った。

「だからうちには来ちゃダメって言ったんだよー」

桃葉は手をせっせと動かしながら、そう言った。

「祥太はね、母親に捨てられたから母親っぽい女がダメなんだよー。母親みたいな女を見ると、どうしていいかわかんなくなっちゃうのー。怒って、憎んで、暴れたくなっちゃうー。そういう性格なんだよ、だからおばあちゃんにも石岡さんにも、わたしたちのことはほっといてって言ったんだよー。ふう」

桃葉はしゃべりながら、垂れてきた前髪をかきあげた。

「祥太の後始末、たいへんなんだよー。清掃の仕事を勉強して、だいぶうまくできるようになったけどさー」

空白になったわたしの頭に、母の言葉が反射した。ひとが物体に還るってことはきれいごとじゃない……。

ブルーシートの端から手が出ていた。その小指は外側に向かって曲がっていた。

葬儀の裏で

1

子どもの頃は、葬式が楽しかった。

水上《みなかみ》家は本家と目されていて、辛夷ヶ丘市千倉《ちくら》地区の中心でもあった。昔からそういう役割を担っていたこともあったのだろうが、家が昔ながらの大きな農家で、襖を外すとすべての部屋が一つになり、大勢の集まりに対応できた。そのため、冠婚葬祭正月お盆その他、なにかというと我が家には人々が寄り集まった。

いまでも思い出す。にぎやかなお餅つき、緊張した面持ちでスーツを着た若者や振袖姿の娘たち、綿帽子のお嫁さん、競りや宴会、秋祭り、大勢の笑い声、興奮したざわめき……。

なかでも、葬式の思い出はあざやかだ。

主に真夏か真冬、どちらかといえば冬。学校に行く途中、姉と競争で道端の霜柱を踏んで歩くようになり、田んぼ脇に氷が張り、ムクドリに食べ残された木守柿《きもりがき》以外すべての景色が霜に白く覆い尽くされる頃、報せがやってくる。長らく寝たきりの遠縁、ガンで入院中の大伯父、転んで骨盤を骨折したおばあさん……が、いよいよ、と。

その「いよいよ」は外れることもあり、骨盤骨折ばあさんなどそれから十八年も元気に生きて稼ぎ、その間、さらに二度骨折、三度脱臼《だっきゅう》して保険調査員を驚かせたが、これは伝説となった例外だ。たいていは、報せが入れば待ったなし。わたしと姉は母に呼ばれ、自分たちの部屋を片付け、仏間を徹底的に掃除しなさい、真鍮《しんちゅう》のおリンやロウソク立てを顔が映るほど磨きなさい、と申し渡された。

ふだん、仏間は少し怖かった。部屋に入ると、長押《なげし》にぐるりとかけてあるたくさんの「ご先祖様」に見下ろされることになるからだ。うちの先祖は写真を撮られるのが好きではなかったようで、大抵は集合写真の隅から引き伸ばされた遺影だから、ボケて、にじんだシミのようだった。

だが、建具が外されれば薄暗い仏間にも光が入る。顔形のはっきりしない先祖も、磨いた仏具に感心して微笑んでいるように見えた。これから始まる葬式への期待を込めて、わたしはせっせと励《はげ》んだ。

姉はこの手の仕事が苦手で、わたしに押しつけて姿を消し、磨き終えた頃に現れて、さも自分がやり遂《と》げたような顔をしていた。もっとも、両親にはバレていたと思う。祖母のリウマチがひどくなると、仏像にまつわる重要な仕事が姉を飛ばしてわたしに任されたからだ。

漆《うるし》塗りの仏壇に、埃を払って美しくなった仏像を祀《まつ》る。仏具を並べ、花を活け、お灯《とう》明《みょう》をともし、お供え物を丁寧に並べる。暗がりの仏間が陰影深い舞台へと変わる。

でも、うっとりしているヒマはない。実行日がはっきりしている結婚式や成人式、正月、盆、秋祭りと違い、葬式はいきなりだ。「いよいよ」の報せすらないほど急なものもある。時間がない。でも間に合わせなくてはならない。

だから葬儀の日は千倉中の人たちが手伝いにやってくる。

男たちはうちにやってきて庭木の枝を切り、掃いても掃いてもまだ散ってくる落ち葉を根気よく片づけた。蔵から必要な道具を出し、家具や建具をどけ、車の誘導をして、座布団を借りてきて日に当てるのを手伝った。女たちは黒い服の上にエプロンや割烹着《かっぽうぎ》をして台所にこもり、手際よくおむすびや煮染め、ちらし寿司を作ったり、自分で育てたかぼちゃの煮たのやナスの漬物を皿に盛ったり、酒の支度をして、茶菓子を用意した。

父は縦にも横にも声も大きな人だったが、細かいところによく気づき、動作が素早かった。指示を出しながら、自分も汗を流して働いたから、つられてみんなも働いた。

母は家中をコマネズミのように走り回って裏方を務め、客が来ればさっと後《おく》れ毛を整え、別人のようにすました顔で挨拶をした。サッシもない家で、あれだけ働いているのに、母の足袋《たび》はいつも真っ白だった。葬式が終わると、うちの裏庭には数え切れないほどの足袋が干してあったものだ。思えばあの汚れのない足袋が本家の嫁としての母の矜持《きょうじ》だったのだと思う。

都心のベッドタウンになって半世紀、くたびれた一軒家で埋め尽くされたいまの千倉地区からは想像もできないが、わたしが子どもの頃、集落は小高い丘に囲まれた、田んぼと畑ばかりののどかな田園地帯だった。町道が地区の中央を通っていて、交通の便も悪くないし、外界と隔絶されていたわけではないが、住民のほとんどが親族でもある地域内の結束は固かった。

よその人間にバカにされるわけにはいかない、わが千倉地区はメンツにかけて立派なお弔《とむら》いを出さねばならぬ。そのためにはかぎられた時間内に、完全に準備をすませねばならぬ。

葬儀が急であればあるほど、やらねばならぬことは増え、忙しくなったが、その分、誰もが高揚した。個人的な行き違いや思惑や対立は棚上げにされた。

あの独特の緊張感は忘れられない。誰もが顔をこわばらせ、拳を硬く握っていた。父はその中心にいて、いつものように冷静に場を仕切っていたが、よく面倒も起きた。必要なものが足りなくて選ばれた男衆が取りに走ったり、火葬される前にどうしても亡骸《なきがら》に一目会いたいという人を裏口からこっそり中に入れたり。そういう際には、子どもだったわたしたちも一役買い、存分にスリルを味わった。

だが、たいていの葬式は、天寿をまっとうしたお年寄りのものだ。わたしと姉はチクチクするウールのワンピースとタイツを着せられ、母の手製のエプロンをつけて台所の手伝いに回された。暖かい台所で、いい匂いのする湯気を吸い込み、大人の女たちのゴシップや情報交換に耳を傾けながら、こういうときにだけ登場する揃いの塗り物を拭いたり、早く到着した客人にお茶を淹れたりした。ときには、お茶を運ばされることもあった。

　お茶出しは姉の得意だった。愛敬を振りまくのが好き、可愛いとか、しっかりしていると褒められるのも大好き。いつもいそいそとお客にお茶を出しに行った。

たまに、姉が別の客にお茶を出していると、わたしもやらされた。見知らぬ大人たちが仏間に溜まり、声高に語り合っているなかへ入っていくのは、人見知りのひどかったわたしには苦痛だった。彼らが、磨かれた仏像その他、家の調度をしげしげと眺め、値踏みをし合っている隙に、口の中で挨拶めいたことをつぶやきながら、さっとお茶を置く。それから一目散に台所に逃げ込む。ときおり背後から母の、あれはどうもお愛想のない子で、と取り繕《つくろ》う声が聞こえてくる。姉が、アンタってダメね、とバカにしてくる。

　それで苦い気持ちになっても、台所の女性たちは優しかった。おばさんだって、いまももてなしは苦手だよ、と慰めてくれた。いいんだ、挨拶が苦手でも。サクラちゃんは手先が器用なんだ、それがみんなの役に立つよ。この間、サクラちゃんが作った焼き物をお父さんに見せてもらった。お父さん、ものすごく自慢にしてたんだから。

単純な子どもだったわたしがおかげで元気を取り戻す頃、自宅で通夜を済ませてきたご遺体がうちに運び込まれる。辛夷寺《こぶしじ》から和尚がやってきて、ふだんの埃まみれ、酒のシミだらけの墨染の衣をあらため、こういうときのためのあざやかな衣をまとって金色の袈裟をかける。男衆の頭に巻かれた手ぬぐい、女たちのエプロンや割烹着が外され、皆がそれぞれの席に着き、居住まいを正し、鉦が鳴り、ひそひそ話がやむ。

葬儀が始まる。

辛夷寺の和尚は越中《えっちゅう》の端から玉袋をのぞかせ、子どもたちに怪談を聞かせて喜んでいるようなぐうたらだったが、声は良かった。お供もつれずにやってきて、木魚をたたき鉦を鳴らし読経《どきょう》をしたが、その声は朗々と響き、わたしたち一族を包み込んだ。祖母は和尚の読経に心酔し、聞くたびに寿命が延びる、死んだ者もきっと成仏できる、と涙を流していた。わたしも子ども心にありがたいような気持ちになった。

とはいえ、しょせん子どもは子ども。読経が長引くにつれ、寒いし、よそゆきの服は着心地が悪いし、眠いし、足はしびれ、座っているのがやっと、となってくる。ようやく読経が終わると今度は説教だ。あの世で待っている仏様、極楽の話などを聞かされ、もう勘弁してくれ、と叫び出しそうになる頃、ようやく儀式は終わる。緊張した面持ちだった人たちが、なぇ、これで終わりなの、とはぐらかされたような顔になり、座がざわつき、おたがいに本当に終了したと知り、肩の荷を下ろしたようにホッと顔を緩める。

葬式のお楽しみは、ここからだ。

いったん座布団が片づけられ、折りたたみ式のテーブルが並べられ、座布団が敷き直されて——さて、大皿に盛られた料理と酒が運ばれてくる。父が本家として献杯の音頭を取り、皆が黙々と食事をとり、しんみりと故人の思い出話が語られる。でもすぐに、列席者がほろ酔いになり、声は大きくなり、座は笑いに包まれ始める。

わたしも安心して大皿に盛られた料理を次々に皿にとる。おむすびも、食べ慣れた母の俵形ではなく三角、おいなりさんの中身に柚子が入っている、エビフライにオーロラソースが添えられている、そんなことが特別に感じられ、ワクワクした。

地区の外に住む同じ年頃の従姉妹やハトコと会えるのもお葬式のときくらいだった。ブランクがあって、最初のうちはおたがい、もじもじしている。だが、酒が回ったおじさんが子どもには聞かせられない話を始めたり、喧嘩を始めたりする。特に急な葬儀のときは、笑いなど起こらず、怒りだけが渦巻いて、男たちの酒の飲み方は荒くなる。

そうなってくると、わたしたちは遊んでいろと庭に追い出された。天気のいい、よく乾燥した冬の日、わたしたちは子犬の群れのように土埃を立てながら、庭を転げ回った。

なにをして遊んだっけ。ゴム跳び？　かくれんぼ？　ああ、そうだ、ドロケイごっこ。わたしたちの間では、刑事より泥棒が人気で、泥棒役が刑事役のハトコを脅して、姉が生まれたとき、父が敷地内に植えさせた梅の木に登らせた。降りられなくなったハトコが木の上でお漏らししたのを大人に知られ、わたしたちがこっぴどく叱られているのを、子どもの遊びに加わらず、縁側のふちにしゃなりと座った姉が、あきれたように眺めていた……。

2

「サクラさん、ちょっとよろしいですか」

呼びかけられ、肩に触れられた。反射的に右手に力が入り、緊張したまま声の主を見上げた。ケータイを握りしめた黒いパンツスーツ姿の女性が、わたしに向かってかがみこんでいた。

「新しいボイラーの問題で、待ち時間が延びそうなんです。皆さんにお弁当をお出しするのを遅らせようと思うのですが、どうでしょうか」

子どもの頃の思い出が急激に遠のき、わたしは目をまたたいた。年齢のせいか、このところの心労のせいか、いったん物思いにふけってしまうと、現実に戻るのに時間がかかる。

ココハドコワタシハ……

視線が手に落ちた。シミだらけで骨ばって、血管の浮き出た手だ。座っていても、しっかりと父の形見の杖を握りしめている。いまにも誰かに襲われるんじゃないかと警戒しているように。見慣れた、大切な、わたしの右手。

我に返った。

ここは辛夷ヶ丘の千倉葬儀会館。わたしは水上サクラ、姉である大前六花《おおまえろっか》の葬儀のためにここに来た。会議室みたいな個室に、安い菊の花を大量に挿した祭壇、女優みたいに気取っている姉の遺影を飾り、プロの司会進行役の案内で、バイトの僧侶の読経の間に焼香《しょう》《こう》を済ませた。参列者が少なかったから、読経もあっという間。男たちの熱気も台所の湯気もなく、生身の人間の面倒もなく、コンパクトにパッケージ化された葬儀をいましがた終えて、火葬が終わるのを待っているところだ。

つまらない葬式……。

「サクラさん?」

女の顔をまじまじと見た。優しげな一重まぶたで思い出した。木の上でお漏らしをしたハトコ、富士夫《ふじお》の娘で若葉《わかば》といった。大手の葬儀会社に就職し、業界のもろもろをみっちり学んで独立した。いまはこの千倉葬儀会館で、葬祭ディレクターとやらを務めている。なにをやっても失敗続きで、周囲に迷惑をかけどおしている富士夫の、唯一の成功作だ。

「若葉ちゃん、そういうことは喪主に聞いたらどうかしらね」

急いで返事をした。わたしはボケていない。年をとって、少しばかり反応がゆっくりになっただけ。若い人たちはその程度で、ボケたと決めつけることがある。

「すみません、喪主様が見当たらないんです。ご本家に決めていただければ、間違いないかと思いまして」

待合室の視線が、いっせいに集まった。ご本家。そう呼ばれることなど久しくなかった。懐かしい、死語だ。

それでも、そうやって持ちあげられれば悪い気はしない。わたしは軽く座り直した。

「高齢者に食事の時間は大切だよ。啓《けい》おじさんも浜田《はまだ》んとこのカズも糖尿だろ。弁当は予定通りに出した方がいいと思うよ」

若葉が気まずそうに言った。

「あの、さっきもお伝えしましたけど、啓おじさまと和久《かずひさ》おじさまは体調が悪くて来られなくなった、と連絡がありました。だからその分のお弁当はキャンセルしたんですよ」

そんな話、初めて聞くよ。

言い返しかけて、わたしは言葉を飲み込んだ。一年ほど前から、記憶が曖昧だったり、聞いたことを忘れてしまったり、といったことがたまに起こるようになった。姉の件がストレスになったのではないか、医者はそう言った。

しっかりしなさい、サクラ。自分に言い聞かせた。あんたはまだまだ大丈夫。判断能力は鈍ってない。記憶だって確かだ。子どもの頃のことを、これほど鮮明に思い出せるのだ。

やるべきことは、まだある……。

わたしは咳払いをして、若葉に言った。

「そうかい、わかったよ。だけど、やっぱり食事の時間は予定通りにしておこう。うちの親族には、糖尿予備軍が大勢いるからね」

「わかりました。おっしゃる通りにします。お邪魔をしてすみません」

若葉は素直にうなずいた。悪いコじゃあない、と思った。職業柄、言葉遣いも丁寧で気がきく。だが富士夫は欲が深かった。若葉にも父親似のところがある。そうでなくても若い人は、年寄りの力や財産はしっかりした自分たちが管理するのが正しいと、当然のように考える。油断しちゃいけない。

「気をつかわせて悪いね、若葉ちゃん。忙しいだろうに」

微笑んでみせると、若葉は首を振った。

「気をつかうのが私の仕事ですから。それに、ご本家の葬儀はやっぱり特別ですよ。父からも、くれぐれもよろしくと言われてます。六花さんの冥福を心から祈る、参列できずに申し訳ない、とのことです」

会話が終わり、若葉が立ち去ると、待合室にざわめきが戻ってきた。親戚づきあいは面倒だが、顔を合わせてしまえば、それなりに話も弾《はず》む。この場にいない人間の噂話、最新の技術、伝説のおじさんの武勇伝。

千倉中央公園の花壇に、造園業者が間違って阿片罌粟《あへんけし》を大量に植えてしまった、という話が大いにウケていた。千倉も治安が悪くなったもんだ。こないだなんか、よりによって、二年前に死んだ津田《つだ》の伯父貴《おじき》んちの仏間の窓ガラスが割られてたってさ。伯父貴が生きてたら、ナタ持って犯人を追っかけてたな。

「そういえば、富士夫っていま、どうしてたっけ」

それまで黙っていた高幡《たかはた》の従兄が言った。姉と同い年だが、髪を真っ黒に染め、爪の手入れも欠かさないから見た目は若い。自動車ビジネスが絶好調とみえて、高級スーツにイタリア製の靴。数百万はする腕時計をこれ見よがしにはめている。

「施設に入ってるよ。富士夫も糖尿で苦労してるんだから、食事時間が大切なことくらい知ってるだろうに。若葉も人が悪いや」

返事をしたのは、北野《きたの》の兄の方だった。こちらは量販店で買った不祝儀セットをそのまま着ている。中肉中背、すべてが平均値だから既製品で苦労したことはない、身に着けるのは日頃からなんでも大量生産品と決めている、と笑っていた。

「これ見よがしにサクラに取り入ってなにが狙いなんだか。あんな気の利いた伝言、富士夫がするかよ」

「それにしても、親戚が減ったなあ」

北野の弟のサスケがつぶやいた。その昔、富士夫を木の上に追い上げた又従弟で、建築士だ。五十人は収容できるはずが、四分の一ほどの椅子しか使われていない待合室を、利かん気だった頃と同じ目つきで見渡して、

「こうやってたまに親戚が集まると、少子高齢化が目に見えるな。オレらが子どもの頃は佃煮《つくだに》にするほどガキだらけだったのに、今じゃジジイとババアの寄り合いだ。少ないんだな、子どもが」

「それもあるけど、うちの下の息子の嫁なんか、孫を親戚の集まりに連れて来たがらないのよ」

春妃《はるひ》が電子タバコをくわえて言った。従姉の娘で、書道の先生だ。巨大な粒の黒真珠を、首から下げ耳に刺し指にはめ髪に留め。一方でうちの母の葬式のときに新調した、大昔の喪服をいまだに着ている。スタイルは変わっておりませんとアピールしているらしい。

「だから孫は自分の従兄弟とほとんど会ってないの。よっぽど亭主の親族が嫌いなのかと思ったけど、息子に聞いたら、嫁は自分の実家の親戚の集まりにも連れていかないらしい。面倒だし、知らない人と会って病気でも伝染《うつ》されたら困るんだって」

「いまの子どもたちはかわいそうになあ」

子どものいない高幡があくびをして、言った。

「オレらは子どもの頃から転げ回って一緒に遊んで、同じ釜の飯を食ってる。その結果が、いわゆる強い人脈ってやつだろ。よく知る間柄だから、おたがいに融通を利かせあうし、情報も交換する。いくら親戚だって、ほとんど知りもしない相手に、身を切ってまでよくしてやったりしないけどな」

「最近はネットで赤の他人とつながる方がいいんだろ。いやになった相手はすぐに切って、自分の人生から追い出せる。地縁とか血縁とか、良くも悪くも絶ち難いもんな。六花姉さんを見てみろよ。親父さんやオレらに、後脚で砂をかけるようにして出てったくせに、結局、けろっと戻ってきた。でもって最後の最後にまた大迷惑を」

北野兄がこちらをチラッと見て、弟の脇腹を小突いた。わたしは首を振った。

「いいんだ、気にしないどくれ。サスケの言う通りだよ」

本当にそう。サスケの言う通りだ……。

姉は高校を卒業する頃から両親と激しく言い争うようになった。卒業後の進路について の両親の意見が気に入らなかったらしい。親たちは当然、姉には婿養子をとって、水上家を継いで欲しいと願っていた。

アンタたちが恥ずかしい、そう姉は両親に言い放った。なにが本家の立場よ。なにが親戚同士助け合わなきゃならないよ。こんな田舎でこそこそ生きていくなんてイヤ。アンタたちの娘ってだけで、一挙手一投足を見張られるのもイヤ。息がつまりそう。アタシは自由に生きたい。どんな仕事をするか、誰と結婚するか、アンタたちの都合や体面に縛られたくなんかない。こんなとこ、早く出て行きたい。

怒った父が、勝手にしろと突き放すと、ある日、姉は父の金庫から大金を持ち出し、家を出て行った。大前明《あきら》という倍以上も年上の男と一緒だった。

金は、津田の伯父貴と呼ばれる親族内の有力者から父が内密に預かっていたものだった。我が家は、というより千倉中が、大騒ぎになった。大前明は北野兄弟の父親の仕事仲間だった。責任を感じた北野のオジが動き、なんとかことは収まったが、見えないところでオジはかなりの無理をしたらしく、数ヶ月後に病を得て倒れた。

父もまた、その後始末に必要だった金の工面には相当に苦労したようだ。おまけに傷ついた体面を取り繕う必要もあったのだろう。わたしや母にはなにも言わず、若い頃にとった電気関係の資格を活かし、危険な仕事に率先してついていた。後年、父は施設に入り、親族の誰にも看取《みと》られずにそこで死んだ。父の死を知った母は倒れて寝たきりになった。両親の死は、元を正せば姉のせいだ。

とはいえ、わたしは姉を憎みきれなかった。劇的な駆け落ちから時をおかずに、大前明は姉の前から姿を消した。姉のお腹には大前の子がいた。姉は千倉に戻らず、パートで働きながら息子を育てた。

ときどき、わたしのところへ手紙がきた。気位《きぐらい》の高さは相変わらずで、無心は一言も書かれていなかったが、生活の苦しさを端々に訴えていた。わたしは金を送り、親との仲をとりもつ、仕事も紹介するから子どもを連れて戻ってこいと言ってやったが、姉は頑として戻らず、息子の、つまりは孫の顔を両親に見せることもなく、両親の葬式にも顔を出さなかった。姉の息子が死んだのをわたしが知ったのも、その死から三年もたってからだった。

このまま疎遠で終わる、そう思っていたのに、二年前、姉は突然うちに現れた。自分でも面映《おもは》ゆかったのだろうが、きつい口調で、わたしたちの父方の叔母が暮らしていた場所に住まわせてくれないかと言い出した。千倉の集落から離れた、小高い丘の途中にある場所だ。あそこならサクラちゃんの迷惑にはならないでしょ?

二つ返事で承知した。叔母が死んで二十五年、お国に固定資産税を取られつつ、立地条件が悪くて再建築の許可がなかなか取れず、シロアリとコウモリの住まいになっている空き家が乗っかったお荷物の土地だ、断る手はない。

姉は元のアパートを引き払い、千倉に戻ってきた。その後、廃屋寸前の農家はリフォームされ、スイッチ一つでお湯が入る風呂、ヒートショックが起こらないようにするための暖房システム、シンクが二つに食洗機、ビールサーバーまで運び込み、豪華な一人暮らし用の一軒家として蘇《よみがえ》った。

完成した家を、先に立って案内していた姉の嬉しそうな顔を思い出す。

「ねえ、サクラちゃん。アタシも暦《こよみ》が一周してようやくわかったの。ひとは出てきたところに帰る生き物なんだって。アタシにとっては千倉ね。ここで人生の最後を締めくくる。ゆっくり落ち着いて、余生を楽しむの。木を植えて、草花を植えて……ああ、でも、葉っぱが落ちてこない樹じゃないとダメだわ。これまでさんざん働いてきたんだから、庭の手入れは楽にすませたいもの。掃除に駆けつけてきてくれる人なんかいないんだから」

あのとき姉もまた、子どもの頃の葬式を思い出していたのかもしれない。少し、しんみりしたように言った。

「だけど、墓守はするわ。両親にはいまだにわだかまりもあるけど、本当に申し訳ないことをしたとも思う。いまさら墓に布団を着せたって、どうにもならないんだけど」

本当に骨を埋める気かねえ、とお披露目の帰り道、わたしは考えた。いくら世代交代が進み、六花の出奔《しゅっぽん》騒動を知る人は少なくなったとはいえ、戻ってくれば蒸し返される。ましてて田舎暮らしは見張りあいだ。それがイヤで出ていった人間に耐えられるのだろうか。三年もてば、大丈夫かもしれないけど。

この観測があたったかどうか、いまとなっては永遠にわからない。

姉が千倉で暮らし始めて約一年たった、去年の十一月末。姉が頭をかち割られ、血まみれで庭先に倒れているのをわたしが見つけた。すぐ病院に運んだが、心肺停止の状態だった。懸命の蘇生術を受けて、心拍も呼吸も再開したが、脳の損傷はひどかった。姉は眠ったまま一年と十五日がすぎ……三日前の早朝、入院先で息を引き取った。

3

「ほら、喪主様が戻ってきたぞ」

北野兄がヒソヒソと言って、わたしはまた物思いから目覚めた。

待合室の扉が開いて、堀之内健斗《ほりのうちけんと》が入ってきた。スマホの画面から片時も目を離さず、指を動かしている。イヤホンからゲーム音楽がペコペコと音漏れしていた。

健斗は誰もいない一角に向かってゲームをしながら歩いて行き、そのままドスンと座り込んだ。まだ二十五歳のはずだが、痩せこけた体にむくんだ顔、固まった背骨をかばってよちよち歩く姿はおそろしく老けて見えた。

体にあっていない喪服、靴は黒だがスニーカー、ひん曲がったネクタイ。

母親の葬儀でも喪主だったんだ、ばあちゃんの葬式も直系の孫の自分が喪主になると言いだしておいてなんだその格好は、とネクタイを締め上げてやりたくなった。

姉に孫がいるという話は、彼女が帰ってきてすぐに聞かされた。

ムサシは姉に女手一つで育てられ、苦学して大学を出て上場企業に入った自慢の息子だったが、ある日、姉にはなんの報告も相談もなく、飲み屋で知り合った一回り年上の女と籍を入れたそうだ。反対したが、もちろん遅かった。

「ムサシに言われちゃったのよ。相手の女は金を持ってて贅沢をさせてくれる。俺、もう貧乏はイヤになったんだって。二の句が継げなかったわよ」

千倉名物の栗ようかんを食べながら、姉は愚痴をこぼした。だから早く戻って来ればよかったのに、うちにいればお金に不自由は、と言いかけてわたしは黙った。いまさら姉を非難したって始まらない。

だがムサシ夫婦は子どもが生まれた直後に離婚した。原因は姉も知らないが、どうやらムサシに非があったようで、子どもは妻が引き取った。

ムサシは会社を辞めて妻の店を手伝っていたから、離婚と同時に職も失って、姉の元に戻ってきた。働かず、家事もせず、親の財布から勝手に金を抜いて飲みに出かけては、へべれけになって帰ってくる。

「いつか目が覚めるだろうと思ってほっといたんだけど、そのうち酒場の階段から転げ落ちてね。外傷性のコーマク……なんとかで、あっけなく死んじゃった。元の奥さんにも知らせたけど、ああそうですか、って言ったきり。孫のこと聞ける雰囲気でもなかったし、そのままになっていたんだけど」

息子の死から二十年以上もたって、孫の堀之内健斗から突然、電話がかかってきた。それからたまに連絡を取り合っているのだ、と姉は言った。だが、それ以上のことを聞き出そうとしても、姉は言葉を濁して語らなかった。

姉の入院中、わたしは姉のスマホから健斗に連絡を入れたが、何度かけてもつながらなかったし、むこうからの連絡もないまま一年が過ぎた。それが、姉が亡くなったこと、葬儀の日取りを留守電に入れたとたん、電話がかかってきたのだった……。

「喪主様、歳はいくつだって？　誰かにヤツのこと調べさせたんだろ、サクラ」

北野兄がわたしに向かって訊いた。

「いまは二十五歳だけど」

「あれで二十五？　ひでえもんだな」

高幡が鼻を鳴らした。

「オレらの若い頃も、自慢できるような代物《しろもの》じゃなかったが、あれほどひどくはなかったぞ。葬式の間くらい、ゲームをやめろっていうんだ」

「よく言うわ。大兄さん、松原《まつばら》の大叔父の葬式のとき、火葬場の裏で痴話喧嘩してたじゃないの」

春妃が笑った。高幡の従兄は顔をしかめて、

「話を作るなよ。なんだよ、火葬場の裏って」

「バブルの頃に千倉葬儀会館に建て直す前は、ここ火葬場だったでしょ。前の前のご本家

が、自分とこの地所を削って、田んぼの真ん中に火葬場を作ったのよ。いつかみんなの役に立つからって。さすが先見の明があったわよね」

「それはそうだったけど」

「思い出した。そうだ、火葬場の裏の田んぼにコイツ、女を突き落としたんだよ。ちょうど田植えの準備がすんだばかりだったから、かわいそうに泥人形みたいになってさ。なのにコイツ、女に向かって、この辺りじゃここが一番栄養がある、美容にもいいぞだって」

北野兄が息を吸い込みながら笑い、サスケがつられて笑いながら、ひでえ、と言った。

「ひってえんだよ。なのになんでか、一番モテたんだよな」

「おい、過去形にするな。いまでもおまえらよりはよっぽどマシだ」

「六花姉さんだって、本当はコイツとさ」

北野兄が調子に乗り、わたしの視線に気づいて黙った。場の空気を察するのに長《た》けたサスケがED治療薬を肴に冗談を飛ばし始め、男たちはわざとらしい下品な笑い声を立てた。わたしは部屋の隅に行き、お茶の用意をし始めた。春妃がくっついてきて、耳元でささやいた。

「ねえ、一応聞いておきたいんだけど。本家の今後について、どうするつもりなの？」

こんなときに、と驚いて顔を見たが、春妃は臆さなかった。

「いまの本家に後継はいない。帰ってきた六花姉さんに孫がいるって聞いたときには、ひょっとしてその子がと思ったんだけど」

春妃はちらっと健斗に目をやった。椅子に座り、首だけ前に突き出してゲームに熱中している。わたしは会館備えつけの安っぽいお茶っぱをすくいながら、答えた。

「心配しなくても、あれは関係ない。あっちだってそんな気ないだろう。千倉のことも、本家のしきたりその他についても、なんにも知らないんだ。論外だよ」

「なら、いいんだけど」

春妃は唇をとがらせた。こいつもか、とわたしは思った。わたしがあんなのに本家を継がせると本気で思ったのだとすれば、春妃もわたしの認知機能を信用していないのだ。

わたしはボケちゃいない。まだ、ボケられない。ボケている場合じゃない。本家としてやることがあるのだ……。

「それで実は、うちの上の息子のことなんだけどね」

春妃は布巾《ふきん》を手に取り、手伝っているフリをしておしゃべりに夢中だ。子どもの頃の台所でも、いつもそうだった。

春妃の上の息子、名前はなんていったか……。

「息子さん、元気かい」

「一昨年厄年を終えたのよ、南平《なんぺい》も立派なおっさんよ」

「そう。南平くん、昔はずいぶんヤンチャだったたっけね」

「とっくの昔に心を入れ替えて、今は地道な内装工事会社の経営者よ。知ってるでしょ、六花姉さんの家の内装手伝ったの」

「豪華にしてくれたよね」

「ご本家の仕事だからって、南平も力を入れたのよ。息子を褒めるのもなんだけど、人一倍よく働くし、家族思いで伝統を大切にしてる。腹も太くて気《き》っ風《ぷ》もいい。下の人間にも慕《した》われてて、南平のためならひと肌脱ぐって仲間も多いの」

話がうまく流れてホッとしているわたしに気づかず、春妃はまくし立てた。

「そりゃね、うちは血筋からいったら水上家とは遠いわよ。だけど本家に必要なのは、やっぱり人柄じゃないかしら。サクラ姉さんさえその気なら、アタシは形式にはこだわらないたちだし、長男だけど、籍を変えさせてもいいと思ってんの。南平なら、実の親の面倒も義理の親の面倒もきっちりみるわ。たとえボケても放り捨てたりはしないから」

わたしはお茶をお盆に載せ、春妃を見た。運べと促したつもりが、春妃は気づきもしなかった。杖をついて歩くようになるとこういうのが困る。うるさくて気の利かない相手から、なかなか逃げられない。

若葉が弁当を運び込んで来て、気づいてお茶を配り、残りを取りに出ていった。米の飯や油や醬油《しょうゆ》の入り混じった、お弁当の香りがした。いちばん高い弁当だが、それでも工場で作ったそっけない代物だ。あの頃の、千倉の女たちの手作りの煮物や惣菜や漬物とは比べ物にならない。

「今日、南平くんは？」

「どうしても外せない仕事が入っちゃって。あの子、頼りにされてるから。だけど、よかったら今度、時間を作るから直で会ってやってよ。そうね、うちに食事に来るっていうのはどうかしら」

「やめておくべきだよ、サクラ姉さん」

背後から声をかけられて、振り向いた。大沢《おおさわ》の従弟が娘を連れて立っていた。

大型車両から特殊車両、バイク、ヘリ、ボートとたいていの乗り物ならなんでも操縦する大沢は五十近くになってから娘をもうけた。娘は名をミナミといい、鼻ピアスに黒いアイジャドウ、黒のレースのドレスを着ている。葬式のためではなく、いつもこの格好だが、これで抜群に頭が切れ、コンピュータ関係に強い。中学でいじめられてドロップアウトしなければ、国の中枢にだって入れた逸材だと思う。

ミナミは目で挨拶をしてきた。いっとき本家で彼女を預かったことがある。いい子だ。養子にするなら本当はこの子がいい。だが、そんなことをしたら、この子はわたし以上に苦労する。

「あら。どうしてうちの食事がダメなのよ」

春妃が大沢に突っかかり、大沢が苦笑して手で胃のあたりを押さえた。

「忘れたのか。前に食事に呼ばれていって、毒キノコ食わされた。おかげでえらい目にあった」

「あれは偶然よ。亭主が研究用のものをキッチンの冷蔵庫に入れていたから、間違えただけ。季節の手料理をふるまってあげようと、善意で呼んだのに」

「ホントは人体実験だったんじゃないのか。金に困ってるからって、サクラ姉さんや俺たちに、保険なんかかけるんじゃないぞ」

春妃の夫は定年後、自宅で日夜怪しげな研究に没頭しているが、これが実を結んだという話は聞かない。最近、春妃は車を売り、これまでに縁のなかった相手から書道の仕事を引き受けたという噂があった。古い喪服を着ているのも、たんに新しいのを買う余裕がないからか。

「失礼ね。なんてこと言うのよ」

春妃は額に青筋を立てた。

「冗談だよ。本気で怒るのは痛いところを突かれたヤツだけだね」

「言っていいことと悪いことがあるわよ」

「三日も便所に居続けるような目にあわされたんだ、春妃に関するかぎり、言って悪いことなんかなんにもないね」

わたしはそっと二人から離れた。大沢と春妃の喧嘩には慣れっこだった。この二人が中学生の頃から裏でくっついたり離れたりの関係を続けていること、もちろんわたしは把握している。春妃の下の息子が、おそらく大沢の子だということも。

騒ぎをよそに、ミナミが近づいてきた。ちらっと健斗を見て小声で言った。

「アイツの件だけど、調べてみたらかなりの借金があったよ。ソシャゲでバカみたいに課金しまくってんだよ」

「なんだい、それは」

前にも説明されたような気はするが、なぜだかこの手のことがわからなくても、ボケの心配にはいたらない。相手がミナミだからよけいに安心して、知らないといえる。

「えーと、欲望は満たすけど、ギャンブルと違って金銭的リターンのないゲームに、大金をつぎ込み続けてるってこと」

頭の回転が速いミナミは要点を押さえてみせた。

「それは……どこが面白いのかわからないけど、いい状態じゃなさそうだ」

「うん、よくない。てかサイアク。堀之内健斗は死んだ母親の家に住んで、親の遺産を食いつぶして、ゲームにはまり込んでた。貯金がなくなって取り立て食らって、車売って家も売って、ネットカフェに寝泊まりして。底なし沼に首まで浸かってるみたいなもんだね、見たとこ本人、ゲームも課金もやめる気なさそうだし。サクラおばさんに一つ、忠告していい？」

「なんだい」

「アイツ、さっき下のレセプションで、大前六花の葬儀の喪主だけど香典の管理はどうなっているのかって聞いてた。式次第がすむまで、ここの金庫に保管してると聞いたが、確認させてもらえるかって。係員が、では担当者を呼びましょうって、若葉姉さんに連絡入れようとしたら、ごまかして逃げ出したけどさ。ひょっとしたら、集まった香典、丸ごと持って消えるつもりかもよ。そのためにわざわざ喪主になったんじゃない？」

いかにもありうる話だ。

近くで咳払いが聞こえた。北野兄が近づいて来た。ミナミにありがとうとささやくと、彼女はさっと離れていった。それを見送って、北野兄が言った。

「ミナミはサクラのお気に入りだな。しばらく一緒に暮らしてたから、情がうつったんだろ」

「なんて言い草だよ。ミナミは野良猫じゃないんだ」

顔を背けたが、北野兄は前に回り込んで来た。若い頃から外回りの仕事を続け、日頃、オレはベテランだ、ぽっと出の素人連中になど負けるか、生涯現役だと吠《ほ》えているだけあって、足の運びは衰えていない。

だが春妃同様、年をとってすっかり気が短くなったらしい。単刀直入に売り込みにかかった。

「本家の後継の話なんだがね。そろそろはっきりしちゃどうかな。でないと、サクラに一番近い親族で、遺産の相続人はあの六花の孫ってことになるだろう。それはよくない。すごくよくない」

北野兄の声はだんだん大きくなり、熱気を帯びてきた。

「そんなことになるくらいなら、例えば、サクラはお気に入りのミナミと、六花姉さんが住んでいたあのこぢんまりした家、あそこに引っ越して暮らしたらどうかな。引退するんだよ、ゆっくり落ち着いて余生を楽しむんだ。親の墓守と思ってさ」

その場の全員が、この会話に聞き耳を立てていた。堀之内健斗もだ。彼はイヤホンを一つ外し、目を合わせないようにしながら、こちらに注意を注いでいた。

「そりゃ、悪くないねえ」

受け流したつもりが、北野兄は真に受けた。

「そうだろ、悪くないだろ。サクラは女だてらに、本当は六花が継ぐはずだった親父さんの後を継いで、これまで一人で必死に本家を守ってきたんだ。立派だよ。もう楽したってバチは当たらない。あとの面倒は全部オレに任せるといい。財産管理も不動産管理も情報管理もさ。千倉の本家は並大抵の奴には務まらない。サクラにもわかってるだろ。なにも若いのに責任を負わせることないんだ。人生経験を積んだ仕事のできる男こそ、本家の後継にふさわしい。な、オレみたいな」

高幡やサスケたちの冷たい視線に気づかず、自己アピールに躍起《やっき》だった北野兄が、待合室の入口を見て、ひっ、と息を呑んだ。わたしは振り返った。でかい女がそこに立って、三白眼であたりをねめまわしていた。

4

待合室内の空気が重くなった。室内は静まり返り、堀之内健斗のイヤホンから漏れる音だけがマヌケに響き渡った。

動かなくなってしまった人たちをかき分け、父の杖をついて女に近づいた。時間稼ぎにゆっくりと歩きながら必死に考えた。この女の名前はなんだ。思い出せ、えーと、確か、さ、し……そうだ砂井。砂井三琴。辛夷ヶ丘署の警察官だ。

でろんと立っていた砂井は姿勢をあらため、軽く頭を下げた。喪服ではなく濃紺のスーツだが、手には数珠《じゅず》を下げている。玉石の粉を樹脂で固めた安物の数珠だが、お参りに来た印《しるし》には違いない。

「ご無沙汰しています、水上サクラさん。このたびは御愁傷様でございました」

「わざわざありがとうございます、刑事さん。砂井さん、でしたね」

「刑事じゃありませんよ。生活安全課の捜査員です」

「そうですか。それは失礼しました。なんですか、わたしのような一般人には、刑事さんと生活安全課の方の区別などつきませんで」

砂井は三白眼を光らせてニヤリとし、少しよろしいですか、と言った。

わたしと砂井は一緒に一階に降りた。姉の葬儀会場は葬儀を終えたときのまま、電気は消されていた。廊下の明かりに照らされて、姉の笑顔がぼんやりと浮かんで見えた。寄ってたかってあれだけアピールしたのだから、誰か一人くらいはついてくるかと思ったのに、誰もこなかった。

わたしは砂井と向き合った。

「お葬式はこちらの会館でなさったんですね。サクラさんのご自宅でかと思いました」

砂井は祭壇を無遠慮に眺め回しながら、言った。

「うちで？　なぜ？」

「水上家のご親族の葬儀はすべて本家で行なっていたと聞いたものですから。サクラさんがご本家を継がれたということは、ご自宅がご本家になるんですよね？」

「昔の住まいは農家で大きかったけど、刑事さんも、失礼、砂井さんも知っての通り、いまは建て直してごく普通の住宅だからね」

「敷地内に蔵が三つもある家を、普通の住宅とは呼びませんよ」

砂井は鼻を鳴らし、わたしはムッとした。

「とにかく、人を送るのは葬祭会館からというのが、現在の常識と思うけどね。昔の葬儀のことなんか、誰に聞いたのかねえ」

砂井はわたしの問いには答えず、祭壇に近寄った。数珠を指にかけ、手を合わせて目を閉じる。スーツは安物だが、七センチはあるヒールは高級品だ。大勢の男たちが、砂井に頭頂部を見下ろされてきたのだろう。

お参りが終わるのを待つ間、折りたたみ椅子に腰を下ろして考えた。

姉が襲われたのは、息をひきとる一年と十五日前、去年の十一月末日のことだった。

周囲に人家もない家に一人で暮らしていた姉を気づかって、わたしは時折、到来物や菜園の野菜などを届けていた。お昼どき、うちからの上り坂を、運動がてらリュックを背負い、杖をつきながらゆっくり歩いて登る。姉は人恋しかったのだろう、わたしの姿を見つけると、道と庭の境目までやってきて、嬉しそうに手を振ってくれた。

だがその日、姉の出迎えはなかった。わたしは庭木戸を通って中へ入り、背負ってきた野菜を縁側におろした。姉を呼びながら、靴を脱いで家に上がり、高い位置から庭を見下ろしたところで、頭から血を流して倒れている姉に気づいたのだ。

わたしはそのとき、姉が転んで頭を庭石にぶつけ、怪我をしたのだと思った。一一九に通報し、救急車に同乗して病院に行った。そして担当医から、姉は転んで頭をぶつけたのではなく、誰かに殴られたのだと知らされた。意識を取り戻せるかどうか、いまの段階ではわかりません。もう少し早く治療を始められていたら、治ると保証できたのですが、これでは……。

警察には医師が通報した。やってきた捜査員たちは、わたしがなぜ警察に連絡をしなかったのか、しきりとこだわった。最初にやってきた刑事課の二人組も。彼らが去ってから現れた、砂井とその相方、生活安全課の二人組もだ。

文句を言っているわけではない。疑うのが警察の仕事だ。ただ、残念だとは思う。見当はずれの藪《やぶ》に向かって吠えたところで、姉の頭を殴った犯人が捕まるはずもないからだ。

それでも仮に、姉が襲撃からあまり時をおかずに亡くなっていれば、警察も殺人事件として総力を挙げたのだろうが、長年、苦労してきたわりに姉は頑健だった。意識は戻らなくても死んだわけではないし、一発殴られていただけだったから、扱いは傷害事件になって、所轄の辛夷ヶ丘署だけが捜査した。場末でそもそも人手が少ないうえに、使えない人材の吹きだまりと言われている署だ。

実際、一年たっても事件はびくとも解決していない。

砂井が手を下ろしたので、わたしは頭を下げた。

「お参りくださいまして、ありがとうございます」

「いえ、犯人を逮捕できないまま、お姉様がお亡くなりになってしまわれたということで、われわれも忸怩《じくじ》たるものがあります」

砂井は棒読みに言った。忸怩たる、なんて意味をわかって使っているのだか。

「今日はその詫《わ》びに来たのかい。それとも、捜査になにか進展でも？　捜査が続いていたとは知らなかったけど」

嫌味だったわけではないが、砂井は表情を硬くした。

「刑事課の初動捜査は少々、その、杜撰《ずさん》だったようです。しかもその頃、辛夷ヶ丘で侵入盗被害が増えて忙しくなると、われわれ生安に事件を丸投げしたわけで。ご遺族にはいろいろと不満もおありと思います。犯人の特定に至っていないことも、お姉さんは殺されたも同然なのに、殺人罪ではなく傷害罪の扱いだということも」

わたしは手を振って言い訳をする砂井を黙らせた。罪状などどうでもいい。姉の頭を殴った犯人をぶち込んでくれさえすればいいのだ。

「一年前、あんたたち警察はわたしに、なぜ警察に通報しなかったのか聞くばっかりで、姉に敵がいたかどうか、家に現金は置いてあったのかどうか、そんなことはなに一つ尋ねようとしなかった。わたしがやったと思っていたんだろ。おたくの刑事さんたちは、この父の形見の杖までひったくった。杖から血液反応が出なくて残念だったね。出たら捜索令状が取れて、葬式にかこつけなくても、うちに入り込めたのに」

砂井はショックを受けたような顔つきになった。

「そんなこと、刑事課はともかく、われわれは思いつきもしませんでした。サクラさんはお祖母《ばあ》さん譲りのリウマチ持ちだそうですね。体を動かすことを厭《いと》わないから、普通のお年寄りよりもむしろ動けるが、頭蓋骨をかち割るほどの力はないと、主治医もはっきりおっしゃっていました。いや、惜しいことをしました。おっしゃるように捜索令状を取れたら、それでお宅の敷地内の蔵が見られた。きっと高価で珍しい、驚くようなものがたくさんあったでしょうに」

厚かましいにもほどがあるが、それだけに本気で言っているように聞こえ、わたしは黙った。砂井は続けた。

「われわれ生安課は、刑事課からお姉さんの事件の捜査を引き継いだわけではなく、いうならば犯罪被害者支援の一環として、サクラさんの様子をうかがっていただけなんです。その過程で事情を聞いたのが、犯人扱いされたと思われたのでしたら、申し訳ありませんでした。ですが、捜査の方にもちょっとした進展がありました。千倉中央公園の花壇に、間違って阿片罌粟が大量に植えられていた、という騒ぎをご存知ですか」

「そうだってね」

千倉も治安が悪くなったもんだ、とサスケが言って、笑いが起きていた。

「その経緯を調べるために、問題の造園業者をわれわれが聴取しました。親のやっていた植木屋を、他に仕事もないという理由で継いだ二代目です。植物の知識も仕事もいい加減で、経営は苦しかったようですね。ネットの写真だけ見て安い苗を大量に買い込んだ、麻薬が取れる花だとは知らなかった、そう供述しています。嘘じゃなさそうなんですが」

砂井は安物の数珠の房をいじりながら続けた。

「彼との雑談中、気になる話を聞けました。事件の起きた日の午前中、その業者は六花さんから、庭にリンゴの苗木を植えて欲しいと頼まれて届けに行った。ところが、道に軽トラックを停めたところで、六花さんの家から男女の激しい口論が聞こえてきた。男の方は金を返せ、でなきゃ殺してやる、と叫び、女は、そんな金は知らない、とわめき返していた。気まずくなって、車をリスタートさせ、時間をつぶして戻ったが、何度チャイムを押しても、大声で呼んでも六花さんの返答はなく、そのまま帰った、と。どう思います？」

「どう、とは」

「そういう喧嘩の相手に、心当たりがあるか、という意味です」

「ないね」

即答すると、砂井は小首をかしげた。そういう仕草をすると、この目つきの悪い刑事も女らしく見えた。

「そうですか？　聞いたところではその昔、六花さんは親の金庫から大金を持ち出して駆け落ちしたそうですね。なんでもその大金は、六花さんとサクラさんのお父様が預かっていたものだったとか」

「誰から聞いたんだい、そんな話」

「まあ、あれですね。どこの親戚にも、失敗続きで周囲に迷惑をかけどおす、口が軽くておっちょこちょいな人間が一人はいますよね」

ハトコの富士夫か。表情を変えまいとしたが、杖を握る手に力が入った。この刑事、意外に仕事熱心だ。わざわざ施設に出向いたのか。

「どういう種類のお金だったかまでは話してもらえませんでしたが、お父様と、六花さんの駆け落ち相手の仕事仲間だったご親戚が、その埋め合わせをなさったとか。しかもそのご親戚は、心労がたたったのか、その後すぐに病に倒れられた。となると、例えばそのご親戚の身内なら、六花さんに、金返せ、と言いたくなりはしませんか」

北野兄弟の顔が浮かんだ。今でも、特に兄の方は、言葉の端々に姉に対する不快感がにじみ出ている。言ってしまえば、姉は彼らにとって親の仇《かたき》だ、無理もない。とはいえ、

「姉が駆け落ちしたのは、もう半世紀も前の話だよ。金返せとわめけば返ってくると思うほど、そのご親戚の身内とやらも、のんきじゃなかろうよ」

「まあ、そうでしょうね。正常な精神状態なら」

砂井は数珠をいじりながら、さりげなく言った。

「でも、あれですね、人間年をとると、思い込みにとらわれてしまうこともあるようですね。認知機能に若干、問題が出てくるというか」

「姉を殴った犯人は、ボケ老人だったと？」

汗が噴き出て、杖を持つ手が滑った。砂井は肩をすくめた。

「気になるのはそれよりもむしろ、お金のことです。本当に、金返せとわめいても、お金は返ってこなかったんでしょうか。六花さんの家はずいぶん豪華ですよね。スイッチ一つでお湯が入る風呂、ヒートショックが起こらないようにするための暖房システム、シンクが二つに食洗機、なんとビールサーバーまで。キッチンのコンロがタッチパネルってのも初めて見ましたよ」

「姉が業者と相談して決めたんだ」

「ええ、で、その費用は？　最低でも二千万はかかったんじゃないですか。六花さんはパートに毛が生えたような仕事をして、お子さんを育てていた貧しいシングルマザーだった。駆け落ちの際、大金を持ち出して親に迷惑をかけたからと遺産相続も放棄した。なのに、どこからお金が？」

わたしが出したんだよ、そう叫びそうになった。金はわたしが出したんだ、それでいいじゃないか、余計なお世話だよ。

必死にこらえて頭を巡らせた。砂井はバカじゃない。建築費用の出所として、すぐに思いつくのはわたしだ。なのに、なぜか、それに気づかないふりをしている。

富士夫に会ったくらいだから、水上家に関係するいろんな書類にも目を通したはずだ。

なにか不備でも見つけたか。税金とか金銭の流れに問題でもあったのだろうか。ボケ老人を持ち出したのは、もしかして気づかぬうちに、わたしがなにかやらかしたからか……。

祭壇に目がいった。姉の遺影はすまして笑っていた。終活の一環として、姉が写真館で撮ってきた遺影だ。姉はこの写真を気に入っていた。ぼろきれのようになるまで働いて育てた一人息子に先立たれた女ではなく、お茶を運ぶだけで褒められる、優雅《ゆうが》で楽な人生を送った女のように見えるから。

優雅で楽な……。

「リンゴは落葉果樹の代表格だって知ってるかい、刑事さん」

わたしはぼんやりと言った。砂井はキョトンとした。

「は？」

「落葉果樹の苗は、主に毎年十一月から十二月に植えるんだ。春になって花が咲く。リンゴは桜と同じバラ科だ。風が吹くと、まるで桜吹雪のように花びらが散って庭を埋め尽くす。そして秋が深まると葉が落ちる。花びらも落ち葉も厄介だよね。掃いても掃いてもまだ散ってくる。姉はそういう樹はダメだって言った。これまでさんざん働いてきたんだから、庭の手入れは楽にすませたい、掃除に駆けつけてきてくれる人なんかいないんだから、と」

「おっしゃっている意味が、よくわかりませんが」

砂井はそう言って目をまたたいた。わたしは続けた。

「だから、その阿片罌粟の造園業者だよ。姉にリンゴの苗を植えてくれと頼まれて、届けに行ったというのは嘘だ。姉の名前は六花だよ。六つの花だ、いい加減な植木屋の二代目より、花には詳しい。姉が生まれたとき、父が花の咲く庭木を六種類植えさせたんだ。その中にはリンゴと同じバラ科で落葉果樹の梅の木もあった。花びら、落ち葉、場合によっては落果までが地面を汚す」

ハトコの富士夫が登らされて、降りられなくなった梅の木だ。

「姉なら絶対に、リンゴなんか選ばない」

「ですがそれが嘘だったとして、造園業者はなんだってお姉さんを？」

「さあ。ただ、辛夷ヶ丘で侵入盗の被害が増えたって言ったね。刑事課がそれで忙しくなって、姉の事件はあんたたちに丸投げされたって。てことは、侵入盗は一年以上前からだ。親戚の家の仏間のガラス窓が割られていたとも聞いた。その侵入盗は捕まったのかい」

砂井はしばらく黙ったまま、こめかみを掻いていた。話は、おそらく彼女が想定していたのとは全然違う方向に向かっている。

「造園業者が侵入盗で、お姉さんの家に盗みに入り、見つけられて騒がれてお姉さんを殴ったと？」

「苗木をぶら下げて、庭師のご入用はありませんかと言えば、怪しまれないとでも思ったんじゃないか。素人の考えそうなことだよ」

「ふーん。どうしてその侵入盗が素人だとわかるんです？」

「どうしてって、そりゃ」

素人でなければ、津田の伯父の家を荒らそうなんて考えるはずもない。姉が持ち出したのが津田の一党の金でなければ、なまじのことではびくともしなかった父や北野のオジが寿命を縮めることはなかった。津田の伯父はわたしには優しくて後ろ盾になってくれた恩人だが、一方でそれくらい恐れられていた。ナタを持って追いかけた、というのは戯言《ざれごと》ではないのだ。

とは警察に言えるはずもない。

「窓が割られてたと聞いたからね。プロなら窓は破るだろ、割るんじゃなくて」

我ながら苦しい口実だと思ったが、砂井はうなずいて、組んでいた腕をほどいた。思った通り彼女は優秀だ。引き際を心得ている。

「なるほど納得です。造園業者に再聴取してみましょう。さすがご本家としてご一族を束ねてらっしゃる方は違いますね」

「刑事さんに褒められると面映ゆいね。辛夷ヶ丘署は人材の吹きだまりと聞いていたけど、砂井さんみたいに優秀な人もいたんだね」

「優秀？　サクラさんに教えていただくまで、造園業者のことなど疑ってなかったのに？」

「優秀でなきゃそんな高級なヒール履けないだろ。三十万はするよね」

砂井の三白眼がちかっと光った。

「まさか、警察官の給料でそんな高い靴、買えませんよ」

「そうかい。それじゃ、よっぽど趣味がいいんだ。高く見えるもの。その数珠もステキだね」

わたしは喪服の袂から自分の数珠を取り出した。水晶とシルクの特注品で、房の根元には黒ダイヤをあしらってある。

「自分で手作りした数珠なんだけど飽きちゃってさ。あなたの数珠ととっかえっこしないかい、刑事さん」

砂井はしばらく黙っていたが、やがて、安っぽい数珠をこちらに差し出して、ニヤリとしながら言った。

「わたしは刑事じゃありませんよ。生活安全課の捜査員です。今後とも、そこのところをどうかお忘れなく」

5

砂井三琴が立ち去った後も、わたしはしばらく薄暗いままの葬儀会場の椅子に座っていた。頭をフル回転させ、全力で敵に立ち向かうのは久しぶりだった。全身にけだるい疲れが残っている。

本家を引退、ね……。

それができればいいのだが。あとのことを安心して任せられる人間がいれば。周りからやいのやいの言われなくても、自分の限界はわかっている。子どもの頃のことは鮮明に思い出せる。必死になれば刑事を言いくるめることもできる。でも、最近のことや若い世代については、記憶が曖昧だったり、聞いたことを忘れてしまう。今はまだ、姉の件がストレスになった一過性のものだとしても、いずれはその症状が進行してしまうかもしれない。やらねばならないことは、まだあるのに……。

ドアの軋《きし》む音がして、わたしは振り返った。半分閉まった葬儀会場のドアの前に堀之内健斗が立っていた。廊下の明かりが半ば遮《さえぎ》られ、会場内は薄暗くなった。

「あのさあ、大叔母さん」

音漏れのするイヤホンを外しながら、健斗は言った。

「集まった香典を俺に渡すように、あの女の担当者に言ってくれない？　親戚なんだろ。俺さ、喪主なんだよね。香典は喪主のものだろ」

「心配しなくても、香典の残りはちゃんと健斗に渡すように言ってあるよ。残ればの話だけど」

健斗は苛立《いらだ》ったように髪をバリバリ掻いた。ふけが周囲に舞った。

「残ればってなんだよ」

「だから、葬儀費用や香典返しのお金を引いた残りだよ。たぶん足が出るだろうけどね。そのぶんはわたしが払っとくから、健斗は心配しなくていい。それとも喪主として、費用はあんたが払うかい？」

「冗談じゃねえよ。葬儀費用とかそんなの知ったことかよ。香典は丸ごと寄こせよ。それと、ばあちゃんの遺産は俺のだよね。いくらある？」

「そんなもの、入院費用でとっくに消えたよ」

「ほんとかよ。弁護士雇って調べっぞ」

凄んでいるつもりらしい。鼻で笑ってやった。

「好きなだけ調べたらいいさ。弁護士費用が無駄になるだけだと思うがね」

健斗の顔が歪み、黙った。が、次の瞬間、気持ちの悪い笑顔になった。

「なあ、さっき親戚のおっさんが言ってたけど、俺って大叔母さんの遺産の相続人なんだって？　大叔母さんって金持ちらしいじゃん。だけど本当は、本家を継ぐのは俺のばあちゃんだったんだって？　だったらさ、大叔母さんのもんは俺のもんだよな。そうだろ？」

返事をするのも大儀だった。六花の孫は、ミナミが予想した通りの行動をとっている。このままいくと……。

「違うね。姉さんは相続を放棄したんだ。そもそも本家の財産はわたし個人のものじゃない。一族全体のために使われるものなんだ。わたしはただの管理人だよ」

「へえ、だったら俺のためにも使ってよ」

健斗はへらへらと言った。非常灯の明かりを受けて、前歯が緑色に光った。

「俺だって親族だろ。いいじゃん、大叔母さんが死んだら遺産は俺のとこに来るんだし。他に山ほど親戚がいるったって、血筋で一番近いのは俺なんだろ？　どうせ俺の金なんだから、ケチケチしないで先に寄こそうよ」

わたしが黙って取り合わずにいると、健斗は大きくため息をついた。

「なんでババアってこうなのかな。がめつくて、握った金は離さない。俺はさ、自分が相続人だって聞いてすぐ、じゃんじゃん課金して日本経済に貢献したよ。なのに大叔母さんも、ばあちゃんもさ。ばあちゃん昔、俺のじいちゃんと一緒に大金を持ち逃げしたんだって？」

姉が孫の話をしようとしなかったはずだ、とわたしは思った。孫に会えて、嬉しくて、思い出話をするうちに、姉もつい口を滑らせたのだろう。だが、その孫は……こんなだった。こんな男に他言してはいけない話を、姉はうっかり漏らした、そのことは、わたしにも知られたくなかったのだろう。

「うちの母親が言ってたけど、俺の親父のムサシって、子どもの頃からすっげえ貧乏だったんだってね。本当は金があったのにさ。親は子どものために金を使うべきだろ。だからその大金、ほんとは親父ので、今は俺のだよね。だから言ってやったんだ。金返せ、でなきゃ殺してやる、って。ばあちゃんときたら、そんな金は知らないってヒステリー起こしてた。下手な嘘だよな」

……ちょっと待て。

わたしは健斗の顔をまじまじと見た。痩せて年寄りじみた体に乗った、むくんだ大きな顔。

「造園業者が姉さんの家で聞いたっていう男女の喧嘩って、まさか」

「あ、それたぶん俺」

健斗はスマホに気を取られ始めたが、わたしが黙りこくっているのに気づいて顔を上げた。

「なんだよ。ばあちゃん殴ったのは俺じゃないぜ。あのときはさ、ばあちゃんすぐに金出してきそうもなかったし、あんないい家に暮らしてるんなら同居させてもらおうと思って、喧嘩の後、辛夷ヶ丘駅まで荷物をとりに行ったんだよ。二年前、大金持ち逃げの話をしたあと、ばあちゃんいきなりいなくなってさ。あの家を見つけるの、苦労したんだよね。なのに戻ってみたら、庭で植木屋みたいなやつに頭ぶん殴られてるとこだった」

やっぱりわたしは、ボケてしまったのかもしれない。健斗がなにを言っているのかわからない、理解できない……。

「ほんと使えなかったよ、あのばあちゃん」

健斗は袖で鼻をこすった。

「いくらなんだって、あれじゃその場にいられないもんな。バッテリーの充電すらできなかった。結局、荷物抱えてネットカフェに逆戻りだ。おまけにさっさと死んでくれてれば、もっと早く金になったのに一年ももちやがって。今日まで俺がどんだけ苦労したと思ってんだ」

「健斗あんた、姉さんが襲われて、大怪我をして倒れているのを知っていて、そのまま放って逃げた……」

庭に倒れた姉を見つけた時の衝撃を思い出した。頭に靄《もや》が降りるようになったのはあれからだ。あのときの医者の言葉も思い出した。お姉さんが意識を取り戻せるかどうか、いまの段階ではわかりません。もう少し早く治療を始められていたら、治ると保証できたのですが、これでは……。

「だから、俺がやったんじゃないって。殴ったのはあの植木屋。焦ったみたいで、家の中を荒らしもしないでそのまま逃げてった。ばあちゃんの財産はいずれ全部俺に来るんだからいいか、と思ったのに一年も。な、早く金くれよ。俺が相続人だってことはさあ」

「あんたを相続人にする気はない」

わたしは杖を握りしめた。

「遺言状を書いてあんたを相続から外す。姉妹の孫であるあんたに遺留分の請求はできない。残念だったね。姉妹の孫なんて赤の他人も同然だ。あんたを食べさせる義務はわたしにも他の親族にもない。お骨を拾い終わったら、さっさと千倉から出て行くんだね」

健斗の笑みが一瞬消えたが、再び戻ってきた。もったいぶって腕を組み、わたしを見下ろした。

「俺を追い出せると思ってんの、大叔母さん」

「警告したよ、堀之内健斗。あんたは親族じゃない。遺産はあきらめて立ち去るんだ」

「あーあ、偉そうに」

手近の椅子を蹴飛ばし、こちらに向かって前のめりに歩いてきながら健斗は言った。

「じゃあさ、遺言状書く前に死んでよ、大叔母さん」

「やめなさい。警告しただろ。いますぐ出て行きなさい」

「俺に命令すんな、ババア。死ねよ」

健斗の伸ばした指が顔のすぐそばまで近づいてくるのを、わたしはじっくりと待った。ボケかけた年寄りにも待つことはできる。

そしてすばやく杖を持ち直し、健斗の喉を強く突いた。

6

ケータイで若葉を呼び出し、高幡の従兄たちを葬儀会場へ連れてくるように言った。彼らが来るのを待つ間、仰向けに倒れて動けずにいる健斗の顔を見下ろせる位置に椅子を移動して、座った。

喉に手を当てて、健斗は苦しそうに、かっ、かっ、と息をしていた。もう声は出せないはずだ。年をとっても、記憶が曖昧でも、父から受け継いだこの杖の使い方だけは身に染みついている。頭をかち割るのは無理でも、喉仏は潰せる。

「一つ、教えてあげようね」

わたしは健斗に言った。

「姉さんが駆け落ちするときに持ち出したのは、父が預かっていた津田の伯父の金でね。伯父貴が脅迫した大企業から受け取ったという曰く付きだった。その大企業が警察に通報したかどうか、札の番号を控えたかどうか、見極めるまで金は使えない。だから秘匿《ひとく》してた。考えてもごらんよ」

耳障《みみざわ》りな音がすると思ったら、健斗の足の近くにスマホが落ちていた。相変わらずイヤホンから音漏れしている。

「もし、姉と大前明がその金を使ってしまってだよ、札の番号から身元を突き止められたとする。姉はともかくケツの穴の小さい大前は、知るかぎりのことをなんでもしゃべってしまうだろう。そんなことになったら大変だ。津田の伯父貴は怖い人でね。本家の父だって潰しかねない。こんな、ふうにね」

わたしは立ち上がり、杖を持ち上げて、力一杯スマホを突いた。何度も何度も。やがてパネルにヒビが入り、画面が乱れだし、真っ暗になった。忌々しい音漏れも消えた。

「これでよし。どこまで話したっけ。ああ、そうそう。姉は事情を知って、青くなって金を返そうとした。津田の伯父がどれだけ怖い人か姉もよく知っていたからね。でも、健斗、あんたの祖父《じい》さんの大前明にはわかってなかった。あの男、あんたとよく似てるよ。自分を過信して、相手を馬鹿にして。どれほどの力を持つどんな相手か調べもせずに、なめてかかって」

姉に返せと言われた大金を持って一人で逃げようとした。それがどんなに無謀な行為か、ナタで顔を割られるまで、大前は気づきもしなかった。

「わかったかい。あんたが姉さんに返せと言った大金は、とっくの昔に姉さんの手元になかった。姉さんは嘘なんかついていなかったんだよ」

姉はその大金のせいで大前明を失った。次は自分がやられるかも、それとも息子かも。その恐怖は呪いのように姉につきまとった。

「子どもの父親を殺されて、姉さんは両親を恨みもした。父も当然、大前明の、その、処分に関わらざるを得なかったから。落とし前ってヤツだ。人間、やったことの責任は負わないとならないんだよ。健斗、あんたもね」

かっ、かっ、と喉を鳴らしながら、健斗はわたしを見た。さっきまでの生意気さはみじんも感じられない。非常灯を受けて緑色に光る、怯えた目。

「姉さんも人生のほとんどを費やして、若気の至りの落とし前をつけた。千倉に戻らず、両親にも会おうとしなかったのは、恨んでいたせいもあるけど、自分が顔を出さない方が、親やわたしのためだと思ったからさ。めだたない貧乏な暮らしに甘んじたのは息子を守るためだった。二年前、津田の伯父が死んだ。それを聞いてようやく、姉さんは故郷に帰ってこられたのさ」

わたしはゆっくりと腰を下ろした。健斗に大金について口を滑らせたことも、ここへ逃げてきた理由だろうが。健斗はさっきのような調子で姉に金を要求したに違いない。

健斗に金の話をしなければ、健斗がまだ姉の手元に大金があると思い込んだりしなければ、金をよこせと姉に詰め寄ったりしなければ。

造園業者はきっと、二人の口論を聞いて欲をかいたのだ。それで侵入盗から強盗に転じた。その大金とやらを出せ、と。出せるはずもない姉は逃げ、強盗は姉の頭に何かを振り下ろし……。

わたしは目を閉じた。完成した家を案内している姉の幸せそうな顔を思い出す。あれは、千倉に戻ってこられたという喜びだけではなかった。

子どもの頃の葬式と一緒だ。なにかあれば、一族が集まって助け合う。個人的な行き違いや思惑や対立があっても棚上げにして。姉の家についてもそうだ。

長らく千倉を離れていた本家の娘が帰ってくる。家を直したがっている。

その報せを聞いて、まず千倉の男たちがやってきた。

北野兄は外回りのかたわら、資材を持ち出しやすい場所に放置している建築業者や、おしゃれな最新のシステムキッチンを入れたばかりの住宅展示場を探し出し、安全な攻略法を考えた。高幡の従兄が自分の自動車工場から、ナンバーを変えてベトナムに送り出すばかりのトラックや重機その他を用意し、大沢が操縦を担当することになった。おかげで、一夜にして、軽く家一軒建てられるだけの建築資材が集まった。あとは、建築士であるサスケや大工、電気関係の仕事をしている親族や、表看板が配管工という親族、春妃の息子の南平が手伝ってくれた。

わたしは再建築を許可する書類を用意した。銀行や役場の関係者による印鑑やサインは、書道家の春妃が見事に仕上げてくれた。ミナミは男たちの資材の持ち出しを楽にするべく、警備システムにも介入し、建築許可の書類等を市役所のパソコンに紛れ込ませた。

そして姉の家は出来上がった。もちろん、タダというわけにはいかなかったが、砂井刑事が見込んだほどの費用はかかっていない。二千万だなんてとんでもない。リウマチになってなお、わたしの作る美術品は、国宝や重要文化財とすり替えてもめったに見破られないと評判だ。それらを数点処分したお金で、みんなが満足するだけのお酒代とお車代はまかなえた……。

ドアが軋む音がして、大勢がこちらに向かって歩いてきた。仰向けのまま動けず、喉を押さえて、かっ、かっ、と息をする健斗の目が、それに気づいて見開かれた。

北野兄がいち早くやってきて、倒れた健斗をつくづくと見下ろした。高幡の従兄やサスケ、春妃、大沢にミナミ、若葉その他、千倉の親族たち……。

事情を説明した。誰か、なにか言うかと思ったが、誰もなにも言わなかった。そのうち高幡の従兄が沈黙を破った。

「やっぱりな。大前明に似てるってオレも思ったんだよ。あいつも頭悪かったもんな。さっさと金返して津田の伯父貴に詫びを入れろとあれだけ言ってやったのに、六花を自分に取られて嫉妬してるんだとかなんとか、見当違いなことと並べやがって」

「伯父貴ったら、あとは頼む、って前のご本家とうちの親父に押し付けたんだよな」

北野兄が首を振った。春妃が電子タバコをくわえて言った。

「だから、前の前のご本家は先見の明があったのよ。いずれきっと役に立つって、一族の使い勝手のいい火葬場を地区の真ん中に作ったんだから」

「サクラさんだって先見の明がおありですよ。最新式のボイラーを入れさせたんですから。あれなら、灰も残らないほど火力が出ます」

若葉が言い、サスケが笑った。

「それなら、裏の田んぼに灰を捨てなくてもすみそうだ。栄養がいいんだか、一時期、品質の良いコメがめちゃくちゃ取れたもんな。千倉の人間は誰も食べたがらないから、産地偽装のシールを貼って、都内のスーパーにおろしたけど」

「サクラさん、いったいなにを狙ってボイラーを新しくしたんです？」

「姉さんのね、頭を殴った犯人をさ」

不意に、胸が詰まった。呼吸器につながれたまま、いっこうに目覚める気配のない姉、施設で身内にも看取られず、一人ぼっちで死んでいった父、倒れて寝たきりになり、最後にはわたしの顔もわからなくなった母、子どもの頃の楽しかったお葬式、和尚の読経、女たちの手作りの煮物、庭に降り注ぐ花びら、寂れていく一族、それでも細々と、着実に、受け継がれていくだろう千倉の誇り……。

落ち着きなさい、サクラ。

わたしは自分に言い聞かせた。あんたは大丈夫。泣いたりしない。あんたは本家だ。本家として、このものたちを束ねる義務がある。

「まあ、とにかく犯人は逮捕されることだろうよ」

わたしは咳払いをした。北野兄がつぶやいた。

「逮捕されればいずれ、施設に入る」

刑事施設、拘置所に。

「富士夫がいるしな。他にも何人か親族が結審を待ってるとこさ。ボイラーの方がマシだったと思うかもしれないな、六花姉さんをやった犯人もさ。よかったな喪主様。あんたはボイラーの方で」

男たちは健斗を取り囲み、見下ろして、口々に、大切なスマホも一緒に送ってやるよ、すぐすむさ、と声をかけた。やがて、高幡の従兄がわたしを見て言った。

「それじゃご本家、後はやっとくから」

「よろしく頼むよ」

わたしは杖をつき、ゆっくりと歩き出した。部屋を出るとき、姉の孫がいま感じているだろう恐怖がかすかに臭ったような気がした。だが、かわいそうだとは思わなかった。警告に従わなかったのが悪いのだ。倒れた姉に気づいて、すぐに救急車を呼ばなかったのが悪いのだ。おかげでわたしは一年以上も姉の帰りを待って、待って、待ち続けた。肝心な時に立ち会えず、父と同じように姉が一人ぼっちで死んだらどうしようと恐れ続けた。それで……。

ほんの一瞬、姉と呼吸器と、呼吸器を外して姉の口元を押さえる、シミだらけで骨ばって血管の浮き出た自分の手が見えたように思ったが、その映像は頭の靄の中に消えていった。

わたしは女たちを従えて、葬儀会場を後にした。

殺人鬼がもう一人

1

「いいのよ、すべてそちらにお任せするわ」

電話の向こうで、クライアントは優雅に言った。

「別荘のキッチンは好きに使ってくださってかまわないわ。庭にはバーベキュー用のかまどもあるのよ。ピザを焼くために主人が手作りした石窯《いしがま》もね。好きなのよね、うちの主人、アウトドアとか手作りとか。日頃は縦のものを横にもしないのに、休日になると急に張り切るタイプなの。関取に間違われるほど体が大きいから大食漢で、肉を何キロも買って、ほとんど一人で食べちゃうのよ」

「なるほど、他にうかがっておくことは？」

わたしはヘッドセットの位置を調節して、メモを見直した。クライアントは喉を鳴らして笑った。

「包丁はすべて主人の名前入りの特注品なの。もちろん使ってくださってかまわないけど、持って帰ったりしないように気をつけてね。あの別荘においてあるものはほとんどすべて、主人と主人の母のものなのよ。リビングのガラスケースに入っている高価なブランデーは、主人のコレクションなの。それにグラス類。姑がヨーロッパ各地で買い集めたんですって。前に雑誌でインタビューを受けたとき、一つ一つに思い出と物語があるって答えてたわ。割れたりしたら、心臓が弱い姑は大変なショックを受けるわね」

「承りました」

「警報解除の暗証番号はメールした通りよ。主人ったらときどき、変更するの。一度、パリから帰ってまっすぐに訪ねていったのだけど、鍵を開けようとしたら、番号が違っていて大騒ぎになったのよ。でもあの人、暗証番号を自分の机の上のカレンダーに書き込んでおく癖があるの。全部そこに書いてある。クレジットカードから貸し金庫、スマホもパソコンもネットショッピングやセキュリティーとかとにかく全部。だから、すぐわかるってわけ。うちに泥棒が入ったりしたら、終わりだわね」

わたしは慎ましく沈黙を保った。クライアントは気にせずに続けた。自分の声の響きに酔っているらしい。確かに、きれいな声だ。やや低めでピッチも安定しており、聴くものを落ち着かせる。わたしが対応する電話の相手は、たいていみんな興奮し、声も高くうわずっていることが多いのだが。

「それに、意外と鍵をかけ忘れることも多いのよ。大雑把《おおざっぱ》なの。そこも気をつけてね。開けるつもりでかえって鍵かけちゃうなんて、イヤでしょ」

「はい。気をつけます」

「一昨日、定期の約束で頼んでいるお掃除会社が入って、隅々まで掃除しましたって報告があったわ。地元の小さなホームクリーニングで、雇われているのも高齢者が多いんだけど、そのせいか手を抜くってことを知らないの。きっと全部が清潔でピカピカよ。その点は安心してね」

「はい」

クライアントは大きく息をつき、そろそろ支度をしないと、とつぶやいた。

「では今日の二時から六時、時間厳守でよろしく。お金は約束通り〈倉澤《くらさわ》ケータリング・メディエイター〉宛に支払いましたから」

わたしはタブレット端末をのぞき込んでうなずいた。まれに支払いをすっぽかしたり、後払いを主張して踏み倒そうとする客もいる。取り立てはわたしの仕事ではない。仲介業者にすべて任せているのだが、気持ちよく支払ってもらったほうがこちらとしても気持ちよく働ける。

「入金を確認いたしました。これで正式なご契約となります」

「ああ、楽しみだわ。十三回目の結婚記念日のスペシャルなパーティー」

クライアントは嬉しそうに声をあげた。

「きっと主人ったらびっくりするわね。あの人の人生最大のサプライズになるんだわ」

「そのように努力いたします。では」

通話を終えてヘッドセットを外した。これをつけるのは嫌いだ。他人の声が直接、脳髄《のうずい》に流れ込んでくるようで、心地が悪い。

電話やタブレットの類をケースにしまっていると、誠治《せいじ》が耳元で言った。

「ずいぶんうるさがたの依頼人だね。電話、終わらないかと思ったよ」

「しかたがないよ。ハイクラスの奥様だもの。使用人に細々と指示を出し、見張っておくのが自分の役目だと思ってるんだから」

そもそも「お任せするわ」と言うクライアントほど、実は注文が多い。わたしはこの五年間に担当したクライアントを思い返してみた。感じのいい客もいたし、不愉快なのもいた。こっちの提案を一切受け入れない傲岸不遜もいれば、注文をつけることすら怖がっているような小心者もいる。人間って不思議だ。

「でもまあ、久しぶりの大仕事だもの。それに、細部に関しては丸投げだから、こっちの好きにできる。そう悪い仕事でもないよ」

「だけど、大変そうだね。ちゃんとやれるの？」

あらためて聞かれると、迷いが出た。やり遂げられるんだろうか。でも、やるしかない。仕事なんだから。フリーランスなのだし、失敗したら次はない。貯金残高を思い浮かべ、わたしは自分を鼓舞した。来た依頼はとにかく全部引き受けて、完璧にこなして名をあげよう。そうすれば、もっと多くの依頼が来るし、料金も値上げできる。

「考えすぎると、ライブはうまくいかないもんよ。準備だけは万全にして、ごちゃごちゃ考えず、細かく決め込みすぎずに、本番では臨機応変に対応する。そうすればきっと、うまくいく」

わたしは言った。誠治はふん、と鼻を鳴らした。

「こっちの空腹はどうしてくれるんだよ。石窯のピザとかバーベキューとか言うからよだれが出てきちまったじゃないか。前に姉ちゃんが焼いたあの薄焼きピザ、蕗味噌《ふきみそ》を薄く塗って、チーズたっぷりにシラス、細く切った海苔《のり》のやつ。あれ、うまかったなあ」

「アンタってホント、和食好きだよね」

エンジンをかけながら、わたしは言った。クライアントからの電話は走行中にかかってきた。ヘッドセットで受けられたとはいえ、交通安全のために路肩に停めたのだが、辛夷ヶ丘警察署のすぐ前だったのだ。さっきから立ち番の警察官がこちらを見ていた。怪しまれることなどないはずだとわかっていても、見られて嬉しい相手ではない。刺股《さすまた》を握った三白眼の大女とくればなおさらだ。

辛夷ヶ丘のお役所通りは六車線もあって、午前中は特に交通量も少ない。あんなにならなくてもいいではないかと思いながら車を出した。近くのホームセンターで買い物をし、誠治がしきりと空腹を訴えるのに根負けして、昼食のため工場に戻った。

仕込んでおいたパン種がいい具合に膨らんでいた。塊肉を自分でミンチにして作った自家製のソーセージを解凍し、こんがりと炙《あぶ》っておいたものをパン種で包んだ。小さめのチーズのデニッシュと、塩豚とアスパラガスのデニッシュも焼いて、味見かたがたお昼にした。それで、ようやく誠治が黙った。

口やかましい弟だが、今回はありがたいと思うことにした。大仕事の前には食欲が起こらず、食事を抜いてしまいがちだが、後でエネルギー不足になる。仕事中に空腹で動けなくなったりしたら、いい恥さらしだ。

すでにほとんどの準備は終わっていたので、少しの間、横になって休んだ。時間になったので着替えをした。髪は一本も落ちないよう、何度も梳《と》かしてすっぽりとハットに包む。チャイナカラーの白衣を着て、スカーフをして、その上から撥水《はっすい》加工の白の帆布《はんぷ》のエプロン。ゴム手袋と白い長靴、マスクにゴーグルその他の商売道具を入れたトートバッグ、それ以外にも必要なものをすべてバンに詰め込んだ。

OK。レッツ・パーリー。

クライアントの別荘には二時過ぎに着いた。彼女の言った通り、ご主人は相当に大雑把だった。高級車は砂利《じやり》を敷いた庭先に斜めに突っ込まれ、鍵は開けっ放し、警備システムもすべて解除されていた。

中に入った。広々とした玄関ホールに靴が脱ぎ捨てられていた。高価だが、形がすっかり崩れてしまった男物の靴と、華奢《きやしや》なヒール。その先にはバッグ、恐ろしく大きなジャケット、コート、スカート、パンツ、スマホ、ネクタイ、キャミソールが点々と散らばりながら奥へ消えていた。

おいおい。

あからさまというか、わかりやすいというか。さすが、注文の多いクライアントもここまでは予測していなかっただろう。

香水と男物のコロン、それに獣じみた体臭の混ざり合った匂いが鼻をついた。吐きそうになって、マスクその他を取り出した。急いで装着し、半開きのドアの内側をそっとのぞき込んだ。

クライアントから教えられていた通り、玄関ホールの先にはスペースがあって、左側はキッチン、右側はリビングだった。キッチンもリビングも白大理石の床で、家具類もほぼ白一色と眩《まぶ》しいくらいの空間になっている。姑の大切なグラス類とブランデーのコレクション、リビングルームのテーブルの一枚板が、その白い空間に美しい差し色となっていた。

庭へ通じるキッチンの窓の向こうに、段差のないオープンテラスがあった。クライアントの言っていた石窯もバーベキューセットもここに設置されていた。巨漢だというご主人の背丈に合わせたのか、ずいぶん高い位置にある。わたしには少々使いにくそうだ。

　奥にはもう一つドアがあった。開けっ放しで、その入口付近に下着類が散らばっている。クライアントはその奥の部屋を居間と呼んでいた。薄暗い間接照明、奥に暖炉、数枚のペルシャ絨毯、革表紙の洋書が詰まった低い本棚。ハリー・ポッターの映画に出てきそうな、知的で重厚感のある部屋だった。だが、入口に背を向けたバカでかい革のソファがうめき声をお供に軋みながら揺れていて、これが舞台装置をすべて台無しにしていた。

　本番は決め込みすぎずに臨機応変に。とはいえ、こんなの想像もしていなかったぞと笑いを嚙み殺しながら、あれこれ確認した。昼下がりの情事を誰にも見られたくなかったらしく、防犯用のカメラはすべて切ってある。落ちていた靴下を拾い、外に出た。戻ってキッチンを見てまわり、リビングも一通り調べた。それから再び居間の入口に戻り、そこで数分待った。

　やがて、ソファの背中の部分から、ひょっこりと男の頭が現れた。波間からセイウチが反り返って出たようだった。百キロ以上はありそうなセイウチの喉の奥からなんともいえない不思議な雄叫びが漏れた。

　近寄って、表の砂利を詰めた本人の靴下で首筋を一撃した。雄叫びが途切れ、セイウチはソファに前のめりに気絶した。同時に、ぐううっという声がした。近寄ってのぞき込んだ。ご主人はソファの座面いっぱいに前のめりに伸びていた。巨体に覆いかぶさられた女の方は、わずかにいることがわかる程度にしか見えない。女の右手だけが巨体の外へ出て、必死にもがいていた。

少し考えた。このまま放っておけば、下敷きになった女は愛人の重みで呼吸できずに死ぬ。セイウチの脇の下に筋弛緩《しかん》剤でも打っておけば、本人の息も止まるだろう。首都東京の死因究明制度は国内で一番マシだが、それも二十三区内だけの話だ。都下で辛夷ヶ丘ほど奥まると、話は違ってくる。ドラマに出てくるような熱心な警察医や検視官はいない。警察の解剖予算は少ない。死因は心不全で終わる。クライアントが夫の死をうやむやにゴマかそうとしても、誰にも責められない。裏切られた妻として、ごく自然なことではないか。

危険な愛の腹上死。で、状況終了。

すばらしい完全犯罪だ。でもそれでは、クライアントの要望に応えたことにならない。

女が死に物狂いでもがき、それでもセイウチがビクともしないことを確認して、道具を探しに行った。リビングのテーブルの天板がちょうどよかった。恐らくはケヤキの一枚板で、分厚い。

用意してきた道具の中から、重い家具を楽々動かせるとテレビ通販で宣伝していた台車とテコ用のハンドルを取り出した。脚を外した天板を台車に載せて、居間まで戻り、ソファの反対側に設置した。

もう女はもがいていなかった。声もしなかった。念のためさらに十五分待って、ソファの背側からセイウチの腹の部分にテコ用のハンドルを入れた。ソファの背とハンドルを使い、精一杯ハンドルを押して、セイウチをソファの下の天板に落とすことに成功した。

重しのなくなった女の体が露《あら》わになった。長いキャリアを持つわたしですらたじろいだほどの、ものすごい形相だった。生前は美しかったに違いないが、全身が紫色に変色し、舌が飛び出し、目が充血している。全身の圧迫だけではなく、セイウチの腕が首にのしかかったことで窒息したのだろう。首が変形していた。

セイウチの体をキッチンまで運んだ。クライアントの要望でも、さすがに石窯まで運ぶのは無理と判断して、流しと作業台の間の狭い床に詰め込むように転がした。名前入りの包丁セットを使って、動脈を傷つけないよう、だが十分に血が失われるよう、気をつけながら急いで刺した。

痛みに意識を取り戻したところで、ブランデーをかけて火をつけた。

2

ジムで一汗かいて、部屋に戻った。

高円寺《こうえんじ》駅から徒歩十分のところにある、築四十五年の1LDKのマンションだ。母の死後に祖母名義で取得した。

隣の建物が近く、ベランダからとびうつることもできるし、時間にもよるがタクシーも拾いやすい。青梅街道から一本入ると、監視カメラの数も少なくなる。古く、水回りにカビが生えやすく、音楽愛好家であることをアピールしたがるご近所さんもいるが、ガマンできる範囲だ。ベランダから見下ろす眺めには、不思議と心安らぐ。おまけにこの街には演劇関係者や旅人くずれといった個性的な人々がひしめいている。誰もわたしになど目もくれない。

水分を補給しながら、テレビをつけた。ワイドショーをやっていた。司会者もコメンテイターも深刻な顔をしている。どんな大惨事が起こったのかと思ったら、話題はスポーツ選手のセクハラ問題に絡んだ訴訟についてだった。今はこういうのがトレンドらしい。

辛夷ヶ丘のセレブの別荘における二重殺人は、その現場の不可解さからミステリーだ謎だと騒がれたが、それもほんのいっときで終わった。警視庁と辛夷ヶ丘警察署の捜査は難航しているし、派手な事件は毎日のように起こっている。二ヶ月たって捜査本部は縮小された。マスコミはおろかネットの書き込みですら、あの事件の話はほとんど見られない。

留守の間の着信を調べようと、ケースを開けた。クライアント一人につきケータイは一台。セイウチのクライアントに使ったものは中身を完全に消去して都庁に持っていき、オリンピックのメダル用に寄付をした。人はできる範囲で社会に貢献するべきだ。

着信は一件、〈倉澤ケータリング・メディエイター〉用のケータイに入っていた。すぐに折り返した。秘書が出た。名前も顔も知らないが女性で、いい仕事を回してくれるときも、クレームをつけるときも、同じように明るくハキハキとしゃべる。頭の回転は速く、仕事を取ることにかけては凄腕だ。ことによると、秘書というのは名ばかりで、彼女がすべてを仕切っているのではないかと感じることがある。もちろん、口には出さないが。

「折り返しのお電話ありがとうございます、ローズマリーさん」

秘書はハキハキと言った。一度、その呼び名はやめないかと頼んだことがあるが、だったらミートボールさんはどうかと言われ、要望は引っ込めた。仲介業者に求めるのは、いい仕事を回してくれること、情報を的確に寄越すこと、遅滞なく支払いをしてくれることであって、ネーミングセンスではない。

「辛夷ヶ丘の件は見事でしたね。うちうちでも評判になっています」

思わず顔がほころんだ。この仕事、褒められることはめったにないのだ。

と思ったのに、秘書は容赦なく先を続けた。

「ただし、中にはやりすぎたんじゃないか、という意見もあります。あれでは警察も怨恨《えんこん》としか考えようがないし、捜査は当分続くでしょう。あなたがあそこまでやるとは思っていませんでしたよ」

そう言われるだろうとは思っていた。セイウチをわざわざ苦しませてからトドメを刺した。高価なグラスを持ち去らずに割った。どう見たって物取りではないし、女子大の同窓会で完璧なアリバイを作った妻も、しばらくは疑われ続けるだろう。どんな凡庸な捜査員でも「殺し屋を雇った」くらいは思いつく。

息子の死体は、踏みにじられたグラスとともに姑が見つけた。心臓が弱いお年寄りにはひどすぎるショックだっただろう。だが、他人に苦しめられたくなければ、他人を苦しめるべきではない。嫁とその実家の財産で名家の体面を保っておきながら、彼らをゲスな成り上がりとバカにした。頭の悪い息子が詐欺まがいの投資に引っかかって財産の多くを失ったのは嫁のせいだと周囲を言いくるめ、嫁を悪女に仕立て上げた。そして嫁に、息子を受取人にした生命保険をかけた。以後、嫁はたびたび謎の胃痛に悩まされている。

そもそも、息子とその愛人が逢引《あいび》きをする別荘に後から落ち合って、三人でディナーを取るつもりだったなんて、それも息子夫婦の十三回目の結婚記念日にだ。嫁の堪忍袋の緒《お》が切れてもしかたあるまい。

「でも、あの凄《すさ》まじい破壊行為のおかげで、クライアントが姑から解放されたわけですしね」

わたしの苛立ちを感じとったのか、秘書は慌てて言葉を継いだ。

「お姑さん、いまじゃ寝たきりだそうですよ。傷心の奥様は、来年にはお子さんを連れて日本を離れ、カナダでお暮らしになるつもりだとか。ひょっとしたら出発までにさらなるパーティーをお願いするかもしれない、そのときはぜひまたローズマリーさんに、とのことでした」

やっぱり仕事の醍醐味《だいごみ》は感謝されることだよな、とわたしは思った。クライアントの最大の望み——夫に人生最大のサプライズを届けること——を、果たせたのだ。苦労の甲斐があったというものだ。

「でもそれは先の話で、実は急ぎの仕事があります。今回は上客です」

秘書は自慢げに言った。わたしは飛びつきそうになるのをこらえた。

この二ヶ月間に、仕事自体は二件あった。暴力亭主は薬物の過剰摂取でカタがついたし、妹を虐待していた中学生は台風で増水した多摩川に飲み込まれた。

どっちもラクな案件だったが、報酬も安かった。依頼人はどちらも、対象者のために医療やカウンセリングに大金をつぎ込んでおり、それでも状況改善の兆しはなく、他の家族と社会の安全のために一線を越える決心をしたらしい。だが当然、貯金などないに等しいから払える額に限度がある。そういうクライアントにわたしが弱いということを秘書はよく知っていて、だから誰も喜びそうにないこの手の仕事を回してくる。

誠治はけっこうな金食い虫だ。油断すると貯金残高はみるみる減っていく。セイウチの件でまとまった入金があったとはいえ、そろそろいい仕事が必要だ。

「対象者は今田好継六十九歳。辛夷ヶ丘市軽泉《かるいずみ》の豪邸で一人暮らし。ただし、自宅には婚約者が頻繁に出入りしていて……」

「ちょっと待って。辛夷ヶ丘？」

「そうです。えーと婚約者が」

「だから待って。また辛夷ヶ丘？」

秘書はコロコロ笑って、明るく言った。

「確かにあれからまだ二ヶ月しかたっておりませんが、問題あります？　前にも立て続けに、新宿での仕事を成功させたじゃありませんか」

新宿と辛夷ヶ丘では人口密度が違いすぎる。辛夷ヶ丘はわたしと誠治のホームグラウンドだし、顔見知りが多い。

たまたまセイウチの別荘は辛夷ヶ丘の外れ、多摩丘陵に広がる森の中にあった。周辺には防犯カメラも交通カメラもなかった。おまけにわたしは〈倉澤ケータリング・メディエイター〉の社名入りのバンに乗っていた。これは実在するケータリングの仲介業者で、セイウチ宅にあの日のディナーを届けたのは倉澤に登録している本物のケータリング・サービスだった。彼らは息子の死体と倒れていた姑を発見、通報し、ワイドショーのインタビューに興奮した様子で答えていた。

だからあの日、倉澤のバンを目撃した人間がいたとしても、簡単に社名がはがせるわたしが使った偽物のバンと、本物のバンは混同され、その情報は見過ごされたはずだ。ついでだが、殺し屋を雇った可能性を考えて、クライアントの金の流れを洗っても、出てくるのは本物の〈倉澤ケータリング・メディエイター〉への適度な支払いだけだ。どういうシステムかは知らないが、秘書がうまくやっているらしい。

だが、二ヶ月後、また辛夷ヶ丘に倉澤のバンが現れたりしたら、気づかれる危険性が増す。そうでなくても辛夷ヶ丘で、わたしは十分すぎるほど用心しているのだ。

「そういえばご説明がまだでしたね。〈倉澤ケータリング・メディエイター〉の利用は今回で終了、次回は〈アイレスバロウ〉という清掃業者を経由します。だから大丈夫ですよ。そもそもローズマリーさんがホームの辛夷ヶ丘で目撃されても、問題ないんじゃないですか。ご家族が辛夷ヶ丘の病院に入院してるんですよ。いて当然じゃないですかー」

一瞬ギクリとしたが、考えてみれば〈マグノリア・ホスピス〉を紹介してくれたのはそもそもこの秘書だった。本当に有能で頼れるのだ。ネーミングセンスを除けば。

「実は、今度のクライアントは大変にお急ぎなんです。対象者の早急な排除のために、これだけ準備できる」秘書はべらぼうな金額を口にした。「即金です。ただし明日の午後十一時までに終えてください。それを過ぎたら一銭も払わない、いや払えなくなるそうです」

金額に一瞬うっとりし、我に返った。

「明日の午後十一時？　なんでまた」

「今田の婚約者が、婚姻届を出すのに最適な日時を占ってもらったそうです」

「それが明日の午後十一時以降、だと」

「十一時から十二時の間の時間帯だと、幸せな結婚生活が送れるんだそうですよ。本人たちはね。届けが出されると、相続財産の半分は配偶者のものになってしまう。逆に、焦る人間がいても不思議はないでしょ？　だからローズマリーさんにお願いしてるんですよ。なんたって腕がいいから」

事情はわかった。報酬もすこぶるいい。褒められれば悪い気もしない。だが時間がなく、家には婚約者が出入りしている。危険性はさらに増した。

「相手に関する情報はどの程度あるんですか。それと、クライアントの要望は」

「時間がないので、今回、要望は無視です。方法はお任せします。ただし毒はダメですよー。クライアントがアリバイを作りづらいし、届けを出してから効いたんじゃ意味ないですから」

秘書は明るく釘を刺してきた。

「対象者に関する詳しい情報は、後ほど送ります。それと、婚約者は遠ざけておくつもりだが、万一出くわしても手出しはしないようにとのクライアントからの要望です。では、よろしくー」

　要望は無視って言ったじゃないか、と言い返すまもなく、秘書は通話を終えてしまった。

「姉ちゃん、いいの？　やばそうな仕事じゃん。いくらペイがいいからってさ」

　電話の内容に聞き耳を立てていたらしい誠治が、耳元で言った。

「まだ、やるとは一言も言ってないけどね。でも対象者の名前を聞いちゃった以上、断ったら次はないかも」

「失敗したり捕まったりしたら、それこそ次がないんだよ。あの秘書ずるいよな。こっちの弱みを知ってるから、問答無用で名前を聞かせたんだぜ」

　誠治はぶつぶつと言った。その弱みってのはおまえのことだろうが、この金食い虫、と思いつつ、わたしは答えた。

「ともかくデータを見て考えるよ」

　ほどなく、データがきた。いつになく短いものだった。さすがの秘書も時間がなくて、大したネタは集められなかったようだ。

　今田好継は山梨の資産家の次男坊で東大卒、今では吸収合併されて名前も残っていないが、かつては大企業だった会社の営業部長だった男だ。妻に死なれ、息子は独立して縁が薄い。敷地面積六百坪の一軒家に一人で住み、家政婦を頼んでは妻にと口説いてフラれ、シニア向けの婚活パーティーに出かけてはフラれてきたが、最近になってようやく身近に青い鳥を見つけた。隣家の娘の金丸《かねまる》香恋《かれん》、四十歳だ。

その香恋はSNSで盛大に結婚を宣言し、発信していた。やっと信頼できる相手に出会った、年齢が離れていようと、他人がどう言おうと、あたしたちは幸せ。交際期間は二ヶ月だけど、子どもの頃から知っているおじさまと、こうなれたんだもの。

二人の大量のセルフィーを流し見て、わたしはげんなりした。どれも似たような写真だ。向かって右に香恋、左が今田。撮影はいつも香恋で、いつも右上のカメラ目線、と構図まで決まっていた。

今田はもうすぐ古希だ。若作りに余念がないとはいえ、年齢は隠せない。しかもさすがにノリについていけていないらしく、時折、戸惑ったような虚ろな顔をさらしている。一方、香恋は老け顔だが、それでも六十九歳と並ぶとはるかに若い。嬉しさのあまりなのか、爆発したような笑顔だ。年齢差だけではなく、顔つきも笑うタイミングも、趣味や食事の好みなどなにもかも、二人は気味が悪いほどつりあっていなかった。

今田の家で撮影したらしい写真を見ると、昔ながらの造りで少し傾き、シミもめだつ室内に、高価なゴルフセットやヨーロッパの振り子時計、古伊万里の皿などの昭和のお金持ちアイテムが見て取れる。香恋が公開していたダイヤの婚約指輪は、金時豆ほどに見えた。

世の中には七十歳に恋する四十歳も稀にはいるかもしれない。このケースは金めあてにしか見えないが、そんなことはどうでもいい。

問題は、今田の家が住宅街の中にある古い木造住宅だということだ。音を立てずに侵入するのは難しいし、騒がれたらもれなく近隣に聞きつけられる。どうすべきか。

一番いいのは、今すぐ今田邸に行き、留守宅にもぐり込んで滞在し、その間に隙を見つけて実行することだという結論に達した。場合によっては明日の夜まで邸内に潜伏しなくてはならないが、辛抱するしかない。

荷物を選ぶことにした。宅配便の制服の使い勝手が良さそうだ。水や携帯食料、オムツの必要もある。その場にあるものを凶器にするのが好きなのだが、今回はナイフとロープ、スタンガンも持参することにした。

それらをさらに取捨選択しながらナップザックに詰めていると、誠治がぶつぶつ言いだした。

「なんだよ、結局引き受けるのかよ。面倒だし危険なのにさ。うっかり婚約者に見られたら大変だよ。この女、ものすごく視力がいいんだから」

「誠治、あんた金丸香恋を知ってるの？」

「さっき思い出した。軽泉って俺たちと同じ辛夷ヶ丘二中の学区だし、俺の一学年上だから姉ちゃんのひとつ下だよ。覚えてない？　俺や沖《おき》が学校の窓ガラス割って、捕まったときあったじゃん。この女が俺らを目撃しましたって、先公にチクったんだよ」

辛夷ヶ丘で暮らしていた頃のことは考えたくなかった。胸が悪くなるような思い出しかない。わたしはナップザックを背負い、キャップをかぶって家を出た。誠治はなおもぶつぶつ言いながら、ついてきた。

立川に出て早めの夕食をとってから、電車を二路線乗り換えた。辛夷ヶ丘の一つ手前の駅で降りて、歩いて軽泉地区に向かった。すでに陽は落ちて、あたりは暗くなっていた。昔から、辛夷ヶ丘の中では高級住宅街と呼ばれていた場所で、高額納税の賜物《たまもの》か、街灯は明るく、並木の手入れも行き届いている。それでも、記憶よりはすべてが古く、ひなびて見えた。

今田の家もそうだ。敷地の盛り土を大谷石《おおやいし》で押さえてある、という関東でよく見かける旧式の塀だが、手入れが悪くて途切れている箇所があり、道路に向かってふくらんでいるところもあった。次に大雨が降ったら崩落して、道を塞いでしまいそうだ。

結婚する余裕があるなら、まずこの塀を直すべきだと思ったが、おかげで敷地内に入るのは簡単だった。鬱蒼とした木々も目隠しになった。通行人が途切れたタイミングで塀を越えた。家にも明かりはついておらず、誰の気配もしなかった。警備システムも見当たらない。それでも念のため、庭の隅に腰を据えて、しばらく動かずに五感をフルに働かせ、あたりを観察した。映画に出てくるような最新式の電子機器を持ち歩くより、自分の五感の方がはるかに信頼できる。

門から家までの敷石はきれいに掃かれていたものの、全体的に荒れた印象の庭だった。

樹木は伸び放題で、地面には落ち葉が分厚く散らかり、湿っぽいイヤな臭いがした。

金丸香恋が住む隣家の建物までは、生垣からもかなりの距離があった。あちらにも大きな木があったが、すべてきれいに刈り込まれている。敷地は掃き清められ、清々しい。部屋にともった明かりが漏れ出している金丸邸は、クリスマスカードの絵のように美しかった。

それにひきかえ、と闇に沈む今田邸に近寄りながら、わたしは首をかしげた。今田好継には資産はあっても金はなさそうだ。もしくは、ひどいケチなのか。

だとすると、明かりがついていないから不在、と決めつけるのは危険かもしれない。電気代を節約し、蛍の光で読書中のところへ、のこのこ入っていく、なんてことにはなりたくない。

ジャケットと帽子を宅配便の制服に変えた。ロゴのついた保冷用の肩掛けバッグを出してナップザックその他の荷物を入れ、玄関のチャイムを鳴らした。

返事はなかった。

万一、誰かから見られていることを考えて、困ったように、今田さん、と連呼しつつ、家に近づき一周した。玄関はきっちり閉ざされていた。カーテンが閉ざされて中が見えない部屋がいくつか、風呂場やトイレらしい窓。勝手口やその周辺。どこからも簡単にはのぞけなかった。

だが、最後に行き着いた玄関の手前の部屋の窓は十センチほど開いていた。カーテンが風に揺れ、ぐるりに縁側廊下のついた部屋の内部が、外からの明かりで見て取れた。のぞき込んだ。縁側の籐《とう》の回転椅子に今田好継が座り、こちらを向いていた。目は虚ろで、両手はだらりと垂れ下がっている。頭にパーティー用の三角帽子をのせ、喉は真一文字に切り裂かれていた。

3

「だからよせって言ったじゃん」

ともすれば早まりそうな足取りを、必死に緩めながら歩く耳元で、誠治が言った。

「急ぎすぎで報酬良すぎ。こういう話はヤバいんだって。どうすんだよ。自分でやったことにして金もらうの？」

「そんなことできるわけないでしょ。日向《ひゅうが》の件忘れた？　このうえ嘘ついて仲介業者まで敵に回したら、とんでもないことになるよ」

誠治は怯えたように黙り込んだ。ときどき秘書はみずからがクライアントになって、特別な仕事を契約者全員に回してくる。その場合の対象者は、支払いをすっぽかした元クライアント。あるいは無許可で営業したか、仲介業者を警察に売ろうとした契約者だ。

この特別な仕事は依頼制ではなく、個人戦になる。最初にし遂げた奴の勝ち。報酬は気前がよく、勝者は優先的においしい仕事を回してもらえる。逆の見方をすると、一人や二人の刺客を防いだ程度ではどうにもならない。日向充《みつる》の乗ったジェット機は、五百人以上の乗員乗客とともに南シナ海で消息を絶った。

「じゃあさ、正直に事情を話して今回の件とは縁を切ろう。ね、高円寺に帰ろうよ。で、荷物をまとめてヤサを移るんだ。聞いてんの、姉ちゃん」

わたしは返事もせず、小道具のバインダーに顔を伏せ、夜道を歩きながら考えていた。

息子以外にも誰か、今田好継の結婚を阻止したい人間がいたわけだ。息子の家族か今田の兄弟、姉妹といった利害関係者。あるいは婚約者の方に彼女の結婚を止めたい人間がいたか。もしくはその両方という可能性もある。婚約者と顔をあわせても手出しをするな、という要望がわざわざあったのだ。彼女を大切に思っている人間でなければ、そんなことは頼んでこない。

いずれにしても誰かがわたしを雇い、誰かが自分で手を下した。タイムリミットがあったから、急いだ殺人者が二人、バッティングしかけたのだ。たぶん。それだけのことだ。いい加減なサスペンスドラマでしかお目にかかれないような偶然だが、ありえないことではない。

だが、なにかが気になっていた。現場で見たあの死体。喉が切り裂かれ、三角帽子をかぶっていた。そんな死体を見たことはない、だが……。

「姉ちゃん」

誠治が切羽詰まった声を出した。思わず顔を上げた。反対側からやってきた女性と目があった。うわ、と思った。いつのまにかわたしは、軽泉と隣接する紫野井《しのい》町に足を踏み入れていた。わたしと誠治が育った町。今は空き家になった実家がある。

ここにくるときには、誰とも出くわさないよう注意していたのに。目があったのは横森《よこもり》さんだった。生まれた頃から知っていた近所のおばさん。母とも親しかった。ずっと、優しい人だと思っていた。

緊張で体がこわばった。だが、横森のおばさんはわたしに気づかなかった。最後に見た頃に比べると白髪が多く、背中が丸く、ふた回りほど太っていた。毛玉だらけのカーディガンを胸できつく合わせ、むくんだ顔を震わせて通りすぎていく。

そうだ、ともつれかけた足を元の歩調に戻しながら思った。わたしは宅配便の配達人の格好をしていたんだった。マスクもして、バインダーも抱えていた。さらに二十年前に比べれば、顔だちも変わっている。特に目が。なにを焦る必要があったのだろう。

「老けちゃったね、横森のおばさん」

誠治が言わずもがなの一言を漏らし、ため息をついた。

「今じゃあの広い一軒家に一人暮らしなんだろ。なんだか寂しそうだった」

「やめてよ。なに言ってんの」

思わず言い返し、口を押さえた。夜道で宅配便の配達員が騒ぐのはマズい。だが、横森のおばさんが寂しそうだ？　冗談じゃない。母の魂を打ち砕いたのは、信頼していたあの女だった。おかげで母は起き上がることすらできなくなり、ミイラみたいに痩せ細っていった。最初に、わたしに殺しをささやいたのもあの女だった。殺人は正しいことだと、横森のおばさんは言った……。

ひと気も監視カメラも少ない道を選んで、工場へ向かった。秘書の言ったことはある意味当たっていた。ここはわたしのホームだ。どの道を通ればいいか、知り尽くしている。

遠回りで時間がかかったが、怪しまれることなく工場についた。昔、母方の叔父が父方の祖父の土地に立てて、稼働させていた小さなお菓子工場だ。叔父も祖父もいなくなった今はもう使っていないが、電気の契約だけは継続しているし、叔父宛に来る固定資産税も払い続けている。

裏口から中に入った。以前、ホームレスがもぐり込み、ねぐらにしていたことがあった。安全地帯だと思っていた工場を我が物顔で汚されて、ものすごく腹が立った。再びきれいな状態にするのは大変だった。以後、二度とそういうことのないように、いろいろと手を打ってある。本物偽物を含めた多数の監視カメラに、複数の鍵。うっかり動かすと電流が流れるドアノブ。解除するのは面倒なのだが。

屋内の床に薄くまいておいた小麦粉に異常がないのを確かめて、食料保管庫に行って明かりをつけた。鈍くうなり続ける冷蔵庫から水を取り出して飲んだ。ついでに前に来たときに焼いておいたチョコブラウニーを取り出して、レンジで解凍した。一気に食べて、ようやく人心地がついた。電話をかける気力もわいてきた。

初めのうち、秘書はわたしの報告をなかなか信じなかった。状況を繰り返し説明しなくてはならなかった。

「冗談でこんなこと言いません。わたしがやったことにして、黙って報酬を受け取っても良かったんですよ。わざわざ知らせる理由がありますか」

「だって、パーティー用の三角帽子？　そんなものをかぶせるなんて」

「セルフィーでも撮るために、ふざけて自分でかぶったんじゃないですか。金丸香恋のSNSを見るかぎり、結婚直前でかなり舞い上がっていましたから」

「なるほどー」

秘書は言ったが、納得していないようだった。わたしは逆に食い下がった。

「それではうかがいますけど、他にどんな意味があると？」

「そうですねー。他の方の報告だったら引っかからなかったと思います。ただ、ほら、ローズマリーさんだから。連想してしまったんですね、あの〈ハッピーデー・キラー〉を」

息が止まった。頭が真っ白になった。同時にあの違和感の正体がわかった。そうか、喉を一文字に切り裂く殺し方、ふざけたパーティーグッズ。

わたしは今田好継の殺害現場を撮影したタブレットを取り出して、画面を見た。明度を上げて全体を眺める。今田の背後の壁に激しい血しぶきが飛んでいた。背後から近づき、右から左に一気に喉をかき切ったのだ。その瞬間、心臓の鼓動によっておびただしい血液が吹き出した。犯人は噴水のようなその出血を背後で観察し、血が出なくなるのを待った。落ち着いたところで帽子をかぶせ、椅子を回し、わざと死体を表に向け、それからカーテンと窓を細く開けておいて、逃走した。

どこの誰かは知らないが、見事な腕前だ。それに……。

二十年前、辛夷ヶ丘の住人を震撼《しんかん》させた連続殺人犯〈ハッピーデー・キラー〉を彷彿《ほうふつ》とさせる。

記憶の底に封印していた〈ハッピーデー・キラー〉にまつわる情報が、凄まじい勢いで浮かび上がってきた。わたしは歯を食いしばった。

「まさか、今頃になって真犯人が活動を再開したとでも？」

「そんなことはもちろん、ありえないとは思います」

秘書はハキハキと答えた。そんな口調なのに、たっぷり疑念を含ませている。

「でも一応、上に報告するために確認しておかなくちゃなりませんのでうかがいますが、我々から受けた仕事を、個人的な理由で利用したりしていませんよね」

「は？　意味がよく……個人的な理由ってなんですか」

「あなたには遺恨があるでしょう？　そもそもうちと契約してこの仕事を始めたのだって、〈ハッピーデー・キラー〉を探すためだったのでは？」

わたしは絶句した。いまさらなにを言い出すんだか。

「お言葉ですけど、わたしはそれをネタにスカウトされたんでしたよね。情報を回してくれるって言い出したの、そちらですよ。シリアルキラーにでしゃばられると仕事がやりにくくなる、趣味で殺しを楽しむものは自分たちにとっては天敵なんだと。違いましたっけ」

秘書は電話の向こうでため息をついた。

「そうでした。ただし、最近、話が出なかったのは、渡すべき情報がなかったからですよ。業界内のことなら、たいがいの話題はなにかしら引っかかるのに、アレに関してはまったくでしたからね。あなたもさぞ焦《じ》れているんだろうとは思っていましたが」

思わせぶりに言葉を切られて、逆上しかけた。誠治が耳元で、落ち着けよ姉ちゃんとつぶやかなければ怒鳴り散らすところだった。

「まさか、完全に膠着した〈ハッピーデー・キラー〉事件に新たな展開をと考えたわたしが、今回の依頼をわざとアレ風にしたとでも？」

「違うんですね」

「ちょっ……そうだったのなら、自分がやったんじゃない、なんて正直に申告せず、報酬はきっちりもらいますっ」

だいたい、これからの展開次第で一番迷惑するのは、このわたしなのだ。

「落ち着いてください、ローズマリーさん。ただ心配なんですよ。三年もこの仕事を続けると、中には様子がおかしくなる契約者も出てきてしまう。独り言が止まらなくなったり、見えないものが見えたりね。それに、この間の別荘での二重殺人の現場があまりに……快楽殺人風だったもので」

わたしは両手をぐっと握りしめた。

「わたしは殺しを楽しんでいるわけじゃありません。クライアントの意向に沿ったら、そういう風になってしまったんですっ」

「ええ、わかってますよ」

秘書はなだめるように言った。

「責めてるんじゃないですよ。これでもローズマリーさんのことは特に配慮しています。あなたのような有能な契約者とは、末長く付き合っていきたいですから。ですが念のため、あなたの話を突っ込んで聞いておく必要があったんです。悪く取らないでくださいねー」

今田好継の件は、時間がなくて下調べがおろそかだった、これからさらに調べてみる、と秘書が言って、通話は終わった。わたしは工場の隅のソファにひっくり返った。頭の奥がズキズキと痛んだ。

それからの数日間、わたしは工場で息をひそめ、ニュースを見て過ごした。今田好継の死体は翌朝、訪ねてきた知人によって発見された。警視庁は他殺と断定、辛夷ヶ丘署に捜査本部が設けられた。

ワイドショーの報道はもう少しざっくばらんだった。被害者はまあまあな資産家だった。被害者には三十歳近くも年の離れた婚約者がいた。死体はこの婚約者が発見した。婚約者はショックで倒れ、現在も入院加療中。

スタジオには今田邸の見取り図や、婚約者のSNSがパネルになって登場した。婚約者の顔はぼかされ、今田好継が一人で虚ろにはしゃいでいた。それを見ながら、警察出身のコメンテイターが捜査状況の予測をした。殺害方法は手慣れているように思われる。プロの犯行も視野に入れるべき。

警察はみごとな手並みで喉をかっ切ったことは元身内のコメンテイターに漏らしたらしいが、三角帽子の件は公表していないに違いない。だからシリアルキラー説が出てこないのだ。それがわたしにとって、いいことなのかどうかはわからないが。

事件から四日目の夜、そろそろ高円寺に戻ろうかと思っていたところへ、プライベート用のケータイに着信があった。〈マグノリア・ホスピス〉と出ていた。嫌な予感がした。少しためらってから出た。いつもの看護師ではなく、大久保《おおくぼ》院長だった。声がどことなくこわばっている。

「夜分にすみません、佐藤《さとう》さん、すぐにこちらに来られませんか」

心臓が跳ね上がった。

「なにか、あったんでしょうか」

「とにかくすぐにいらしてください。お待ちしています」

ケータイと財布だけ持って工場を出た。〈マグノリア・ホスピス〉までタクシーで十五分だった。夜間の受付は無人で、手書きの入館者名簿が投げ出されていた。奥にモニターが二つ見えた。それぞれが四つに区切られていて、どれも無人の廊下を映し出していた。これだけの大きさの病院なのに、監視カメラは八つしかないのだ。

勝手に入館証をとり、名簿の一番下に読み取れないような字でサインしながら、他の名前をチェックした。わたしの直前に〈辛夷ヶ丘署砂井〉と几帳面に書いてあった。

院長から電話があったのは急変のせいかと思ったが、違ったらしい。〈ハッピーデー・キラー〉と今田好継の事件の類似点に、きっと警察も気づいたのだ。

ほぼ手ぶらで飛び出してきたのを後悔しながら、建て増しを繰り返し、迷路のようになってしまっている病院内をくねくね歩いた。病院内は海の底のように静かだった。どこか遠くで悲鳴が聞こえたが、それがおさまると、さらに静けさが増した。

ナースステーションには煌々《こうこう》と明かりがついていた。ここもまた無人だった。この病院、高額な入院費をとるわりに、夜間の体制に問題があるのだ。

だが、それも今夜はありがたい。わたしは誰にも見とがめられないまま階段を上がって三階の病室にたどり着き、スライドドアを細く開けて中に滑り込んだ。

誠治はいつものように静かに眠っていた。

4

事件は二十年前の夏休みに始まった。

最初の被害者は軽泉の住人で土岐須磨子《ときすまこ》四十八歳、近所でも評判のクレーマーだった。

彼女は正面から頭を殴られ、倒れたところを背後から喉をかき切られ、玄関を血まみれにして死んでいた。自動車免許の合宿に参加していた息子が帰宅して発見したとき、すでに死後五日はたっていた。そばにはパーティーグッズとして売られている安っぽいレイが落ちていた。

事件当時、彼女は商店街のくじ引きで当てた特等のハワイ旅行に出かけているはずだった。当てたというより、持ち前の「苦情力」を発揮して、強引に奪い取ったのだ。そんなだから、土岐須磨子を嫌っている人は多かった。だが、わざわざナイフ片手に殺しに行くほどとなると、見当たらない。捜査は行き詰まった。

その年のクリスマス、今度は辛夷ヶ丘市南《みなみ》の日野勝《ひのまさる》三十一歳の死体が、経営する学習塾の教壇の下で見つかった。背後から襲われたらしく、喉は右から左にかき切られ、凶器は薄刃のバタフライナイフとみられた。死体のそばには教科書やプリントがばらまかれ、パーティー用のバルーンが落ちていた。

事件直前、日野に待望の男の子が誕生していた。葬式には教え子とその親たち、千人以上が泣きながら参列した。警察は全員を調べたが、容疑者は浮かばなかった。

翌年のバレンタインデーに、今度は戸田慶子《とだけいこ》六十五歳の他殺体が見つかった。

胃ガンが奇跡的に寛解して半年、彼女は週に一回、辛夷ヶ丘市民病院で入院患者の話し相手になるボランティアをしていた。慶子が担当していたのは、大腿部と右手首骨折で車椅子に乗っていた三峰《みつみね》ハル九十三歳だった。車椅子でうたた寝をしていたハルが目覚め、個室に付属しているトイレに行って慶子の死体を発見した。背後から襲われ、右から左に喉をかき切られたことによる失血死だった。凶器は薄刃のバタフライナイフとみられ、駆けつけた捜査員は、トイレの隅から使用済みのパーティークラッカーを回収した。

この三件目が起きて、ようやく警察は土岐須磨子、日野勝から続く連続殺人ではないかと考えるようになった。短い期間に同じ市内で喉切り殺人が三件、少なくともうち二件はバタフライナイフによるものだ。ギャング内抗争でもないのに、発生確率が高すぎる。

捜査本部は特別捜査本部に格上げとなり、新たに管理官と、本部と近隣の署からかき集めた二個中隊分の捜査員が投入された。その人的パワーで徹底的に調べた結果、現場に落ちていたパーティーグッズが、被害者や家族のものではないことが判明したが、一方で被害者同士の直接の関連は見つからなかった。

同じ市内だけに、接点がまるでなかったわけではない。土岐須磨子の息子は辛夷ヶ丘二中の卒業生で、この中学の生徒には日野勝の教え子が大勢いる。戸田慶子は辛夷ヶ丘銀座《ぎんざ》の花屋で以前、パートで働いていた。土岐須磨子はこの店に、花がすぐ枯れたとクレームをつけたことがあった。ただしそのときすでに、慶子は病気治療のため勤めをやめていた。日野の息子は辛夷ヶ丘市民病院で生まれたが、市民の四割がここで生まれている。

結局のところ、これらの事件の共通点は、死の直前、被害者全員にめでたいできごとがあったことと、犯人がパーティーグッズを残していったと見られることだけだった。パーティーグッズの件は当初は誰も重要視せず、事情がわかってからは保秘となったが、なにしろ辛夷ヶ丘署は警視庁の流刑地などと揶揄《やゆ》されるレベルだ。あっという間にマスコミの知るところとなり、誰かが犯人に〈ハッピーデー・キラー〉なるアメリカンなニックネームを進呈。事件はお祭り騒ぎとなった。連日マスコミが報道し、ワイドショーが浮かれ、記者やテレビクルー、野次馬が辛夷ヶ丘にあふれた。警察は是が非でもこの件を解決しなければならなくなった。

被害者の背後から襲って首を右から左に切っているから、犯人は左利きの可能性が高い。

捜査線に浮かばないほどささいな理由で被害者を襲ったのだとすれば、未熟な精神状態の持ち主だろう。力はあるし、冷静で、頭も悪くない。犯行を目撃した人間はいないし、監視カメラもかいくぐっている。

それら犯人の条件に当てはまるとして、最終的に警察が目をつけたのがわたしの弟、当時十九歳の蒲原《かんばら》誠治だった……。

ベッドの上の誠治のそばに椅子をおき、白い光に照らされた弟の顔を座って眺めた。以前とは比べものにならないほど痩せているが、ビタミン剤を投与しているせいか、わたしよりもよっぽど肌がきれいだ。

眠り続ける彼を見ていると、忘れていた感情が蘇ってきた。苛立ちと怒り。不安と孤独。少しの安堵。義務感、焦燥感、そして愛情。

誠治の左手を取った。以前は大きくて力強い手だった。頑固な弟はどんな折檻《せっかん》をされようが、右利きになることを拒絶した。父は母が弟を甘やかし過ぎると言い、母は子育てに文句があるならもっと家に戻ってこいと言い、両親は常にもめていた。わたしはめだたないようにして嵐を避けた。弟は力一杯暴れまわり、嵐に立ち向かった。

ここに来るのは二ヶ月ぶりだった。セイウチの件以来、近寄らないようにしていたのだ。もっとマメに来るべきだとわかってはいたが、なにかあって収入が途絶えれば入院費が払えなくなる。この病院から追い出されるわけにはいかない。絶対に。

これまでに何度、丁重にたたき出されたことだろう。散々病院を探し、やっとのことで入院させてホッとしかけると、呼び出しがある。うちではもう、弟さんをお預かりすることはできません。弟さんに必要なのは介護であって治療ではない。病院は治療をするところです。いえ申し訳ありませんが、紹介できる介護施設の心当たりはありません。ご希望が多くてパンク状態なんですよ。それに、うちの職員が気づいたのですが、あなたの弟さんはあの……。

しかたなくわたしは、目覚めない弟をうちでみた。他に誰もいなかったから、一人きりでずっとだ。その生活が続くうち、自分が起きているのか寝ているのか、生きているのかもう死んでしまっているのかもわからなくなることさえあった。そういう状態になると、我に返るまで何日もなにも食べず飲まなかった。この病院を紹介してもらえなければ二人ともとっくに死んでいたかもしれない。

手を離し、体の向きを変えさせて、毛布をかけ直した。誠治が耳元で言った。

「俺さあ、老けたよな」

「そうね」

わたしは答えた。誠治は例によってぶつぶつ言った。

「もうすぐ四十だもんな。人生の半分以上、植物状態ってことだろ？　こんなことになるなんて、二十年前は考えてもみなかったな。四十歳ってあの頃の親父の歳じゃんか」

「そうなるね」

「なあ、もういいんだぜ、姉ちゃん」

誠治の声は昔と変わらず若々しかった。四十のオヤジになったとき、どんな声になっていたのか、想像できないのだ。

「親父が行方をくらまして母さんが手首切って。姉ちゃんはまだ二十一歳だったのに、後始末を全部ひとりで背負い込んだ。おかげで俺は二十年、余分にこの世にとどまれた。特に楽しいこともなかったけどさ」

誠治はクスッと笑った。

「だからもう、いいよ。金食い虫を見捨てて高円寺に戻れ。荷物をまとめてヤサを移るんだ。逃げるんだよ」

「無理よ」

誠治はじれったそうに言った。

「秘書の言ったこと覚えてるだろ。俺としゃべってるのを見られてみなよ。イカれてきたと思われて処分されちまうよ。あの秘書は、姉ちゃんと末長く付き合いたいなんて言ってたけど、本心は違う。おかしくなって、独り言で自分たちの秘密をだだ漏らすんじゃないか、それが心配なだけさ」

「あんたをここに入院させるずっと前から、あんたの声は聞こえてた。働きすぎでおかしくなったわけじゃない。幻聴だってことも承知の上よ。他人にとやかく言われる筋合いはない」

「姉ちゃん」

誠治が鋭く言った。廊下に人の気配がした。わたしは素早く立ち上がり、窓側のカーテンと壁の隙間に滑り込んだ。ドアが開く音がして、難しい顔つきをした大久保院長が入ってきた。

「いいですか、これは特例ですよ刑事さん」

院長はドアを支えて女を一人、病室に招きいれながら言った。女はヒールを響かせながら入ってきた。

「患者さんのお身内にはすでに連絡をしました。彼女の到着まで待つべきでしょう。その前に患者さんに会わせろなんて、本来は非常識です」

「こちらも忙しい身なのでね。お姉さん、マリさんでしたっけ、いつ来るかわかったもんじゃないんでしょ。別にいいじゃありませんか。蒲原誠治さんがあなたの言う通り本当に植物状態なのか、一目確認するだけですよ。身内を呼ぶ必要はない、そう言ったのに勝手に呼んじゃうんだもの」

わたしはそっと声のする方に目をやった。刑事と呼ばれたのは見上げるほどの大女で、凄みのある三白眼の持ち主だった。どことなく見覚えがあった。少し考えて思い出した。二ヶ月ほど前、辛夷ヶ丘署の前に車を停めた。そのとき立ち番をしていた警察官だ。入館者名簿にあった〈辛夷ヶ丘署砂井〉というのがこの女だろう。

「ここにいるのは〈佐藤聖司《せいじ》〉さんです。お間違いのないように」

院長がとげとげしく言った。砂井はそっけなく答えた。

「ええ、蒲原誠治さんが母方のおばあさんの籍に移って、現在は佐藤誠治さん、ここでの表記は聖なる司の聖司ですね。ちなみにわたしは刑事じゃありません。生活安全課の捜査員です。お間違いのないように」

「不思議なんですけどね」

大久保院長はさらに冷たい声音になった。

「我が〈マグノリア・ホスピス〉は個人情報の管理には神経を使っています。彼をお預かりしていることはお姉さんと私、それに事務長以外知りません。担当医や看護師も知らないはずだ。患者名はあくまで〈佐藤聖司〉ですからね。なのにあなたはここに来た。なぜわかったんです？」

「厚生労働省に少々コネがありましてね」

砂井ははぐらかした。嘘だ、と思った。大久保院長は心が広い。よその病院からはじかれた患者を受け入れてくれる。誠治にかぎらず、多くは保険適用外で、身分詐称、闇社会の人間も少なくないらしい。依存症や精神の病の治療と言いつつ、外に出しておくと都合の悪い人間を閉じ込めておくのにも使われているという噂もある。

そんな院長の厚意には高値がついている。患者の情報が監督官庁に上がっているとはとうてい思えない。

とは院長も言い返せないことを、砂井も知っているのだろう。平気な顔で誠治の顔に手を伸ばし、軽くつねった。

「あら。起きませんね」

あやうく隠れ場所から飛び出すところだった。院長はぽかんとしていたが、慌てて砂井に詰め寄った。

「あんた、患者さんになにするんだ」

「アリバイの確認ですよ。こちらの蒲原……じゃなかった、佐藤さんが真夜中にむっくり起き上がり病院を抜け出してないかどうか。うん、よかった。まったくの無反応だ。まさか、わたしが来る前に一服盛ったりしてませんよね？」

「そんなことするわけがないだろう。見ての通り、彼は植物状態だ」

「すみませーん」

砂井は両手を上げてみせた。

「気を悪くしないでください。わたしもこんな真似はしたくなかったんですけど、上の命令でね。院長も金丸香恋さんのことはご存知でしょう。婚約者の死体を発見して精神状態が不安定になって、こちらの精神科に再入院ですって？　ドクターストップで聴取ができないって、担当刑事がぼやいてましたよ」

「それがどうした。医師として患者のためにしたことだ」

「その婚約者の事件の関係で、蒲原……失礼、佐藤さんの名前が出てきたんですよ。金丸さんの婚約者の殺害現場が〈ハッピーデー・キラー〉事件の現場と似ていると言い出したベテランがいましてね。ご存知かどうか、アレは警察内部でもアンタッチャブルな事件なんです。でも、言われてみれば似ていなくもないし、となると元祖〈ハッピーデー・キラー〉こと佐藤さんの現況を調べないわけにもいかない。そこで所轄で、しかも辛夷ヶ丘で、生安課で女のわたしが貧乏くじを引かされたわけです。ご理解いただけました？」

「事情はわかったよ。だがね」

「でも、来てみてよかったです」

砂井は院長の言葉を遮って、続けた。

「院長室に行くまでの間、あちこちみせていただいたんですけど、〈マグノリア・ホスピス〉って実にユニークですね。消防法違反の建て増しがめだつのに、適合マークもらえてるし。薬物管理室の廊下側ドアには立派な電子錠をかけてあるのに、隣の部屋から簡単に行き来できる。そうそう、見覚えのある患者さんを何人か見かけました。彼らみんな、結構な悪人ヅラなのに目とかいじってぱっちりさせてるんですよ。笑っちゃう」

「あんた、なにが言いたいんだ？」

院長がしわがれ声で言った。砂井は三白眼をひたと院長に向けて言った。

「やだな。ただの世間話ですよ。わたしも辛夷ヶ丘署に在籍しているわけですからこちらの名前だけは知ってましたけど、これほど面白い病院とは知りませんでした。いいですよね、働いている人も患者さんも、なにより院長先生の雰囲気も。靴も時計も地下の駐車場に停まっている車も全部すてき」

砂井はにっこり笑った。

「世間話、もっと続けます？」

5

不意に、廊下に慌ただしい足音がしてドアがスライドした。看護師が息急《せ》き切って駆け込んできた。制服の前が血で汚れていた。

「すみません院長。患者が急に暴れ出して、担当の武田《たけだ》先生が怪我をしました。主任が院長を呼んでこいと言ってます」

「そんなの、そっちで対処できないのか。警備を呼ぶとか」

院長がイライラと答えた。

「それが警備の井筒《いづつ》さんはお腹を壊していて、連絡がつかなくて……」

看護師は口ごもった。院長が舌打ちをし、砂井が言った。

「その血、武田先生の怪我で？」

「はあ」

「大変じゃないですか。わたしが行きましょう。暴れる人間を取り押さえるのは得意なので」

手数をかけて申し訳ないと院長が感情のこもらない声で言い、手近に警官がいると便利でしょと砂井が冗談めかして答える声がした。やがてスライドドアがゆっくりとしまって、遠ざかる三人の足音を遮断した。

十数えて、隠れ場所から滑り出た。

笑い出したいような気もしたし、砂井の首を絞めてやりたくもあった。恐れを知らない女だ。よりによってここの院長をゆすりにかかるとは。警察官の身分だけで、安全が保障されるとでも思っているのだろうか。

あの秘書とつながっている病院なのに。

いずれ、秘書から着信があるだろう。それなりの額を提示されるはずだ。喜んで引き受けよう。警察官にあるまじきことを、きっと他でもやっている。あのヒールは公務員が簡単に入手できる安物ではない。

問題は、かなり手強《てごわ》そうだということだ。体は大きいし、観察力もある。おまけに腐っても警察官だ。わたしも場数を踏み、相手を制圧する技は身につけてきた。誠治の介護のおかげで鍛えられもしたし、自分の体をうまく使う方法も知った。ただしその点は職業柄、あちらも同じ、いやそれ以上だ。厳しく自分を鍛えているに違いない。

考えているうちに、ふと笑いがこみ上げてきた。

どういうわけだか、わたしは根っこのところで警察を信じているんだな。彼らは清く正しく、己の器量を伏し、ご下命いかにても果たすべきだと、本来、警察官はそういう人々なんだと、心のどこかで信頼している。

あんな目に遭わされたのに。

二十年前、警察は辛夷ヶ丘の未成年者を洗い直し、誠治に目をつけた。

確かに、弟はやんちゃすぎた。中学校の校舎の窓ガラスを割ったことも、父のナイフを見せびらかして銃刀法違反で補導されたこともあった。左利きだったし、同じ中学出身の土岐須磨子の息子と親しく、自宅に遊びに行ったこともあり、日野勝の教え子をカツアゲして日野にこっぴどく叱られたこともあった。父親から盗んだバイクで走り出し、三峰ハルをひきかけたこともあった。直接ぶつかりはしなかったものの、ハルは転んで大腿部と右手首を骨折した。父は怒って、弟が動けなくなるほど殴りつけた。

ハルの話し相手だった戸田慶子が殺された事件の三日前、誠治はその傷の治療のため、辛夷ヶ丘市民病院にいた。その際、謝罪のためハルの病室を訪れてもいた。

警察は誠治を連日「任意で」取り調べた。夜になれば家には帰したが、すると今度はマスコミが殺到した。連日、チャイムを鳴らされ電話をかけられて、誠治は眠ることもできなかった。翌日、また警察が迎えに来る。調べの間、寝かせてもらえない。

睡眠不足と与えられ続けるプレッシャーで、何日目かの夜中、誠治はバイクに乗って逃げ出した。マスコミと警察車両が弟を追いかけ回し、事故を起こさせた。一命はとりとめたが、弟の怪我は重かった。それっきり、いくら待っても意識は戻らなかった。

警察は家宅捜索をして弟の荷物を押収した。その中にはお気に入りのバタフライナイフもあったし、制服みたいによく着ていたツナギもあった。だが犯行の痕跡は出なかった……おそらく。もしなにか出ていたら、意識が戻らなくても誠治は逮捕され、書類送検されただろう。

だが、そうはならなかった。すべては宙ぶらりんにされた。警察は弟を犯人と断定もせず、といって無実だとも認めないまま捜査を終えた。

三峰ハルが、犯行直前に病室に来ていたのは誠治ではなかったと証言したことは、高齢で目が悪いハルの勘違いで片づけられた。日野勝が殺された時間帯に、誠治が塾とは反対方向の多摩川の土手で寝ていたという証言も、目撃者の位置からは遠すぎて信頼性がないと却下された。そもそも戸田慶子が殺されたとき、父に殴られた誠治の左腕はギプスに包まれていたのに、やってやれないことはない、とみなされた。

疑われた根拠を繰り返しワイドショーに取り上げさせ、一方で決定的な証拠が出ないことは小さく報道させた。弟の意識が戻らないこと、それっきり新たな犯行が起こらなかったこともあって、〈ハッピーデー・キラー〉事件はゆっくりとフェイドアウトしていった。

いや、そうやって警察とマスコミがフェイドアウトさせたのだ。誠治が犯人ではなかったという証拠か、あるいは真犯人が出てこようものなら警察の大失態ということになり、誰かの首が飛ぶ。だから。

実名での報道こそなかったが、地元で「十九歳の少年」が誰なのか、知らない人はいなかった。父は早い段階で姿を消した。わたしと母も名字を母の旧姓に変え、辛夷ヶ丘から逃げ出した。

母は名前と居場所を横森のおばさんにだけは知らせた。誠治くんが犯人のわけないわ、根はとってもいい子なんだから、とにかく一度どこかに隠れたら、事態が落ち着くまで。大丈夫よ、きっとそのうち誠治くんの無実が証明される。そう言って励ましてくれた人だったから。横森のおばさんがご主人を亡くし、義理の両親の面倒をみていたとき、母はずいぶん手を貸していた。横森のおばさんの愚痴を母が聞いて慰めていたのだ。

数日後、マスコミが隠れ家に押し寄せてきた。彼らは被害者とその遺族へ謝罪もせずに逃げ出したといって、わたしたちを責めた。弟が犯人と断定されたのかと訊くと、開き直っていると怒られた。そして口を滑らせた。ここを教えてくれたご近所さんも逃げ出すなんてひどいわよねと言ってたぞ、と。

最後の藁《わら》。というより丸太だ。母の背骨はボッキリ折れた。

事件からずいぶんたってから、わたしはこっそり辛夷ヶ丘の実家に戻った。荷物をとって、家を出たところで横森のおばさんに見つかった。おばさんは獲物を見つけたトンビの勢いで飛びかかってきて、濁ったような鼻声で言った。

「マリちゃん、どうしてた。心配してたのよ。大丈夫、元気？」

殴りつけたかったが我慢した。わたしがなにかすれば、この女は大喜びでその話をマスコミに売り、被害者ヅラで警察に行くだろう。〈ハッピーデー・キラー〉の姉に暴行された、と。

「誠治くんは？　まだ意識が戻らないの？　かわいそうに。この先どうするの」

頭を下げて足早に立ち去ろうとしたが、彼女はしつこくついてきた。

「ねえ、今どこにいるのかくらい、教えてよ。心配だから連絡を取りたいの。お母さんは

……」

「母は死にました」

あなたが名前と居場所をマスコミに売った直後、生きる気力を全部失って。

そう付け加える前に、横森のおばさんはあっさり続けた。

「そうだったの。気の毒に。それじゃ今は誠治くんの面倒はマリちゃんが一人でみてるの？　大変でしょう。わかるわ。おばさんも前は、介護の必要な年寄りを二人も抱えていたんだから。本当にきつかったわ。あなたのお母さんが羨ましかったものよ。ご主人と子どもが二人、楽しそうだったから」

今は違うけどね。

そう勝ちほこるおばさんの心の声が聞こえた気がした。負け犬は夫に死なれ、子もなく、義理の両親の面倒をみさせられていた私じゃなく、アンタたち。

母に手伝わせていたくせに。愚痴を聞かせていたくせに。

憤りのあまり動けなくなったわたしに横森のおばさんは近寄ってきて、耳元で言った。

「ねえ。私も何度も考えたのよ。このまま、寝顔に枕を押しつけてしまおうかなって。そうすることが正しいんじゃないかって。だって、生きていてもこの先、彼らには楽しいことなんかないのよ。これが身内の務めなんだって」

この人、いったいなにを言ってるんだ？

呆然《ぼうぜん》とするわたしの耳に、おばさんはなおもささやき続けた。

「大丈夫よ。あなたが苦しむことはない。それを本当に望んでいる人がいるなら、終わらせるのは正しいことよ。正しいの。わかるでしょ、マリちゃん」

恐怖が怒りに取って代わった。わたしはその場から必死に逃げ出した。

だが、横森のおばさんの濁った鼻声はどこまでもついてきた。何年も何年も、ずっと。誠治が病院から追い出されたとき。バイトをいくつも掛け持ちして倒れたとき。部屋で面倒をみていて、生きている実感が消え果てるほど疲れ切ったとき。耳元でおばさんの声がした。正しいのよ、正しいの。

ある日、その声に押されるように枕を手にした。誠治の寝顔をのぞき込んだ。正しいの、わたしは口にした。正しいの。

「姉ちゃん」

そのとき、誠治が耳元で言った……。

その後、わたしは最初の殺人を犯した。わたしたちの居所である高円寺のマンションの部屋を突き止めて、隣のビルからベランダへと飛び移り、勝手に誠治の写真を撮っていた男を突き落としたのだ。男はビルとマンションの間に無言で落ちていった。俺だけの独占スクープだ、と言ってヤニだらけの歯をむき出した彼の言葉に嘘はなかったらしい。覚悟していたのに、誰も訪ねてこなかった。

一線を越えてしまって、しばらく苦しんだ。でも、誠治と……誠治の声と話して最後に悟った。殺人は正しいの。それを本当に望んでいる人がいるなら、正しいことよ。本当に望んでいる人がいるなら。誠治を生かせるなら。

そして秘書と知り合った。この仕事、お金はいいですよ。病院も紹介しましょう。それに〈ハッピーデー・キラー〉が他にいるなら情報入手のお手伝いができるかもしれません、と彼女はハキハキ言った。

今でも、高円寺のマンションのベランダから見下ろすと、ビルとマンションの隙間に挟まったままの男が見える。眺めていると、不思議と心が休まるのだ。

6

ベッドの誠治にまた来るねと言って、病室を出た。警察と顔を合わせたくないが、呼ばれた手前、院長だけには挨拶しておきたい。受付に戻って、今来たことにして、院長を呼び出してもらおう。

来た道を戻り、受付をのぞいた。髪の白い警備員が渋い顔をして夜間受付に座っていた。さっき不在だったのは、腹痛だったからだろう。わたしは受付の窓をノックした。警備員が仏頂面で窓を開けた。

そのとき、遠くで火災感知器が鳴り出した。

静かだった病院にそのけたたましい警報音は不吉に鳴り響いた。そのうち警報音が二重三重にダブって聞こえ始め、警備員は舌打ちをして顔を引っ込めた。わたしは中をのぞき込んだ。モニターに慌ただしく走り回る人の姿が映っていた。白く曇ってなにも見えない画像もあった。

火事だ。

わたしははじかれたように病院内に駆け戻った。しばらく走っていくと、反対側からこわばった顔の人々が走ったり、足を引きずって急ぎながらやってきた。パニックになった彼らに突き飛ばされかけ、逆に突き飛ばした。人の数はどんどん増えてきた。階段から大勢がいちどきに転がり落ちてきた。彼らをまたぎ、踏んで、ひたすら急いだ。

警報音は鳴り続き、だんだん煙であたりが白くなってきた。途中で動けなくなり、廊下にへたり込んでいる人々もいた。顔を袖で覆って走った。助けて、と年寄りがやみくもに手を伸ばしてきた。払いのけた。誰かがわたしの手をつかみ、手を貸せ、と怒鳴った。蹴ってやった。誠治が大事だった。誠治を助けられるのは、いや助けたいと思うのは、わたしだけだ。

ようやく三階の病室にたどり着いた。ベッドの上で、誠治は静かに眠っていた。どうしよう、と思った。彼を担いで中廊下を戻るのは無理だ。他の連中に邪魔される。火元は遠いようだし、下手に動かさない方が……。

爆発音がした。建物がかすかに揺れた。天井から埃が舞ってきた。同時に、電気が消えた。窓の外を小走りに急ぐ音が立て続けに聞こえた。

窓を開けて外を見た。窓に沿って、おそらく作業用のものだろう、金属の網を張ったような狭い通路がある。何人かがその通路を走り抜けたのだ。人影がいくつか、夜間受付のある別館二階の平たい屋根の上にたどり着いていた。

誠治をベッドから担ぎ上げ、通路に移動させた。わたしも通路へ這い上り、彼を背負おうとしたが難しかった。少しでもよろめくと、二人とも落ちてしまいそうだ。

くにゃくにゃする誠治の脇を抱えて、必死に引きずった。建物の奥から煙が吹き出ていた。警報はどんどん大きくなり、小さな爆発音が続けざまにした。通りの向こうで野次馬がスマホをかまえていた。遠くからサイレンが聞こえてきた。

やっとのことで二階の屋根部分にたどり着いた。誠治を横たえ、その呼吸を確かめようと耳をすませたとき、背後で誰かがぎゃっと言った。振り向いた。院長が必死の形相で手を首に当てて、座り込んでいた。指の隙間から血が滴り落ちている。

女が仁王立ちになって、院長を見下ろしていた。左手に銀色に光るものをもっていた。すっぴんで髪を後ろに結び、病院着は破れかけている。さっき病室に来た看護師が四つん這いになってその場から逃げ出そうとしていた。女は近寄って、右手で髪をつかんで持ち上げた。そして背後から喉を、無造作に、右から左へ切った。

女は看護師の体を投げ出して、こちらを見た。正面から見て、誰だかわかった。金丸香恋、今田好継の婚約者。辛夷ヶ丘二中の後輩、軽泉の住人。セルフィーはいつも彼女が写していた、彼女が向かって右側、目線も向かって右、つまりいつも左手にスマホを持ってセルフィーをしていた、左利きの女。

ハッピーデー・キラー……。

わたしのつぶやきが聞こえたのか、金丸香恋は鼻を鳴らした。

「その名前ってさ、人の幸福を妬んでるみたいじゃない。いいことがあった人を見ると殺したくなる的な？　そういうわけでもないんだ」

香恋の背後にいる院長の顔色がどんどん青くなっていた。看護師は動かない。砂井はどこに行ったのだろう。暴れる患者を取り押さえるのは得意なんじゃなかったのか。

「じゃあどういうわけだったのよ。なんであの三人を殺したの」

「覚えてない。昔のことだし。そもそもさ、これって病気だと思うんだよね」

金丸香恋は手についた血を服にこすりつけて、言った。

「ママが言うんだから間違いないよ。香恋ちゃんは悪くない、あなたは病気なの。この病院にいれば安全なの、大丈夫なの、ずっとここにいなさいって」

「それでずっと隠れてたの、この病院に？」

声がかすれた。香恋はクスクス笑った。

「知ってるよ、あんたのこと。誠治くんのお姉さんでしょ。あの不良の誠治くん、あたしの代わりに疑われて、警察に追われて怪我しちゃったんでしょ。ママが言ってた。これで誰も香恋ちゃんを疑う人はいないって。だから香恋ちゃんも、土手で誠治くんを見たとか警察に嘘つかなくていいんだよって」

目撃情報。多摩川の土手。目撃地点から遠すぎて信頼されなかった。あれは金丸香恋の嘘だったのか。誠治のためではなく、自分のアリバイのための嘘。

「ずっとこの病院にいたの。いろんな人がいて退屈はしなかったよ。でもこないだママが死んで、そしたら武田先生と叔母さんが言ったの。香恋ちゃん、もう治ったんじゃない？　退院しましょう、働きましょうって。香恋、言われた通りに家に戻ってさ。仕事も見つけたし、恋人もできた。向こうから近づいてきたんだよ、今田のおじさま。なのにさ」

金丸香恋は口をとがらせた。

「急に、やっぱり結婚やめた、君は若すぎる、だって。バカにすんじゃないっての。反射的にやっちゃってから困ってさ。ほら、誠治くんみたいに、代わりに捕まってくれる人が必要じゃない。それで思い出したの。昔、ここの病院にいて、親しくなったおじさん。亡くなる前に、誰か邪魔な奴がいたらここに電話するといいよって番号を教えてくれた。だからそこに電話して、今田のおじさまの名前を言ったの。すごくハキハキした秘書みたいな人が出てね、こちらはクライアントの要望にはできるだけ応えますって……」

もう、我慢できなかった。わたしは香恋に飛びかかり、思い切り顔を掌底《しょうてい》で打った。怯《ひる》んだところで左手を殴った。小さな金属音と共にメスらしきものが落ちた。香恋は全身でわたしを突き飛ばした。結構な力だった。吹っ飛ばされ、尻もちをついた。香恋は壁に背中を預け、鼻を押さえてわたしをにらんだ。

「なにすんのよ」

「なにすんのよ？　こっちのセリフだよ。あんたのせいで誠治は、それに」

母は、わたしは。

香恋は不思議そうに首をかしげた。

「あたしのせい？　だから病気のせいだって。治ったのに再発しちゃったんだもの。しょうがないじゃない。ホームケータリングの仕事で、立派な別荘にディナーを届けに行ったんだ。そしたら、セイウチみたいな大きな人が血まみれで死んでて、おまけに焼けててさ」

香恋はクスクス笑った。

「ああいうの、あたしもやってみたくなったんだもん。今田のおじさんちが木造じゃなかったら、試してみるとこだった。ウチまで燃えたら大変だからできなかったんだけど。やっと試せたよ。ここって看護師少ないから、メスとかライターとか拝借してもバレないんだ」

頭の中が真っ白になった。わたしは言葉が出ないまま、金丸香恋を見つめていた。香恋は鼻血でベトベトになった顔をぐいっと突き出し、わたしめがけてスタスタ歩いてきた。

身構えたとたん、香恋は向きを変え、床に寝かせていた誠治の体に駆け寄って思い切り蹴り飛ばした。

わたしは悲鳴をあげて香恋につかみかかった。なんとかその場から引き離すまで、香恋は執拗《しつよう》に誠治を蹴り続けた。わたしは彼女の向こう脛《ずね》を蹴り、顔面に頭をたたきつけた。よろけた彼女の喉めがけて、肘を入れかけた。次の瞬間、香恋が雄叫びのようなものをあげて突っ込んできた。わたしは跳ね飛ばされ、床にたたきつけられた。体勢を戻すまもなく、蹴りが胃に立て続けに入ってきた。

エビのように体を丸めて、動けずに吐いていると、香恋があーあ、と言う声が聞こえてきた。

「嫌いだったのよね、蒲原誠治」

なんとか目を開けた。香恋は足元を探しながらしゃべっていた。

「自分で校舎の窓を割ったくせに、あたしがチクったって逆恨みしてさ。毎日毎日、仲間を集めてあたしについてきて、ブスだババアだと笑い者にした。いつのまにか学校全体があたしをブスのババア呼ばわりだよ。ママが言ってた。香恋ちゃんはそのせいで病気になったんだって。ね、わかる？」

香恋はメスを拾い上げ、鼻をすすりあげると、動かなくなった院長と看護師を顎でさした。

「だからこれって病気のせいで、つまりあたしを病気にした蒲原誠治のせいだよね。あんたもさ、恨むなら自分の弟を恨めってこと」

なんとか立ち上がったが、軽く突き飛ばされ、うつぶせに倒れた。髪の毛をつかまれた。首の右側に冷たいものが当たった。左手で必死に相手の腕をつかんだ。だが力は強かった。香恋が体勢を変えた。左腕が締め上げられ、バキッと音がした。悲鳴をあげた。香恋の鼻息が耳元に当たった。徐々に首の右側に刃物が入っていく、液体が胸元に入る気持ちの悪い感触が……。

次の瞬間、香恋の気配が急に消えた。首に手を当ててへたり込み、息を整えていると背後で鈍い物音がした。振り返った。辛夷ヶ丘署の砂井がぬっとそびえ立っていて、その足元には金丸香恋が倒れていた。目をむいて、首がおかしな方向に曲がっていた。

わたしは砂井を見上げた。砂井はススで汚れた顔を拭き、周囲を見回して顔をしかめた。

わたしは必死に声を絞り出した。

「死んだの？　その女、金丸香恋」

「そうみたいだね」

砂井は香恋をヒールの先でつついてから言った。そんな、とわたしは思った。

「だけど、そいつが本物の〈ハッピーデー・キラー〉だった。自分でそう白状したんだ、わたしに」

弟じゃなかった、とわたしは息を荒らげて言った。あの子は無実だった。なのに警察とマスコミは誠治を追いかけ回して植物状態にした。本物の殺人鬼は金丸香恋だったのに。

砂井はあくびを嚙み殺すような顔つきで、わたしを見下ろした。

「あのねえ、その告白、他に誰か聞いてたヤツいる？　いないよね。ここにいるのは死人ばっかりだもん。あんたがそんなこと言ったって誰が信じる？　〈ハッピーデー・キラー〉の姉がでっち上げたんだとみんな思うよ。その方が警察もマスコミも都合がいいし」

「なに言ってんの」

わたしは体を起こしながら、言った。

「少なくとも院長とそこの看護師の首を切ったのは、それに火をつけたのも金丸香恋だよ。その事実は変えられない。弟は植物状態だった、あんたも確認したじゃない。今日のこの犯罪は金丸香恋がやったんだ、その女が喉切り殺人者なんだ。他に誰がいるってのよ」

砂井はわたしの近くにしゃがみ込み、ニッと笑った。

「ねえ、知ってる？　ローズマリーって女の殺し屋の話。凄腕で、対象者には冷血だけど、依頼人にはとても優しい。ただし最近、少々問題があってね。警察の前に停めた車の中で、誰もいないしヘッドセットも外した状態で一人でしゃべってる。殺しぶりもその必要もないほど凄惨だったり、おかしな飾り付けをしていたりする。おまけに自分がやった仕事を誰かに先回りされたなんて言い出してるらしい。やっぱり長いこと危ない仕事をしていると、精神に破綻をきたすんだね」

喉の傷から血がひっきりなしに流れていく。考えがまとまらない。秘書はわたしの言うことを信じていなかったのか。そうだ、そもそもこの病院に誠治がいることを知っている人間はわたしと院長と事務長以外にもいた。砂井に誠治の居所を明かしたのは、秘書……。

「要するに、殺人鬼はもう一人いるじゃない。まあ、この大惨事だから、整合性を取るのは大変そうだけどしょうがない。なんとかするよ」

わたしは動かせる手足を使ってじわじわと後ずさりした。砂井はゆっくりついてきた。

「わたし、ダジャレって嫌いなんだけど。蒲原マリ……カンバラマリ。バラがローズで足すマリー。なんてつい思いついちゃったけど、当たりだったりする？　ひどいネーミングセンスだよね」

後ずさっていき、なにか柔らかいものに行き当たった。誠治の体だった。暗くて顔が見えない。呼吸音も聞こえない。わたしは砂井を見上げた。砂井は足を止めてくれた。

誠治を抱き上げて、まだ温かい体に腕を回した。目を閉じた。

「姉ちゃん」

誠治が耳元で言った。

解説

千街晶之《せんがいあきゆき》
（ミステリ評論家）

「全員悪人」というのは、北野武《きたのたけし》（ビートたけし）監督・主演の犯罪映画『アウトレイジ』（二〇一〇年）の有名なキャッチコピーだが、若竹七海《わかたけななみ》の連作短篇集『殺人鬼がもう一人』（二〇一九年一月、光文社刊）ほど、この表現が相応《ふさわ》しい小説もないだろう。

全六篇から成る本書の舞台となるのは、東京都の外れにある辛夷ヶ丘《こぶしがおか》市という架空の町。高度経済成長期に急ごしらえで誕生したこのベッドタウンは、時の流れとともに住民も歳をとり、家も老朽化が進み、人口流出が止まらない状態にある。

著者が生んだ架空の町といえば、『ヴィラ・マグノリアの殺人』（一九九九年）や『古書店アゼリアの死体』（二〇〇〇年）など、一連のコージー・ミステリの舞台となっている神奈川県葉崎《はざき》市が思い浮かぶ。本書において、それとは別に架空の町を生み出した理由として、著者は《小説宝石》二〇一九年二月号掲載のエッセイ「ひどすぎて笑える町」で次のように述べている。

アガサ・クリスティーや仁木悦子《にきえつこ》でミステリ世界に足を踏み入れた私は、居心地のいいコミュニティー、一癖ある善人たち、美味《おい》しそうな食事やお茶といった舞台背景の下に展開される「楽しい殺人のおはなし」こと〈コージー・ミステリ〉を愛してやまない。頭の好きが高じ、葉崎市という架空の海辺の町を舞台に自分なりのコージーも書いた。頭の中に地図を作り、名家や銘菓をでっち上げ、死体を転がし、登場人物や猫を走り回らせるのは本当に楽しい仕事だった。

しかし人はワガママなもの、チョコの後に煎餅、ぜんざいを満喫すれば塩昆布が欲しくなる生き物だ。コージーを数冊書いた後、私は正反対の話を書きたくなった。すなわち、息苦しいコミュニティー、調子のいいエゴイスト、空き家が増え寂れゆく町といった舞台背景の下に展開される〈ダーク・コメディ・ミステリ〉を。こんなジャンルがあるのか知りませんが。

著者の愛するコージー・ミステリが海外発祥であるように、「息苦しいコミュニティー」を舞台とするミステリも海外に前例がある。『この町の誰かが』（一九八八年）を代表とするヒラリー・ウォーの作品の多くがこのタイプだし、近年の作例なら、ローリー・ロイ『彼女が家に帰るまで』（二〇一三年）やC・J・チューダー『白墨人形』（二〇一八年）などが該当するだろう。

しかし、そういった前例と本書とのあいだには決定的な違いが存在している。それは果たして何か……という話に移る前に、収録作を簡単に紹介しておきたい。

巻頭を飾る「ゴブリンシャークの目」（初出《宝石　ザ　ミステリー　二〇一四冬》）は、辛夷ヶ丘という町の紹介篇であり、同時にこの連作で重要な役目を務める辛夷ヶ丘警察署生活安全課の警察官・砂井三琴《すないみこと》が読者に初お目見えする物語でもある。人材の吹きだまりと揶揄《やゆ》されるこの署に、不倫の噂が原因で左遷された砂井は、身長一八〇センチに届きそうな大女。田中盛《たなかしげる》という冴えない男とコンビを組んでいる。犯罪らしい犯罪が起きないこの町で暇を持て余していた砂井だが、最近は放火殺人や空き巣が相次ぎ、辛夷ヶ丘署は急に多忙になった。そんな中、町一番の大地主の箕作《みつくり》ハツエがひったくりに遭った。生活安全課の荒川《あらかわ》課長からハッパをかけられた砂井は、この事件の捜査を担当することになるが……。

他の事件は放っておいていいからハツエの事件の解決を優先させろという荒川の言い草は身も蓋もないが、読んでいるうちに砂井を含む他の登場人物も、エゴイストであることにかけては引けをとらないことがわかってきて、最後にはタイトルのゴブリンシャークに比すべき最も恐るべき人物の存在が浮上する。この連作を貫く世界観、人間観が打ち出された作品だ。

「丘の上の死神」（初出《宝石　ザ　ミステリー　二〇一六》。「母さん助けて」を大幅改稿の上改題）は、辛夷ヶ丘の市長選をめぐるトラブルを描いている。市民に不評な現職市長に対し、リベラル陣営は英《はなぶさ》遊里子《ゆりこ》という候補を担ぎ出した。市長と癒着している荒川課長は、遊里子の夫・慎一郎《しんいちろう》が急死した件を殺人事件として捜査しろと砂井・田中コンビに命じる。

「ゴブリンシャークの目」に続き、またしても荒川から理不尽な命令が下るが、事態は全く思いがけない方向に展開してゆく。砂井は砂井なりのやり方でこの愚かな上司に反撃するけれども、その真の理由がふるっている。彼女のしたたかさや腹黒さも、ここまで来れば魅力的ですらある。

ここまでの二篇が砂井三琴の一人称だったので、彼女を主役とする連作かと思いきや、「黒い袖」（初出《宝石　ザ　ミステリー　Red》、二〇一六年）では彼女は名前が言及されるのみであり、警察一家に生まれた原竹緒《はらたけお》という女性が主人公となる。彼女の妹の梅乃《うめの》と、同じく警察一家出身の内村弘毅《うちむらひろき》の結婚が決まり、盛大な婚礼を竹緒が仕切ることになった。ところが関係者はトラブルメーカーだらけ。そして、とうとう花嫁が控え室に立てこもってしまい……。

この連作の中で最も笑える一篇である。「平穏無事な結婚式なんて面白くはない。他人事なら」「他人の祝い事はもめるにかぎる」といった名言が連発されるが、厳粛なるべき冠婚葬祭こそ、人間の建前と本音がしのぎを削る磁場であり、トラブルや笑いと紙一重なのだ。冷静に考えると洒落にならない事態が発生しているにもかかわらず、本書の他の収録作と比べると軽やかな読後感は、若竹マジックとしか言いようがない。

「きれいごとじゃない」（初出《宝石　ザ　ミステリー　Blue》、二〇一六年）の主人公は、〈向原《むこうはら》清掃サービス〉の専務・向原理穂《りほ》。四十五年前に彼女の母親が立ち上げたホームクリーニング会社であり、地域密着型の経営で好評を得ている。そんな理穂に、生活安全課の砂井三琴が潜入捜査に協力するよう要請した。

この作品のあたりから、本書のブラックな味わいがどんどん濃くなってくる。すぐ前に置かれているのがコミカルな「黒い袖」だからこそ、「きれいごとじゃない」以降のブラックさが際立つのだと思えば、この連作の配列にも計算が行き届いていることがわかる。ラストに待ち受ける事態には慄然とする筈だ。余談だが、〈向原清掃サービス〉のライヴァル社〈アイレスバロウ〉の名前の由来は、アガサ・クリスティー『パディントン発4時50分』（一九五七年）に登場する家政婦のルーシー・アイレスバロウだろう（現行の松下祥子訳による早川書房クリスティー文庫版ではアイルズバロウとなっているが）。

婚礼の話だった「黒い袖」に対し、「葬儀の裏で」（初出《ジャーロ》62号、二〇一七年）は葬式を背景とする話である。旧家の老女・水上《みなかみ》サクラは、姉である大前六花《おおまえろっか》の葬儀に参列していた。かつて駆け落ちした姉は、二年前に辛夷ヶ丘に戻ってきたが、何者かに頭を割られ、一年以上の昏睡の果てに息を引き取ったのだった。

本書には家族関係を扱った話が多いけれども、この短篇には一シーンだけ顔を出す砂井三琴を例外として、水上家の一族しか登場しない。血のつながった親族という関係は、時として外部からは窺い知れないようなとんでもない秘密を共有することがある。犯罪が少ないとされている辛夷ヶ丘だが、実は内輪で揉み消されてきた事件が過去にも沢山あったのではないか……と思わせる怖い物語だ。

最後を締めくくる表題作「殺人鬼がもう一人」（単行本書き下ろし）については、読者の驚きを奪わないように内容は伏せておこう。巻頭の「ゴブリンシャークの目」のあるエピソードの後日譚である、とだけ記しておく。ここに至って、この連作のブラックな味わいはピークに達するのだ。

冒頭で「全員悪人」と記したけれども、そう紹介しても殆《ほとん》どネタばらしにならないのが本書の恐ろしいところである。誰もが腹に一物秘めているのだろうと疑っていても、ひねりに満ちた展開は単純な予想を許さない。「暗い越流」で二〇一三年に第六十六回日本推理作家協会賞短編部門を受賞したことが示すように、著者は短篇ミステリの達人として定評があるが、本書の収録作の切れ味には妖刀の凄みに似たものすら感じる。

また本書は、先に述べた通り、「息苦しいコミュニティー」を舞台とするスモールタウン・ミステリであり、非常に狭い人間関係、特に家族関係に焦点を絞っているのが特色である。狭いからこそ、エゴイズムが幅を利かせたり、外部には通用しない独特の倫理や論理が犯罪に発展したりもする。

著者はそうした人間関係を、誰にでも共感できるように湿っぽく描いたりはしないし、かといって理解不能なものとして突き放したりもしない。普通の人間が道を踏み外した時に見せる異様さを理解できるように描きつつ、その筆致はあくまでもドライなのである。だから読者は本書に登場する悪人たちの言動を、ただ怖いだけではないものとして楽しむことが出来るのだ。いや、悪人とは書いたものの、先述のエッセイ「ひどすぎて笑える町」で著者自身が述べているように、彼らは「自分勝手すぎて他人に対する悪意すらない、オイシイところをかすめ取るのは己の権利だと心の底から信じている、ひどい奴ら」なのである。登場人物たちの殆どが悪人ながらもカラッとした印象なのは、この悪意の不在に起因しているのだろう（しかも悪意の不在が、一人称の語りとミステリ的な仕掛けの関係に密接に融合しているのだ）。

そして、先に挙げた海外産のスモールタウン・ミステリと決定的に違うのが、本書におけるユーモアの色濃さだ。著者自身、《クロワッサン》二〇一九年五月二十五日号掲載のインタヴューで、毒を吐きまくる本書の登場人物たちに関して「ややろうどもなんで。みんな勝手で残酷、自分のことしか考えてない。『半径5mくらいの中がハッピーならそれでいいや』みたいな感じなんですけど、それが書いてる間はすごい楽しいですよね」と語っている。その意味では本書は、ダークなイメージが強いスモールタウン・ミステリと、

「楽しい殺人のおはなし」であるコージー・ミステリの味わいを融合させるという、ミステリ史上極めて珍しい大胆な試みなのかも知れない。それを成功させることが可能な作家の筆頭は、どう考えても若竹七海の他に考えられないのである。

初出

ゴブリンシャークの目　「宝石　ザ　ミステリー　２０１４冬」
丘の上の死神　「宝石　ザ　ミステリー　２０１６」（「母さん助けて」を大幅改稿の上改題）
黒い袖　「宝石　ザ　ミステリー　Red」
きれいごとじゃない　「宝石　ザ　ミステリー　Blue」
葬儀の裏で　「ジャーロ」62号（2017 WINTER）
殺人鬼がもう一人　単行本刊行時に書下ろし

単行本

二〇一九年一月　光文社刊

光文社文庫

殺人鬼《さつじんき》がもう一人《ひとり》

著者　若《わか》竹《たけ》七《なな》海《み》

2022年4月20日　初版1刷発行
2022年5月15日　2刷発行

発行者　鈴木広和
印刷　新藤慶昌堂
製本　榎本製本

発行所　株式会社　光文社
〒112-8011　東京都文京区音羽1-16-6
電話（03）5395-8149　編集部
8116　書籍販売部
8125　業務部

ISBN978-4-334-79342-5　Printed in Japan

組版　萩原印刷

光文社文庫 好評既刊

見返り峠 井川香四郎
花の御殿 井川香四郎
彩り河 井川香四郎
ぼやき地蔵 井川香四郎
裏始末御免 井川香四郎
百年の仇 井川香四郎
優しい嘘 井川香四郎
かげろうの恋 井川香四郎
橋場の渡し 伊多波碧
みぞれ雨 伊多波碧
城を噛ませた男 伊東潤
巨鯨の海 伊東潤
鯨分限 伊東潤
男たちの船出 伊東潤
剣客船頭 稲葉稔
天神橋心中 稲葉稔
思川契り 稲葉稔

妻恋河岸 稲葉稔
深川思恋 稲葉稔
洲崎雪舞 稲葉稔
決闘柳橋 稲葉稔
本所騒乱 稲葉稔
紅川疾走 稲葉稔
浜町堀異変 稲葉稔
死闘向島 稲葉稔
どんど橋 稲葉稔
みれん堀 稲葉稔
別れの川 稲葉稔
橋場之渡 稲葉稔
油堀の女 稲葉稔
涙の万年橋 稲葉稔
爺子河岸 稲葉稔
永代橋の乱 稲葉稔
男泣き川 稲葉稔

隠密船頭　稲葉 稔
七人の刺客　稲葉 稔
謹慎　稲葉 稔
激闘　稲葉 稔
一撃　稲葉 稔
男気　稲葉 稔
追慕　稲葉 稔
金蔵破り　稲葉 稔
裏店とんぼ　決定版　稲葉 稔
糸切れ凧　決定版　稲葉 稔
うろこ雲　決定版　稲葉 稔
うらぶれ侍　決定版　稲葉 稔
兄妹氷雨　決定版　稲葉 稔
迷い鳥　決定版　稲葉 稔
おしどり夫婦　決定版　稲葉 稔
恋わずらい　決定版　稲葉 稔
江戸橋慕情　決定版　稲葉 稔

親子の絆　決定版　稲葉 稔
濡れぎぬ　決定版　稲葉 稔
こおろぎ橋　決定版　稲葉 稔
父の形見　決定版　稲葉 稔
縁むすび　決定版　稲葉 稔
故郷がえり　決定版　稲葉 稔
戯作者銘々伝　井上ひさし
馬喰八十八伝　井上ひさし
光秀曜変　岩井三四二
三成の不思議なる条々　岩井三四二
家康の遠き道　岩井三四二
甘露梅　宇江佐真理
ひょうたん　宇江佐真理
彼岸花　宇江佐真理
夜鳴きめし屋　宇江佐真理
神君の遺品　上田秀人
錯綜の系譜　上田秀人

女の陥穽　上田秀人
化粧の裏　上田秀人
小袖の陰　上田秀人
鏡の欠片　上田秀人
血の扇　上田秀人
茶会の乱　上田秀人
操りの護り　上田秀人
柳眉の角　上田秀人
典雅の闇　上田秀人
情愛の奸　上田秀人
呪詛の文　上田秀人
覚悟の紅　上田秀人
旅発　上田秀人
検断　上田秀人
動揺　上田秀人
抗争　上田秀人
急報　上田秀人

総力　上田秀人
破斬　決定版　上田秀人
熾火　決定版　上田秀人
秋霜の撃　決定版　上田秀人
相剋の渦　決定版　上田秀人
地の業火　決定版　上田秀人
暁光の断　決定版　上田秀人
遺恨の譜　決定版　上田秀人
流転の果て　決定版　上田秀人
惣目付臨検仕る　抵抗　上田秀人
術策　上田秀人
開戦　上田秀人
幻影の天守閣　新装版　上田秀人
夢幻の天守閣　上田秀人
鳳雛の夢（上・中・下）　上田秀人
本懐　上田秀人
天衝　水野勝成伝　大塚卓嗣

半七捕物帳（全六巻）新装版　岡本綺堂
影を踏まれた女　新装版　岡本綺堂
中国怪奇小説集　新装版　岡本綺堂
江戸情話集　新装版　岡本綺堂
女魔術師　岡本綺堂
狐武者　岡本綺堂
西郷星　岡本綺堂
人形の影　岡本綺堂
修禅寺物語　新装増補版　岡本綺堂
若鷹武芸帖　岡本さとる
鎖鎌秘話　岡本さとる
姫の一分　岡本さとる
父の海　岡本さとる
二刀を継ぐ者　岡本さとる
黄昏の決闘　岡本さとる
鉄の絆　岡本さとる
相弟子　岡本さとる

五番勝負　岡本さとる
さらば黒き武士　岡本さとる
踊る猫　折口真喜子
恋する狐　折口真喜子
しぐれ茶漬　柏田道夫
宮本武蔵の猿　風野真知雄
服部半蔵の犬　風野真知雄
那須与一の馬　風野真知雄
新選組颯爽録　門井慶喜
新選組の料理人　門井慶喜
鶴八鶴次郎　川口松太郎
人情馬鹿物語　川口松太郎
江戸の美食　菊池仁編
鎌倉殿争乱　菊池仁編
戦国十二刻　終わりのとき　木下昌輝
両国の神隠し　喜安幸夫
贖罪の女　喜安幸夫

光文社文庫　好評既刊